暁天《そら》の彼方に降る光

暁天《そら》の彼方《かなた》に降《ふ》る光《ひかり》 上

和泉《いずみ》 桂《かつら》

ILLUSTRATION
円陣《えんじん》 闇丸《やみまる》

CONTENTS

暁天の彼方に降る光 上

雪月夜

いつとはなしに雪は止《や》み、半月の光が周囲を朧《おぼろ》に照らしている。

内々に麻布《あざぶ》の清澗寺《せいかんじ》家に呼ばれた伏見義康《ふしみよしやす》は、湯屋を使って身を清めたあと、執事の内藤《ないとう》とともに和館に向かう。

明日、清澗寺冬貴《ふゆき》は結婚の儀を執り行う。

それに先立ち、巫女《みこ》の証《あかし》として長く伸ばし続けた艶やかな髪を切る、成人の儀式が行われるのだ。

清澗寺家では巫女が成人する際、一族の男が髪に鋏《はさみ》を入れるしきたりだが、亡くなった貴久《たかひさ》は遺言でその役割に伏見を指名したのだと聞いた。

「どうぞ」

久々に足を踏み入れる和館で、巫女装束の冬貴は静かに正座をして伏見を待っていた。

傍らには、昔ながらの狩衣《かりぎぬ》を身につけた俊貴《としたか》の姿もある。

線の細い美貌《びぼう》を持ち合わせた二人は親子というより実の兄弟に見え、そういえばそれは事実なのだと皮肉な真実を思い返すのだった。


「遅くなって、申し訳ありません。嵯峨野《さがの》先生の用事がありまして」

「かまうことはない」

俊貴は玲瓏《れいろう》たる声で答え、そして静かな面持ちで「冬貴」と息子に呼びかけた。

「……ん」

面を上げた冬貴は緩慢に頷《うなず》き、そして、立ち上がる。

息を呑《の》むほどの、娟麗《けんれい》たる美しさ。

白々とした面。烟《けぶ》るように長い睫毛《まつげ》。琥珀《こはく》の如《ごと》く光る瞳《ひとみ》と、濡《ぬ》れたような紅唇。

それに見惚《みほ》れているうちに、白と紅の巫女装束を身につけた冬貴が裸足《はだし》で雪の庭に下りる。

彼は雪上に立ち、俊貴の謳《うた》う祝詞《のりと》に合わせて神楽を舞い始めた。

何と、見事な……。

清澗寺家が神事を行うと聞いていたため、冬貴にも神楽を舞えるのは納得がいく。しかし、いつも茫《ぼう》洋《よう》と捕らえどころのない冬貴が、斯《か》くも見事な神楽を舞えるとは想定外だった。

冬貴が巫女として神に仕えるのは、これが最後なのだ。

それにしても、清澗寺家は何の神を信奉しているのだろう？

あたかも幽玄の如き光景にすっかり見入っているうちに、冬貴は舞を終える。

静かに佇《たたず》む冬貴は、息一つ乱していなかった。

密《ひそ》やかに庭に下りた俊貴が冬貴の背後に立ち、袴《はかま》の紐《ひも》を解く。流麗な仕種《しぐさ》で俊貴は冬貴の衣を剝《は》ぎ、月下に少年の輝くばかりの裸体が露《あらわ》になった。

ぞくりとする。

月華を受け、白い膚《はだ》は目映《まばゆ》いほどに光り輝く。

それでいて目の前に立ち尽くす冬貴の瞳は虚《うつ》ろで、これで本当に明日には妻を娶《めと》るのかと思うと心配にさえなってくる。

「こちらへ」

魂を抜かれたような心持ちで伏見は庭へ下り、内藤が恭しく捧《ささ》げ持つ三方から鋏を手に取った。

全裸の冬貴を前に、伏見は暫《しば》し躊躇《ためら》った。

事前の説明では、後ろ髪の長いところだけを切ればあとは床屋が来ていいようにしてくれるそうなので、適当にやっていいとのことだった。

しかし、冬貴を相手に『適当』の匙加減《さじかげん》が難しい。おまけに、絹糸のように美しい髪をこの手で切らなくてはならないとは。

微《かす》かに緊張した面持ちで伏見は冬貴の髪を一房摑《つか》み、思い切るように大胆に鋏を入れる。

じゃきん。

冬貴は瞬き一つせず、相変わらず伏見ではないどこかを眺めている。

ものを断ち切る嫌な音とともに、冬貴の髪が一房手の中に残った。

ああ……。

一息に込み上げてくる、陶酔。

まるで冬貴の処女を散らしたときのような、甘やかで罪深い愉悦が甦《よみがえ》ってくる。

この美しい少年を手に入れるために、これから自分は罪を犯すのだ。

何度でもこの手を穢《けが》し、惨めに汚れ、落ちるところまで落ちるだろう。

それでもいい。

誰にも邪魔をさせはしない。

麗しい少年の呪縛《じゅばく》を己の手で断ち切る毒の如き快楽に酔い、伏見は憑《つ》かれたように鋏を入れていく。

不揃《ふぞろ》いではあったが、長い部分を全部切り終える。

背後に回り込んで検分する伏見の前で冬貴が首を揺すったので、その真っ白なうなじが見えた。

匂《にお》やかな襟足に唇を寄せたいという衝動に駆られ、顔を近づける。

刹那、細い声が聞こえた気がした——まだだ、と。

「……え？」

どこからともなく聞こえた声に我に返り、伏見は危ういところでそれを堪《こら》えた。

彼の前に回り込み、その目を見つめる。

「何と言った？」

「…………」

首を傾《かし》げてゆっくりと瞬《まばた》きをする冬貴の目には、伏見のことさえ映っていないようだ。

「終わりましたか」

俊貴に声をかけられ、伏見は「ええ」と応じた。

「ありがとうございます」

成人の儀式は呆気《あっけ》なく終わり、俊貴は伏見を顧みた。

「お泊まりになりますか」

「……いえ」

唐突に、冬貴を抱きたいという欲望が込み上げてくる。

壊れるまで苛烈《かれつ》に抱き、貪り、自分のものだと確かめたい。

しかし、明日には彼の婚儀が執り行われる。

特別な初夜にこそ、冬貴に様々なことを教えなくてはいけない。

それまでは、冬貴を適度に焦《じ》らしておかねばならなかった。

未《いま》だ稚《いとけな》い風情の少年に子を作る方法を教えるのか

と思えばこそ、その歪《ゆが》みを前に様々な思いが胸に去来する。

「義康？」

ふわふわとした独特の声で問われ、伏見は首を横に振った。

冬貴に触れるとそのまま引き摺《ず》り込まれそうだ。けれども、今はまだそのときではないと、ぐっと堪える。

「また、明日」

「ン」

ゆるゆると首肯した冬貴の瞳はしっとりと濡れ、何とも言えず艶めいて見える。

冬貴が妻を娶り、子をなすのが自分の望み。

その子らは命を繋《つな》げ、清澗寺家を続け、この家を冬貴の代で終わらせようとした貴久の野望を挫《くじ》くだろう。

だが。

冬貴の血を引く子供を自分は愛せるだろうか。

——否《いな》、愛せるはずがない。

愛せるわけがないのだ。

寧《むし》ろ、冬貴と彼が寝た女の生み出す結晶に嫉妬し、羨望し、憎悪さえ抱くかもしれない。伏見には冬貴を孕《はら》ませることも、冬貴の子を孕むこともできないからだ。

それなのに己は、齢《よわい》十八にして自ら望んで嫉妬と憎悪の煉獄《れんごく》に落ちようとしている。

冬貴を欲するあまり、自分はこの心を穢すのだ。

あまりに愚かな自身の決断を嘲《あざけ》りながら、伏見は帰路に就く。

踏みしめた雪の白さ。

新雪とはほど遠いのに、なぜかそれははじまりのあの日を思い起こさせ、伏見の胸はわずかに痛んだ。

暁天の彼方に降る光

「見えてきた！」

清潤寺国貴《せいかんじくにたか》の弾んだ声はあたかも旋律のように華やかに響き、それに促された成田遼一郎《なりたりょういちろう》は窓の外に目をやる。

窓外には枯れ草に覆われた原野が広がり、アメリカとも中国《ちゅうごく》ともまるで違う光景を目にし、遼一郎は瞬《まばた》きをした。

これが、ヨーロッパの大地。

延々と草原の向こうに烟《けぶ》るように街と教会の尖塔《せんとう》が見え、遼一郎の胸もまた歓喜と期待にざわめく。

「見えるか？　ほら、パリだ」

幼子の如《ごと》く硝子《ガラス》にぴたりと額をくっつける国貴のはしゃぎようは、普段の落ち着いた彼との落差が激しくてとても可愛《かわい》らしい。

国貴の頬《ほお》が薔薇《ばら》色に染まって見えるのは、厚地の外套《がいとう》を身に着けているせいと、それから、彼自身の昂奮《こうふん》のせいだろう。

涼やかな一重の目は切れ上がり、填《は》め込まれた硝子のような眼球と髪は同じような濃茶色。まるで西洋《せいよう》人形のような国貴の美貌《びぼう》は衰えることなく、その象牙色の膚《はだ》には染み一つなかった。

容姿だけで恋に落ちたわけではないものの、恋人の麗容は遼一郎にとっては密《ひそ》やかな自慢の種でもある。

「ええ」

自分はといえば目的地に近づくにつれて込み上げてくる感懐のせいかそれしか言えずに、遼一郎は頷《うなず》くのに精いっぱいだった。

「すごいな……とうとう来たんだ……」

感極まったように呟《つぶや》く恋人の声は、喜びと未来への希望に満ち溢《あふ》れているかのようだ。

日本《にほん》を出て、中国。そこからアメリカに渡り、今度はフランスへ。

ここに至るまでの旅路は、厳しいというほどのものでもなかったが、だからといって平坦《へいたん》なわけでもなかった。

だが、ついにこの地に辿《たど》り着いたのだ。

このところ光を失いがちだった国貴の双眸《そうぼう》は燃えるように輝き、端整な面差しは明るさに満ちている。

二日ほど前までは船酔いのせいで蒼褪《あおざ》めた顔をしていたのが嘘《うそ》のように、恋人の瞳《ひとみ》は明るく煌《きら》めいていた。

彼の希望に満ちた瞳を見ているだけで、遼一郎の心は熱く奮い立つ。

ここまで来られて、よかった。

愛《いと》しい人に安息を与えられない自分自身の不甲斐《ふがい》なさに苦しみもしたが、新天地では何もかも変えられるはずだ。

けれども、かつて、自分の恋敵だった男の呪詛《じゅそ》がこんなときに限って遼一郎の耳に谺《こだま》する。

——おまえたちに安住の地はない。地の果てまで、逃げ続けるがいい。

あの憎しみに満ちた声を思い出すたびに、遼一郎は自分の臆病《おくびょう》さを嘲笑《あざわら》う羽目になるのだった。


「どうした、静かだな」

「とうとうここまで来たのかと思うと、感動してしまったんです」

「そうか。じゃあ、パリではまず、美味《おい》しいものをたくさん食べよう」

「ル・アーヴルでも食べたじゃないですか」

悪戯《いたずら》っぽく指摘する遼一郎を見据え、国貴は甘く破顔した。

「だけど、パリは美食の都というだろう？　きっともっと美味しいものがあるよ」

子供のようにパリでの日々を楽しみにする国貴が、可愛くてたまらない。

何があってもこの人を守り続けよう。

故郷を追われて逃げ続ける生活に対する埋め合わせがその程度で叶《かな》うとは思えないが、それが遼一郎にできる唯一のことだった。

1

アメリカとフランスを往復する貨客船は満員で、一等から三等まで数多《あまた》の船客を詰め込んでいる。

一九三三年三月。

清潤寺《せいかんじ》国貴《くにたか》と成田《なり》遼一郎《たりょういちろう》を乗せてニューヨークを出発した船は北大西洋《たいせいよう》航路を粛々と航海し、フランス北部のル・アーヴルに到着することになっている。

三等の船倉は最も運賃が安く、ただ寝起きをするためだけの場所だ。乗客は蚕棚《かいこだな》のような狭い寝台を宛《あて》がわれ、日がな一日をそこで過ごす。躰《からだ》を動かしたければ甲板に出て歩くほかなく、上級の船室を予約した乗客とは交錯しない構造になっている。等級によって船室の豪華さは勿論《もちろん》、甲板や食堂までが違い、国貴たちが一等の客と行き合う機会は皆無に等しかった。

「狭くないですか、国貴様」

「平気だよ」

この航海に出てからというもの、いったい何度そう問われたことか。

穏やかな微笑《ほほえ》みを浮かべた国貴は、自分を案じる遼一郎を見やる。

フランスまでの所要日数は五日程度で、日本から渡米したときに要した時間を考慮すれば、多少の狭さなど苦にならなかった。

気遣わしげに自分を見ていた遼一郎は、ふと、懐中時計に視線を落とした。

「そろそろ食事の時間ですね。行きましょうか」

「うん」

アメリカで購入したのは割安の食事つきの切符で、これさえあれば食事にあぶれない。けれども、この大型客船に乗るすべての人間が一度に食事をできるわけではないため、食堂は三回の交代制となっている。国貴たちのチケットは二番目に食事ができると印刷され、ちょうど入れ替えの時間だった。

古い船倉を出て進むと廊下のペンキがところどころ剝《は》げているし、空気が籠もっているためどこもかしこも饐《す》えた臭いがして息苦しい。旅費を節約する必要があったので、最下等の部屋に押し込められるのは仕方なかった。

「今日は何かな」

「また肉でしょうね」

「だろうな。折角《せっかく》海にいるんだから、美味しい刺身でも食べたいよ」

「……ええ」

冗談めかして言ったつもりだったが、遼一郎はそうは受け取らなかったようだ。想像以上に遼一郎の声が深く沈んだ気がして、国貴は自分が配慮のないことを口にしてしまったと反省した。

美味しい刺身が食べられるような国は、今のところ日本しか思いつかない。いくらフランスが美食の国であっても、まずは醬油《しょうゆ》が手に入るかどうか。

「到着したら、美味しいワインを飲もう」

「いいですね」

気持ちを切り替えたらしく、彼の声が明るくなる。

「エスカルゴもよさそうだ」

「エスカルゴはかたつむりですよね。美味しいんでしょうか」

「さあ。僕も食べたことはないけど、試してみないとわからないよ。あとはムール貝とか……」

フランスの名物が何かあっただろうかと指折り数えていると、遼一郎が優しく笑いかけてくれた。

「さっきから食べることばかりですね」

「本当だ。そこまで食いしん坊のつもりはなかったんだけど」

今は、新しい世界への希望と歓喜が胸中に渦巻いている。これまで手にしたことのない絵の具で、二人の生活を塗り替えていくのだ。新しい共同作業の喜びを思えば、不安よりも期待が大きかった。

公家《くげ》の名門とは名目だけで、典型的な没落華族である清澗寺伯爵家。その長男の国貴は、約十年前までは陸軍省の中尉《ちゅうい》として参謀本部《さんぼうほんぶ》に勤務していた。

　国貴は果てのない放蕩《ほうとう》に耽《ふけ》る父の冬貴《ふゆき》に代わり、三人の弟妹――次男の和貴《かずたか》、三男の道貴《みちたか》、末の妹の鞠子《まりこ》の模範となり、家を再興すべく奔走していた。けれども、その報われぬ目標に、当時の国貴は希望を見出《みいだ》せずにいた。

　己を捨てて家のために生きる人生に言い知れぬ虚《むな》しさを覚え始めた頃《ころ》、国貴は使用人の息子で幼馴染《おさななじ》みの遼一郎と再会したのだ。

　最初はただの懐かしさから交友を復活させた国貴は、いつしか、遼一郎を愛していることに気づいてしまった。

　しかし、表向きは社会主義運動に身を投じていた遼一郎はじつは憲兵のスパイとなっており、最早《もはや》抜け出せない泥沼に陥《おちい》っていた。仲間を殺害した嫌疑をかけられた遼一郎を救うため、国貴は旧知の憲兵の浅野《あさの》要《かなめ》を裏切り、遼一郎と上海《シャンハイ》に逃げ延びた。

　陸軍は参謀本部から裏切り者が出たのが発覚するのを恐れ、清澗寺家と共謀《きょうぼう》し、国貴は事故死したものとして処理をしたという。

　陸軍に叛逆《はんぎゃく》してまで遼一郎を選んだ国貴だったが、二人の苦難はそこで終わらなかった。

　幼少時の怪我《けが》が原因で視力を失い、義眼を嵌《は》めている遼一郎の左眼《ひだりめ》の具合が悪化したうえ、互いの過去を知る者に再会してしまったのだ。二人は秘密裏に日本に帰国して家族と再会を果たしたが、このままでは平穏は望めないと、新天地を求めて渡米した。

　幸い遼一郎の目の手術は上手《うま》くいったものの、排日運動――日本人移民に対する差別が激しくなったアメリカは二人の安住の地とはなり得ず、こうしてフランスを目指して旅立ったのだ。

　食事を終えた国貴は遼一郎と別れ、時間交代で上がれるデッキに向かうことにした。遼一郎はあまり興味がないようで、船倉に残っている。

「お一人ですか？」

甲板で伸びをした国貴が背後から明るく声をかけられて振り返ると、金髪の青年が背後に佇《たたず》んでいる。いかにも高級そうな背広を身につけ、国貴を見つめるまなざしは人懐っこそうだ。

「いえ、連れがいます」

「どこに？」

彼がきょろきょろとあたりを見回したので、国貴はつい噴き出してしまう。

「そういう意味ではなく……ここにはいませんが、船倉にいます」

「船倉？　あなたのような美しい人が、三等で？」

「ええ、お金がなかったので」

明け透《す》けな態度で驚きを示されたので、貧乏を揶《や》揄《ゆ》された気分にはならなかった。

「どちらからですか？」

「アメリカです」

「アメリカ……中国ではなく？」

怪訝《けげん》そうに再度尋ねられ、国貴は口許《くちもと》に社交用の笑みを刻む。

「惜しいですね。祖国は日本です」

国貴の答えを聞き、青年は「ああ」と大仰に両手を挙げるゼスチャーをした。

「まさしくオリエンタル・ビューティだ！　たおやかな蘭《らん》のような気高さ、そして匂《にお》やかさだ。あなたは本当に美しい」

「ありがとうございます」

反応に困って素っ気なく礼を返すと、彼は大袈裟《おおげさ》な身振りで落胆を示した。

「まいったな。これでも精いっぱい褒めたつもりなんだが、やはり褒められるのに慣れているようだ」

「あ、いえ……」

青年との会話は退屈だったが、彼が三等の客は立ち入れない上級先客用の甲板に誘ってくれたので、国貴はそちらへ向かうことにした。

「僕はフランスには商売に行くところなんですよ」

「商売？　どのような？」

「武器の売り込みです」

青年がさらりと言ってのけたのを耳にし、国貴は眉間《みけん》に皺《しわ》を寄せた。

「武器ですか？」

「ええ、フランスは国境線が広い分、何かときな臭いですからね」

快闊《かいかつ》に言う青年は、自分が何のための商品を売り捌《さば》いているかを意識していないようだ。それ以上に、散策をしているほかの船客が国貴をじろじろ見ているようで気になってしまう。そのうちの一人の女性が、青年に声をかけてきた。

「あら、今日は美しい方と一緒なのですね」

「今知り合ったんですよ。名は……」

「こんにちは」

にこりと笑うことで名乗るのを避け、国貴は女性に会釈をする。

「ねえ、パリに着いてからの予定について話していたんです。混じりませんこと？」

自分の住むべき世界は、ここにはない。

華やかで気怠《けだる》い空気は今の国貴には毒にも等しく、そこには長く浸《つ》かっていられない。

どんなに貧しくとも、国貴のいるべき場所は、常に遼一郎の隣にあるのだ。

「よかったら、またあとでゆっくり話せませんか」

「三等の乗客は、甲板には上がれません」

「僕の客だと言えば、問題ありません」

「では、機会があれば」

確答を避けた国貴は曖昧な笑みを浮かべて相手に目礼し、船室へ通じるドアに向かって歩きだす。

国貴の姿かたちが人一倍目立つのは今までの経験からも熟知していたが、これで本当にフランスで隠れ住むことができるのだろうか。フランスもアメリカ同様、日本人が多く居留している土地として知られていた。

そうでなくとも、父親である冬貴と弟の和貴は、社交界でも色狂いの淫乱《いんらん》として知られている。その血統であるのは、国貴の外見からも明白だった。

千年近い伝統を持つ清澗寺家はその閉鎖性ゆえに、色に溺《おぼ》れる亡者の集まりのように外からは思われており、同時に軽蔑《けいべつ》されてもいた。

だからこそ、遼一郎にあたかも妾《めかけ》のように囲われ、人目を忍んで隠れ住むのは自尊心が許さない。かといって遼一郎は人一倍心配性で、国貴が矢面に立つのを極端に嫌がる。そんな二人では、時としてお互いに意見を摺《す》り合わせるのが困難だった。

長男同士というのは融通が利かないのかもしれないな、と、国貴は諦《あきら》め顔で苦笑する。

視線を転じると、靄《もや》の向こうに黒い陸地がうっすらと見えてくる。

あれが、夢にまで見たフランスの大地。

港があるル・アーヴルにはもうすぐ着くのだと、心が喜びに燃え立つ如く熱く震えた。


フランスを代表するル・アーヴルの港には多くの客船が停泊し、騒がしく啼《な》きながら鴎《かもめ》が飛び交う。栈橋は到着を待つ人々で賑《にぎ》わい、荷物を運搬する者たちがあちこちを多忙な様子で行き交っていた。

海沿いの建物は倉庫が多いものの、遠くに霞《かす》むような教会の鐘楼《しょうろう》が見えて遼一郎は目を細める。

エリート軍人だった国貴と違ってまともな教育を受けたことのない遼一郎は、英語に関しては生活に必要なことしか話せないし、フランス語も船の中で覚えた一夜漬けのようなものだ。

それでも船の中で格好の話し相手を見つけ、挨拶《あいさつ》の応酬くらいはできるようになった。役所の係官は移民申請なら慣れたものだからと同じ船倉の旅客に慰められたものの、それでも緊張してしまう。

何しろ、逃亡者である遼一郎と国貴の旅券は偽造されたもので、フランスは移民を受け容《い》れていないながらもその扱いはかなり厳しいと聞いていたからだ。

「こちらが移民申請の窓口だそうだ」

「すごい人ですね」

国貴と二人で看板に従って移動すると、既に多数の移民希望者がずらりと列をなしている。中には船内で見かけた顔もあったし、他の地域から来たと思《おぼ》しき一群も見受けられた。皆、疲労や緊張は漂わせていたものの、その顔つきはこれから始まる生活への希望に光り輝いていた。

遼一郎が旅券と書類を提出すると、係官はインクで汚れた手で書類を捲《めく》り、手際よくスタンプを押していく。

フランスへの移民は滞在にあたり、公的な機関によって発行された身分証明書――『キャルト』の携帯が義務づけられている。

それらは居住地の役所あるいは各国の大使館で発行されるので、移民は二週間以内に職を決めて証明書の発行を済ませなくてはいけなかった。

遼一郎と国貴はル・アーヴルで職を求めてはいないので、まずはパリに向かうつもりだった。そこから別の土地に赴くにしろ何にしろ、まずは日本大使館で出生証明書をもらわなくてはいけない。

「それでは、あとはパリに行ってから手続きするように」

制服を着た係員はしかつめらしい顔をしてそう指示をし、発行したばかりの暫定的な滞在許可書を差し出した。

「はい、ありがとうございました」

手続きが無事に済んだことに胸を撫《な》で下ろし、遼一郎は国貴を顧みる。国貴も難なく終了したらしく、待ち受けていた遼一郎を見て微笑んだ。

「思ったより早かったな。パリへ行く汽車の時間を調べて、時間があるなら食事にしよう」

「ええ、国貴様」

移民希望者はまだまだ列をなしており、国貴たちはそれなりに早く終わったほうだったらしい。

ル・アーヴルの街はこれまでいたニューヨークの

清新さとはまったく違って伝統を感じさせた。

古い街並みの重厚さ。くすんだ煉瓦《れんが》の色合い。石畳。石造りの教会の荘重さ。

この賑やかな港町は、パリの住民にとっては海水浴のための避暑地の役割も果たすのだという。夏にもなると上流階級の人々が大挙して押しかけるが、春先の今は観光地として役目は休業中だった。

遼一郎の傍らを歩く国貴は先ほどから何度も「すごい」と連発していたものの、やがて恥ずかしくなったのか、それとも感激のあまり言葉を失ったのか、次第に静かになっていった。

故郷から斯《か》くも離れ、一続きの大陸でありながらも無数の山河に隔てられた異郷に辿り着いた。

目を閉じると、今でも思い出す。

雑多ではあるが、懐かしい東京《とうきょう》の景色。水面を艶《つや》やかに染める春の桜、新緑の木々。色とりどりの紅葉、薄く雪が積もった朝に吐く仄《ほの》かな白い息。

いずれも日本でなくとも見られる光景ではあるかもしれないが、それでも、故郷の風景を思い出してしまうのはなぜだろう。

故郷を離れて、もう十年以上経《た》つ。記憶は薄れるどころか愛着を増し、帰りたいという本能が働いているのだろうか。

「遼、これからどうする？」

国貴が思いの外《ほか》明るい声で尋ねたので、遼一郎は現実に引き戻される。愛おしげに教会の外壁を撫でる国貴の目は光輝を帯び、それは、どんな宝玉とも引き換えられぬ千金の価値があるものだった。

自分には、この美しい恋人がいる。

故郷を捨て、命に替えてまでも守りたいと願う、誰よりも愛する人が。

国貴が自分との未来を信じてくれている限りは、遼一郎は迷わずに進んでいけるだろう。

「先に駅に行って切符を手に入れましょう」

「そうだな。僕は少しお腹《なか》が空《す》いたよ」

「時間があればカフェに入れますし、なければ何か食べ物を買ってから乗りましょう」

「うん」

駅に立ち寄った二人は弄せずにパリまでの切符を二枚買い求め、駅にほど近いカフェに入った。

煉瓦を組んだ外観とファサードが洒落《しゃれ》ていたし、客もそれなりに入っていて居心地がよさそうだったからだ。

アジア系の二人は追い出されやしないかと密《ひそ》かに心配しつつ店に入ったが、若いギャルソンは二人の人種にはまったく関心を払わず、あっさりと厚紙に書かれたメニューを差し出してきた。ところどころインクが滲《にじ》んでいるうえ、癖の強い書体でのフランス語の文字に悪戦苦闘しながらも、何とかplat du jourが日替わり料理だろうと見当をつけ、それと白ワインを頼んだ。

ワインが来たあと、ややあって帆立貝のグリルに野菜を付け合わせたものとバゲットが供され、ギャルソンは愛想よく「Bon Appetit!」と言い添える。

「今の、何だろう」

「いただきますみたいなものでしょうか？」

「従業員がいただきますと言うのは変だから、召し上がれとか？」

ひそひそと話しつつも、目の前にある美味しそうな料理が冷めるのは忍びなく、どちらともなく両手を合わせてから食事を始めた。

久々に食べる魚介類はたまらなく美味で、ワインと合わせるとまるで胃に染み込むような絶妙さだ。夢中になって続けざまに食べると、漸《ようや》く腹が落ち着いてくる。

「夜にはパリに着いているなんて、信じられないな」

壁の時計を見てそわそわした様子で国貴が言うので、破顔しながら「本当に」と相槌《あいづち》を打った遼一郎は、改めて時間を確かめた。

「そろそろ行きましょう」

「うん」

グラスのワインを飲み干した二人は立ち上がり、

すぐ近くのル・アーヴル駅へ戻る。

「パリ行き、すぐに出発ですよ！」

改札を経て切符を差し出すと、乗客係が二人を手近な客室に押し込めた。

二人で向かい合わせの席に座れたうえ、窓際に陣取れたのが嬉《うれ》しかったらしく、目が合うと国貴が唇を綻《ほころ》ばせた。

……可愛い。

フランスに来ることが決まってからというもの、国貴はずっとはしゃいでいる。この国はかねてからの憧《あこが》れの地だったそうで、その素晴らしさを船の中でも滔々《とうとう》と語ってくれたほどだ。そういえば昔から、国貴は外国に対する憧憬の念が人一倍強かったようで、日本にいたときもよくその話になったものだ。

「ここから三、四時間はかかりますから、少し眠ったほうがいいのでは？」

「そうは言うけど、寝てなんていられないよ」

「疲れているのでしょう？」

国貴は「三十を過ぎた男を子供扱いしなくていい」と、二つ年上の遼一郎に対し、それこそ子供っぽく唇を尖《とが》らせる。

二人の言葉はほかの乗客にとっては異国の旋律のようにも響くらしく、国貴と遼一郎の会話をもの珍しげに聞いている。

それでもさすがに疲労していたのか、窓から入り込む午後の燦々《さんさん》たる陽射《ひざ》しもものともせず、国貴はあっという間にうつらうつらし始めた。

その精緻《せいち》な彫刻の如き美貌を見つめているだけで、心がほっと安らいでくる。

出会った頃の凜々《りり》しさとみずみずしさをそのままに保つ国貴は、常に変わらずに美しい。たとえどんなに貧しい生活を送ったとしても、その容貌は曇ることもなく、精彩を失わなかった。

船倉は当然ながら窓がなく、夜中に不意に目が覚めても、暗がりの中では何も見えなかった。目が慣れてくるまでのあいだ、本当に自分が失明したのではないかと恐ろしくもなった。

何よりも耐え難いのは、国貴の顔を二度と見られなくなることだ。だからこそ遼一郎は、眠りに落ちる直前まで国貴の顔を見つめることにしていた。

国貴だけが、遼一郎のすべてだ。

自分には彼しかいないというのはかけがえのない幸福であり、そして、途轍《とてつ》もなく孤独だった。

愛する国貴は心の奥底には自分以外の守るべきものを持つと知っているだけに、その寂寞《せきばく》は遼一郎の心を強く、強く縛りつけていった。


花の都、パリ。

己の生涯において日本から数千キロ以上も離れたこの地に来る日がやって来るとは、国貴は想像だにしなかった。

窮屈な陸軍省での日々、帰宅した国貴の楽しみは外国の街を写した雑誌を眺めることだった。


中でも歴史ある欧州《おうしゅう》の街並み――取り分けパリとロンドンは国貴の心を捉えて放さなかった。

そのパリに刻一刻と近づくにつれ、国貴の昂奮《こうふん》はいっそう大きなものになっていった。

窓外に見える景色は、先ほどからずっと似たような田園風景が続いている。冬のあいだは畑では干し草作りが行われているらしく、あちこちに大きな塊が転がっていた。

ややあって大きな橋梁《きょうりょう》が見えてきて、国貴の心は自然と高鳴る。

これこそ、セーヌ川ではないだろうか。

募る昂奮になかなか冷静になれない国貴をよそに、うたた寝から目を覚ました遼一郎はまだ眠たげに目を擦《こす》った。

「もうパリに入ったんですね」

「うん」

「そろそろ下りる時間か……サン＝ラザールはとても掏摸《すり》が多いそうなので、気をつけて」

「ああ」

「わかっていますか？　随分、上の空ですね」

苦笑交じりの遼一郎の声すら、国貴の耳を素通りしていく。

幼い頃からの憧れの地を前にして、平常心でいられるわけがない。

見かねたらしい遼一郎が国貴の財布をポケットから取り出し、それを内ポケットに収めてくれる。それから、黒い目を瞬かせてにこりと笑った。

「こんな風に嬉しそうなあなたを見るのは、久しぶりだ」

「いつもそんなに不機嫌そうな顔をしていたか？」

きょとんとする国貴を目にし、向かい側の座席に座った遼一郎は小さく吹き出した。

「そうではありませんが……いいものですね、旅も」

どこか感慨深げな遼一郎の声も弾んでいて、国貴はすっかり上機嫌になる。

汽車は次第に減速し、やがて、多くの人で溢れるプラットホームに停車した。

ここが、サン＝ラザール駅か。

「一緒だ……」

「え？」

「モネの絵で見たんだ、このプラットホーム」

日本でも印象派の大家として知られるモネの絵で見たサン＝ラザール駅は、質実剛健な印象だった。

頑丈な鉄骨で支えられた硝子の屋根を照らし出す夕陽、その下に停《と》まる無骨な黒い汽車。ホームを行き交う人々。黒煙と水蒸気はあたかも揺らめく陽炎《かげろう》のようで、広い空間に立ち込めていた。

いくら遼一郎に掏摸に気を配らなくてはいけないと釘《くぎ》を刺されていても、この光景を前にしてはそんなことは頭から吹き飛んでしまう。

右手に重いトランクを持ったまま、列車から下りた国貴はぽかんとしてその前衛的な設計の駅舎に見入る。

もっとはっきりとモネの絵を目に焼きつけてくれ

ばよかった。そうすれば、絵とどんな風に違うかをつぶさに確認できただろう。

「危ねえな！」

急に立ち止まった国貴が通行人にぶつかりそうになったため、相手はフランス語で罵声《ばせい》をかけてきた。

「大丈夫ですか、国貴様」

「うん……」

国貴は目前の情景に圧倒され、ろくに反応できない。

「このあと観光をしたら、あなたの魂が抜けてしまうかもしれませんね」

遼一郎の冗談に、国貴は「行くよ」と慌てて答えた。

「だけど、先に書類関係の発行を済ませないと。それに、仕事も探さなくちゃいけないだろう」

すべきことを一つ一つ口にしているうちに、だんだん現実に引き戻されてくる。

「じゃあ、とりあえず宿屋を探しましょう」

「あの人たちは？」

ホームで『Hotel』と書かれた看板を持つ人々は、ホテルの客引きだ。身なりも立派だし、怪しいところには案内されないだろう。

しかし、遼一郎はきっぱりと首を横に振った。

「客引きのいるようなホテルなんて、きっと高級ホテルですよ。そこに人手を割けるというのは、余分に人を雇っているってことですから」

「そうか……」

「おそらく、裏通りに安宿があるはずです。日本でもそういうものだったでしょう？」

確信を持った口ぶりで言う遼一郎に従い、駅を出て半信半疑で目立たない裏通りへ向かう。すると、彼の言うとおりにすぐに宿屋の看板をかけた煉瓦作りの建物が見つかった。

そのうちの一軒は入り口も明るく清潔そうだったので、二人で相談してそのホテルを選んだ。

「ここからエッフェル塔まではどれくらいですか？」

「歩くなら一時間はかかるから、地下鉄がお勧めです。でも、コンコルド広場やシャンゼリゼーを経由すれば、きっと楽しい散歩になりますよ」

応対した赤毛の従業員は英語も堪能《たんのう》で、遼一郎の問いに対して丁寧に答えるだけでなく、愛想よく別の情報も加えてくれた。

「じゃあ、荷物を置いてから出かけよう」

「そうしましょうか」

値段の割りに宛がわれた部屋はかなり狭かったが、荷物を置くとやっと身軽になった。

「まずは、役所だな」

「この時間では、きっとぎりぎりです。終わる間際に出向いて嫌がられるよりは、明日の朝にして、今日は見物しましょう」

遼一郎が珍しく自分の意見を押し通そうとしたのに対し、彼なりの気遣いを覚えた国貴は反論するつもりはなかった。

コンコルド広場に近づくにつれてあの有名な白いオベリスクが目に入り、国貴は感動に打ち震えた。

美しい並木のシャンゼリゼー大通り。ルーヴル美術館。

いつかは見たいと思ったものが、すべて、この世界に現実にあるという事実が国貴を歓喜させる。

そのうえ、傍らには誰よりも愛する人がいるのだ。

すべてを失ってもなお、ともに人生を歩みたいと願った存在が。

パリを西から東に斜めに貫くメトロは、パリ万博を機に開通した。階段の入り口はアールヌーヴォー建築で有名なギマールが設計したそうで、巨大な昆虫の羽根が連なったような外観からは、独特の美学を感じられる。

試しに利用してみたメトロの駅はエッフェル塔にほど近く、鉄骨で造形されたその巨大な塔を間近で目にした国貴は、呆然《ぼうぜん》としてしまう。

「国貴様？」

「すごい……」

言葉を失い黙したまま塔を眺めていた国貴は、やがて、遼一郎の視線に気づいて我に返った。

「悪いな、遼」

「あなたが喜ぶのを見ると、俺も嬉しいです。でも、そこまで思い入れのあるものでしたか?」

「うん」

はにかんだように破顔し、国貴は遼一郎の手を引き寄せる。

握った手は思ったよりも冷たくて、そのことに少しだけどきりとさせられた。

この手を、自分の熱であたためたい。

彼がいつも、国貴の心をあたためてくれるのと同じ熱量で。

「ずっとずっと憧れていたんだ。もし軍人にならなければ、僕は何をしていたんだろうと、よく想像したよ。そのうちの一つが世界中を旅して、この芸術の都を訪れることだったんだと思う」

「そうですか……」

「今はおまえがいる」

国貴は口許を綻ばせ、誰よりも愛しい相手を真っ直《す》ぐに見つめる。

「国貴様……」

「僕にはおまえがいる。上海でも、アメリカでも、フランスでも……いつもそばにおまえがいてくれるんだ。これほど心強いことはない」

「——俺も、です」

遼一郎は力強く首肯し、国貴の手を握り返した。

農作業をしていたせいで一年中日焼けしている遼一郎の手は、今やごつごつとして節くれ立っている。

その男らしい手に触れられることが、このうえなく心地よかった。

「さあ、登ってみましょう」

「うん!」

お上りさんらしくエッフェル塔に登るとすっかり疲れてしまい、二人は観光はそこで諦め、食事を済ませてホテルに戻ることにした。

後ろ髪を引かれる思いでメトロの駅へ向かおうとした国貴に、どすんと小柄な少年がぶつかってくる。

「おっと、ごめんよ！」

早口のフランス語で捲《まく》し立てられた国貴はすっかり気圧《けお》されて目を瞠《みは》るが、走り去った少年を尻目《しりめ》に遼一郎が慌てたように「大丈夫ですか⁉」と声を上擦らせる。

「大丈夫だよ、遼。財布は鞄《かばん》の一番下だ」

「そうなんですか？」

「うん、こんなところで盗まれたらたまらないからな。僕も少しは学習してるだろう？」

さっきも遼一郎に注意されたため、それくらいの気遣いはしている。

「少し、というところが控えめですね」

お坊ちゃま育ちというのは自覚があるし、それは、陸軍で揉《も》まれているときにも改善されなかった。

世間知らずな自分を歯痒《はがゆ》く思い、少しでも変わりたいと考えている。


そうでなければ、遼一郎の足を引っ張ってしまいそうで怖い。これから先の生活がどんなものになるのかまだわからないのだから、油断は禁物だ。

ホテルの近くまで戻った二人は、かなり混み合ったカフェに入ってみることにした。

折角だから、人気がありそうなカフェに入ろうと意見が一致したためだ。

とはいえ、ギャルソンの渡してくれたメニューは今まで以上に読みづらく、国貴と遼一郎は額をつき合わせて眉根《まゆね》を寄せた。

「ええと……これは……」

読めない。

生憎日替わり料理はないようで、辛《かろ》うじてスープとオムレツは読み取れたが、あとはお手上げだ。匙《さじ》を投げかけたそのときに、「お手伝いしましょうか」という声が降ってきた。

顔を上げると、傍らには人懐っこい顔つきの青年が立っている。どうやらすぐ隣のテーブルの青年のようで、わざわざ立ち上がって助け船を出してくれているのだ。遼一郎は微《かす》かな警戒心を見せたものの、そこまで気にする必要はないはずだ。身なりもよく、おっとりとした口ぶりから察するにおそらく上流階級の青年だろう。

「英語でお願いできますか？」

「勿論。ここに書いてあるのが店のスペシャリテ《お勧め》。俺のお勧めはオニオンリヨネーズ……つまり、オニオングラタンスープと、このオムレツだな。それから、煮込み料理もパリじゃ指折りの旨《うま》さだよ」

　素早く値段を計算し、国貴はその三品なら頼んでいいだろうと考える。

「ありがとう」

「どういたしまして」

「あとは煮葡萄酒《ホットワイン》もお勧めだ」

「さすがにこれ以上躰があたたまったら、裸にならないといけないので」

「それは見てみたい気がするけどな」

　悪戯っぽく言って、青年が片眼《かため》を瞑《つぶ》った。

　ギャルソンに身振り手振りで三つの料理を注文し、国貴は改めて遼一郎に向き合う。

　すぐに運ばれてきたオムレツはバターと卵、ミルクがたっぷり使われており、舌が蕩《とろ》けそうなほどに美味しかった。

　アメリカにいるときは贅沢《ぜいたく》すぎて外食なんてほぼできなかったし、そもそも料理がどれも口に合わなかった。なのに、こんな場末のカフェであっても美味しいものが出るという事実に、国貴は暫《しば》し感懐に打たれた。

「美味しいよ、これ」

　国貴が遼一郎に皿を差し出すと、それを見守っていた青年がぷっと噴き出した。

「……何か？」

「いや、料理を分け合うなんてとても仲がいいんだなと思って」

　国貴は頬を赤らめ、そして俯《うつむ》く。

この国は敬虔《けいけん》なカトリック信者が多いから、同性愛者は差別されるのは目に見えていた。だが、青年は気づいていないようで「仲がいいのは素晴らしいことだ」とまとめた。

暫《しばら》く食事に没頭していると、遼一郎が気づいたように目配せをする。

「パリは日本人が多いですね。たぶん、あそこを歩いているのも……」

窓越しに見かけた青年はポケットに手を突っ込んで歩いており、確かに日本人のようだった。

永井荷風《ながいかふう》がフランスへ渡ってからもう三十年も経ち、現在では年々多くの若者たちがフランスに流れ着いていると聞く。

いったいどこに行けば、誰にも見つからずに暮らせるのだろう。

満腹になり二人が人心地ついたと見て取ったらしく、先ほどの青年が椅子《いす》を引き摺《ず》ってきて同じテーブルに着いた。

「君たち、フランスには観光に？　アメリカ英語だから、あっちから来たんだろう？」

「いえ、仕事を探しに来ました」

「ああ、移民か」

青年はこともなげに頷き、赤ワインで喉《のど》を湿らせてから続けた。

「移民を必要としている働き口はいろいろあるから、どこでも選び放題だ」

「そんなに需要があるんですか？」

「残念ながら、このあいだの戦争で我々は多くの国民を失ってしまった。とにかく労働者が足りなくて、公的な機関が移民の獲得に乗り出してるくらいだ」

十九世紀半ばには既に少子化傾向にあったフランスは早くから移民の受け容れを進めていたが、前《さき》の世界大戦において壊滅的な打撃を被《こうむ》った。

英仏独三国の中で、フランスのみが国土が戦場となり、なおかつ敵国に占領されたことで百四十万人もの死者が出たのである。非軍人の死者のうち六十七万人あまりが農民で、農村は大きな打撃を受けた。

結果的にフランスは十八歳から六十歳までの男子のうちの六分の一を戦争によって失ってしまった。また、戦争による出生率の低下も深刻な問題となって突きつけられた。

こうしたことから、一時低調になっていた移民の受け容れが活発になったと聞く。

「勤め先の業種によって、身分証明書の色まで変わるんだ。何の仕事に就くかは、手続きに行く前にある程度決めておいたほうがいい」

「ご親切にありがとうございます」

誠意のある忠告を受けて国貴は謝意を示し、遼一郎も目礼する。

「俺もついこのあいだまで、鉱山で人事をやっていたからね。残念ながら、家業を継ぐためにこっちに戻ったんだよ。それで移民と関わるうちに情が移ったみたいで……ともかく、本当は鉱山労働が一番割りがいいんだろうが、これがかなりきつい。君は細いからやめたほうがよさそうだ」

アルコールが舌を軽くするのか、あるいは生来のおしゃべり好きなのか、青年はつらつらと言いながら、何杯目とも知れぬ赤ワインを飲んでいる。

「うちの鉱山はポーランド移民が多かったな。大人も子供も、真っ黒になって働いてたよ」

「周旋会社はすぐに見つかりますか？」

漸く青年が一拍置いたので、国貴はこの会話で生じた疑問を口にした。

「無論だよ。よければ俺の知り合いの会社を教えようか？　君みたいな人は変なやつに引っかかると困るけど……保護者がいるなら大丈夫だろう」

「変なやつ？」

合点が行かず首を傾《かし》げる国貴を目の当たりにし、青年の赤ら顔が更に赤みを増したように思えた。

「その……つまり、ムーランルージュとか……ええと……」

青年がそこだけ口籠《くちご》もったので、国貴は「ああ」

と吹き出しそうになる。

たちの悪い業者に騙《だま》され、男娼《だんしょう》にでもされるのではないかと案じてくれているのだろう。

「わかりました、気をつけます」

「この国での生活が、君たちにとってよいものになることを祈っているよ」

一足先に食事を終えた青年は陽気に笑って右手を差し出すと、自分は支払いを済ませて出ていった。

「親切な人だったな」

「……ええ」

「それにしても、僕はいくつに見えるんだろう」

ぼやくように発した国貴を見つめ、遼一郎はグラスを手に目を細めた。

「十代はないとしても、二十代前半というところではありませんか」

「まいったな。遼のことを保護者って……」

「俺が老けてるってことでしょう」

「遼は年齢相応で、僕が悪いんだよ」

困惑した国貴が含羞《がんしゅう》を込めて俯くのに対し、遼一郎は複雑な顔つきだった。


フランスを訪れた移民が身分証明書を手にするためには、母国の出生証明書を手に入れ、その国の出身者であることを証明する必要がある。そうでなくては、身許《みもと》の不確かな悪党がフランスに入り込んで悪さをする可能性があるからだ。旅行者や学生であればそこまで厳しくないかもしれないが、就職をする以上は身分証明書がないと雇ってもらえない。

そのため、国貴は翌朝になると出生証明書をもらうべく一人で日本大使館を訪れた。

帽子を目深に被った国貴は、瀟洒《しょうしゃ》な建物の前で深呼吸をする。日本人が多くいるところを訪れるのは久々であるため、朝からかなり緊張していた。

守衛に会釈をして中に入ると、すぐさま「ご用件は？」と受付の女性にフランス語で問われる。

「身分証明書を取りたいので、出生証明書を受け取りたいのですが」

「そちらなら、この建物の一番奥ですよ」

「ありがとう」

出生証明書を発行するといっても、日本に問い合わせのための電報を打つには時間と費用を要するし、移民一人一人にそれだけの手間を掛けられないはずだ。従って、大使館での調査は形式的なものだろうと、国貴と遼一郎は予測していた。

二人とも旅券は偽造されたものだが、精巧な作りで、これまでに見抜かれたことはない。

申し訳程度に置かれた椅子に腰を下ろして手続きを待っていると、確固たる足取りで己の前を通り抜けていく者がいた。

彼の靴の動きに何気なく目を留めてしまったのは、男性のきびきびとした動きが軍靴《ぐんか》を彷彿《ほうふつ》とさせたからだ。

無論、日本大使館に陸軍軍人がいたとしても、何ら不思議ではなかった。

そもそも、軍事に関する情報交換や情報収集を担当する武官を在外公館に派遣させる仕組みは、十九世紀後半に既に確立されている。通例ではフランスの駐在武官は一名で、軍事的に重要と思われる国には武官及び補佐官が派遣される決まりだった。

「おはようございます」

「おはよう。陸軍省から電報は来ているか？」

どこか聞き覚えのある中低音が発した単語にはっとした国貴は、全身を強張《こわば》らせる。聴覚を彼らの会話に集中させ、やり取りに耳を傾けた。

「はい、こちらに」

「まったく、古巣とはいえこき使ってくれるな」

ぼやくような調子の男の言葉の端々から、相手が陸軍省の関係者であることを悟った。

彼が知り合いだったら、どうしようか。

いや、自分は昔と雰囲気も面差しも変わっているから、仮に知己だったとしてもすぐにはわかるわけがない。旅券の氏名も苗字《みょうじ》は偽名だし、国貴という名前はとびきり珍しいわけでもないはずだ。

当時の知り合いがどれほど陸軍に残っているかを考えれば、ここで知人に出くわす確率は低いだろう。

一頻《ひとしき》り話をしてから、「彼は？」と振り向きながら問うのが聞こえた。

どきりとする。

全身の毛穴から汗が噴き出すような、緊張感。

声の調子で、国貴を顧みながらの質問であるのは明白だったからだ。もっと背筋を丸めて惨めな雰囲気を演出しておくべきだった、と国貴は反省する。

「身分証明書の発行で、書類を取りに」

「なるほど」

床の上で、男の靴が鳴る。

次第に相手が近づいてくる気配にひやひやとしたそのとき、「安藤《あんどう》さん！」と誰かが声をかけた。

「何だ？」

「電話です」

「わかった」

男がくるりと身を翻し、そのまま靴音を響かせながら遠のいていく。

安藤——安藤……まさか！

記憶を手繰り寄せてある人物に行き着いた瞬間、国貴はまさに総毛立つような恐怖に襲われる。

その名前を端緒に、思考は一息に学生時代へ飛ぶ。

それも、因縁深い陸軍士官学校へと。

安藤千歳《ちとせ》。

国貴、浅野、安藤の三人はいわゆる同期の桜で、その中でも国貴だけが頭一つ飛び抜けて出世頭として陸軍大学校に入学した。

後に東京憲兵隊本部に配属された安藤は涼やかで端整な顔をしていたが、どこか爬虫《はちゅう》類じみた体温の低さを漂わせており、それが国貴には苦手だった。

同級生で旧知の浅野は決して国貴と気が合うわけではなく、一方的に好意を寄せられるばかりで心やすくしたこともないが、彼は彼なりに国貴に配慮を示してきた。

他人を手の内で転がすのを好む策謀家の浅野が、安藤だけはどうも警戒している風情だったので、それが何となく引っかかっていたのだ。

無論、安藤なんて名前はどこにでもある、ありふれたものだ。陸軍で安藤なんて姓の人物は、それこそ何人でも見つかるだろう。

それに、通例であれば駐在武官は二十代後半から三十代にかけての若手がなるものだ。安藤は国貴と同年代だし、優秀な男だから順調に出世しているはずで、今更フランスに駐在するとは思えない。

なのに、この胸騒ぎは何だというのか。

——怖い。

「清田《きよた》さん。……清田さん！」

「あ、はいっ」

偽名を呼ばれて慌てて席を立った国貴は、自分を見つめる視線に気づいたような気がしたものの、極力、意識しないように努める。


そうだ。自分たちは旅券からして偽名を使っているのだし、通常なら感づかれることもないはずだ。なのに、常に国貴は追跡者の跫音《きょうおん》に怯《おび》えなくてはいけない。

明るいはずの新生活の第一歩に、べったりとした暗雲が垂れ込めたように思えた。


「何だかずっと機嫌が悪いな」

出生証明書を手に入れた二人は目が回るような忙しい観光を終え、教えられた事務所に出向いて仕事の斡旋《あっせん》を受けた。

なかなかいい条件の仕事があったので即座に契約を結び、警察に行って身分証明書を申し込もうとしたが、費用のほかに写真が必要だと素気《すげ》なく断られた。それで慌てて写真館を探して写真を撮ったが、現像ができるのは明日になるとにべもなく言われてしまった。

おかげで一日の最後に湧《わ》き上がるのは言い知れぬ徒労感だったが、遼一郎のさも不機嫌そうな態度は国貴の勘違いではないだろう。

「いえ、べつに」

二つのベッドの一方に腰を下ろした遼一郎は、それきり言葉もない。

「工場は気に入らないか？　それなりに大きな街なら医者もいて、暮らしやすそうじゃないか」

「……ええ」

できる限りパリの近くに居を構えたかったのは、遼一郎の目が心配だからだ。ニューヨークの医師であるヴェルナーには紹介状をもらっていたので、パリの腕利きの眼科医はわかっている。ほかの都市よりはパリのほうが最新の治療を受けられるだろうと言われたこともあり、国貴は場所を最優先にするつもりで動いた。

紹介された工場は遼一郎と国貴の同居にも特に問題はなく、工場労働者用のアパルトマンも紹介された。職場までは徒歩圏内で、二人分の賃金を合わせれば十分に暮らしていける。

何よりも、遼一郎の心身にこれ以上の負担をかけなくて済むのが嬉しかった。

「昨日の人が、親切にいろいろ教えてくれたおかげだな。連絡先を聞いておけばよかった」

残念そうに呟く国貴の躰を、不意に遼一郎が抱き寄せた。

「遼……？」

「頼むから、そんなに楽しそうにしないでください」

「どうして？」

仕事が見つかったことが、気に入らないのだろうか。

二人の将来の展望が開けてきたのに、なにゆえに彼が悲しげな顔をするのかが理解できない。

「妬《や》いてしまう」

「妬く？　誰に？」

「話しているあいだずっと、あの男に下心があるのでは、と疑っていたんです。なのに、彼はただ親切なだけで……自分の狭量さが恥ずかしい」

素直に自分の欠点を羞《は》じる遼一郎の純朴さが微笑ましく、国貴は声を立てて笑った。

「僕だって、遼に女性が寄ってきたら焼き餅を妬くよ」

「生憎《あいにく》、俺に言い寄る物好きなんて国貴様ぐらいのものだ」

「そういう意味じゃない。僕の遼はいつも男前で……今日だって、シャンゼリゼーですごく目立ってて、すごく心配だった」

相手を褒めるのは慣れなくてどうしたって照れくさいけれど、それは本心からの言葉だった。

「そう言われるとかなり照れますね。嬉しいことは嬉しいのですが……」

言い淀《よど》む遼一郎はひどく照れくさそうで、それでも満更ではない様子なのに安心する。

「よかった」

「え？」

「思ったことをちゃんと言ってくれて。僕たちはすぐ、自分の気持ちを隠してしまうから」

それを耳にした遼一郎は、小さく吹き出す。

「な、何だ？」

「お互い様です。これでもう、お互いに隠しごとはありませんね？」

「勿論だ」

そう言った途端に脳裏を過《よぎ》ったのは、昼間に接近しかけた安藤のことだった。

だが、あれが同期の安藤と同一人物という確証はないし、遼一郎にそれを話せば彼はパリからできるだけ離れることを望むだろう。

遼一郎の健康のためには、パリから遠く離れた田舎に引き籠もるような選択肢はあり得なかった。

「遼」

触れてほしい。触れられたい。

様々な思いからその願いが込み上げてきて、国貴は遼一郎の躰にしがみつく。

それに気づいたのか、国貴の華奢《きゃしゃ》な顎を摑《つか》んだ遼一郎が唇を押し当てる。上唇を遼一郎の唇のあいだに挟むように弄《いじ》られて、くすぐったさと幸福感にぼんやりと思考が滲んだ。

「ふ…」

一頻りじゃれ合った遼一郎は黒々とした穏やかな目で国貴を見下ろし、優しく笑む。表情だけを目にすると、遼一郎の左眼《ひだりめ》が義眼とは思えない。精悍《せいかん》な面差しを見つめるたびに、国貴の心は幸福で満たされるのだ。

「今日、あなたを抱けないのが残念です」

「どうして?」

「壁が薄い」

遼一郎が微かに目を向けると、確かに、壁の向こうからは男女の話し声が聞こえるような気がした。

そんなことを気にして抱き合えないなんて、と国貴はむくれそうになる。


「僕はそんなに大声を出したりしないけど」

欲望に耽溺《たんでき》することはあっても、よほどのことがなければ自制を失ったりはしない。清澗寺家に生まれた人間であったとしても、そのあたりはきちんと心得ているつもりだ。

むっとした国貴が眉根を寄せると、遼一郎は薄く笑んで首を横に振った。

「あなたの声は色っぽいから……たとえどんな微かな声でも、誰かに聞かせたくない」

「……馬鹿」

頬を染めた国貴は口許を押さえ、涼しい顔の遼一郎を軽く睨《にら》んだ。

吐息が耳朶《じだ》に触れるだけでぞくぞくと性感が募るのに、何もしてくれないなんてずるい。

「それに、俺のほうがあなたの躰に溺れて大声を出すかもしれない」

「じゃあ、聞かせてくれ。おまえが僕に溺れるところを、見たいんだ」

「そうしましょうか」

人に聞かれない程度の自由があるという意味では、アメリカ時代が懐かしい。

それでも、今のほうがずっといいはずだ。

遼一郎に抱き寄せられ、シャツを脱がされながら、国貴はここに流れ着く前まで暮らしていた土地のことを思い出していた。

2

ニューヨーク州の中心であるマンハッタン島は世界でも最先端の都市だが、一歩外に出るとその周辺は鄙《ひな》びた昔ながらの合衆国の風景が広がっている。

大規模な農場の小作人として勤める手もあったものの、国貴《くにたか》と遼一郎《りょういちろう》は二人だけで耕せるような規模の畑を借りるのがいいと、あちこちを探し回った。

結果的には親切な地主から小さな畑と小屋を借り受け、二人はここで静かに暮らしている。

「ん……」

国貴が身動《みじろ》ぎをすると、同じベッドで眠っていた遼一郎が反応を示し、「国貴様」と呼びかけた。

ほぼ覚醒《かくせい》しつつあった国貴は、自分の躰を包み込むように伸ばされていた遼一郎の腕にキスをし、振り返った。

「おはよう、遼」

裸の躰同士が触れ合っていても、暑苦しさを感じることは殆《ほとん》どない。

秋の足音が聞こえるごとに、相手のぬくもりが恋しくなってくるからだ。

なけなしの金を叩《はた》いて買った毛布をもう一枚増やす頃には、冬の訪れとなるだろう。

自分を真っ向から見つめてくる遼一郎の瞳は力強く、とても愛おしい。

「おはようございます」

遼一郎は相変わらず堅苦しい口ぶりで、これを改善してほしいと願うのはもう無理な話のようだ。

そのことに関して、国貴はすっかり諦めてしまっていた。

自分のことを対等な目線で好きでいてくれるなら、話し方も呼び方もこだわらない。

「髪、伸びましたね」

朝陽《あさひ》に透ける黒髪を愛おしげに人差し指に巻きつけ、遼一郎が述べる。

「切ってほしいけど、今日は病院か」

この時間では、マンハッタンにあるヴェルナーの診療所に行くには早すぎる。

遼一郎の目は手術のおかげでだいぶよくなったとはいえ、苦労して予約を取っているのだから、すっぽかしてしまうわけにはいかない。

「そうです。でも、診察は午後からなのでまだ時間はありますよ」

「何の？」

「あなたを可愛がる、とか」

漸く髪から手を離した遼一郎が囁《ささや》き、国貴のうなじにキスをしてくる。

「髪を切る時間じゃないのか？」

「その髪形、とても素敵だから切りたくないんです」

言いながら遼一郎は、国貴の首を舐《な》めてきた。

「……だったら、畑を見に行かないと」

「それは明日でもいいでしょう。どうせ、収穫は明日の予定ですし」

半ば開き直った遼一郎にそう言われて、国貴はため息をついた。

それから躰ごとぐるりと回して、改めて遼一郎に向き直る。

「だめだ」

「どうして?」

「だって……つまり、昨日も……しただろう。こういうことは毎日すべきじゃない」

「昨日は雨で、お互いに体力が有り余っていましたから」

既に陽はだいぶ高いらしく、窓からは燦々《さんさん》とした陽光が入り込んでいる。

そうすると遼一郎の義眼が光を受け、懶《ものう》げな輝きを放つのが常だった。

「だから、そういう問題じゃなくて」

それじゃまるで、二人の営みを運動だか義務だかと同一に扱われているみたいで少し腹が立つ。

「据え膳《ぜん》はやめてください。俺は、いつもあなたに触れていたいと思っているんだから」

遼一郎が熱く耳打ちし、国貴の額にくちづける。

「俺のせいであなたを壊してしまうんじゃないかと思うと、怖い。毎日少しずつ触れれば、壊さずに済むと思うんです」

「詭弁《きべん》だな」

いつまで経っても甘ったるい睦言《むつごと》には慣れずについ厳しく言い返すと、遼一郎は微かに笑った。

「かもしれませんが、あなたに触れていたいというのは本心です」

「だいたいおまえだって、僕が丈夫なのは知っているだろう。これでも軍人の端くれだ。毎日触れられたって、特に不都合はない」

「じゃあ、触れてもいいでしょう?」

気づくと丸め込まれたかたちの国貴を見下ろし、遼一郎が唇を塞いでくる。

「ン…遼、ずるい……」

　自分でも羞恥を覚えるほどに早く、濡《ぬ》れた唇から零《こぼ》れる音は溶けかけて原型を失っている。

「ずるくないですよ。俺を誘うあなたのほうがずるいんです」

「……ちっとも論理的じゃない……」

　国貴は悔しげに呟いたものの、そのまま遼一郎の愛撫《あいぶ》に身を委《ゆだ》ねることを選ぶ。

「あなたが悦《よろこ》んでくれるまで注ぎますから」

「ほんとに……？」

　嬉しさにじわりと脳が蕩けそうになり、国貴は甘い発音で尋ねてしまう。

「ええ」

　冷静になれば己のはしたなさに恥じ入るほかないが、こうしてじゃれてくる恋人の誘惑に抗《あらが》いきれたことなど殆どないのだから、我ながらだらしない話だった。

　娯楽も何もないこの場所で、互いの肉体をよすがにするのは当然の帰結なのかもしれない。

　おまけに国貴の躰は人一倍欲望に弱く、それを互いに知っている。

　今も国貴はいつしか自分の膝《ひざ》を立て、遼一郎を受け容れやすい体勢を取ってしまう。そんな国貴の淫《みだ》らさと紙一重の寛容さを知っているのか、遼一郎が厚地のシャツの釦《ボタン》を外していく。

　外気の寒さにぴんと勃《た》ってしまった乳首が、まるで紅色の模様のようだ。

　それに目を留めた遼一郎が舌を出し、押し潰《つぶ》すかの如き強さで圧をかけてきた。

　それだけで脳に痺《しび》れが走り、狂おしい痛みに胸が苦しくなる。

「はぁ…ッ……」

　昨晩も全身の体液が涸《か》れそうなほどに激しく睦《むつ》み合ったのに、欲望にあっという間に火が点《つ》いた。慣れた手つきで愛撫を施され、鎖骨《みなぎ》や乳首を嚙《か》まれているうちに、国貴の性器も力を漲らせてくる。

それどころか、濡れているのがわかる……。

羞じらいに頬を染めて身を捩《よじ》るけれど、遼一郎はそれすら気にならない様子で、片手で摑んだ性器に唇を寄せた。

「ッ」

「ほら、あなたの反応だってよすぎるくらいにいい」

「当たり前だ……」

好きな人にこんな風にされて、反応しないほうがどうかしているのだ。

「あっ…あ、あっ……」

花茎を伝い落ちる雫《しずく》にふっと息を吹きかけ、遼一郎はまるで戯れているようだ。

「馬鹿…遊ぶな……っ」

「すみません、あなたはいつ触れても新鮮で」

「…ん…ぅう……ばか……」

遼一郎のそんな口説き文句が愛おしくなり、国貴は右足を伸ばして彼の腿《もも》に搦《から》めた。

こうすればもう、離れない。


時折触れる遼一郎のそれも熱く滾《たぎ》っており、早く国貴の中に入りたいと思っているであろうことは明らかだ。

「好きです」

「僕も」

どちらからともなく唇を合わせ、遼一郎の裸の背中に指を立てる。肩甲骨のあたりに触れると隆起した逞《たくま》しい筋肉を感じ、男の匂いが近いことに恍惚《こうこつ》とした。

「遼……もう、来て……」

「まだ、全然解《ほぐ》していない」

「もう、入る……昨日もしただろう？」

甘えた声で遼一郎を誘惑し、国貴は性急に挿入をねだった。

膚と膚を寄せ合い、躰の一番奥深いところでお互いの存在を感じたい。それが悪いことだなんて誰にも言わせたりはしない。

貧しさは否定しようがない事実だが、不安定な中でも幸福はある。

互いの身の内に納まりきれないほどのこの溢れんばかりの愛情があれば、たいていのことは乗り越えられるのだと二人は知っていた。


朝靄《あさもや》の中、遠くの山影がうっすらと墨絵のようにぼやけて浮かんでいる。背筋を伸ばして冷たい空気を深々と吸っていると、家の中から遼一郎が出てきた。

「国貴様？」

不思議そうに呼びかけられた国貴が振り返ると、出かける支度を調えて上着を着込んだ遼一郎が、帽子を手に佇んでいる。

「ずっと外にいますが、どうしましたか」

「もうすぐ紅葉だと思って眺めていたんだ。あの楓《かえで》だけ、もう色づいている」

「今年は紅葉が早いですね」

遼一郎は眩《まぶ》しそうに目を細め、周囲の木々を愛しげに眺めた。

「昔は庭の木を見ると、秋が来るのがわかったんだ。道貴《みちたか》がポケットいっぱいに落ち葉を集めて、女中《メイド》を困らせたこともあったな」

「道貴様は、お元気でしょうか」

「ヨーロッパはクラウディオさんの故郷にも近い。きっと楽しくやっているよ」

別れたあと、兄を案じるあまりニューヨークで国貴の行方を探してくれた弟は、ヴェルナーの病院にまで辿り着いたが、真面目な医師は患者を危険に晒《さら》すことはできないと、二人を引き合わせなかった。国貴自身も道貴と再会するつもりはなかったが、ヴェルナーがさりげなく彼らの出発日を教えてくれたので、旅立つ二人を見送ることはできた。

「それにしても、寒いな」

「動けばあたたかくなりますよ」

「そろそろ行こうか」

アメリカに落ち着いて数年になるが、季節の変化を膚で感じられるほどに、この地にいることに慣れた気がする。だが、慣れただけであって馴染《なじ》んだわけではない。

「今日には収穫が終わるし、そのうち紅葉を見に出かけましょうか」

「ああ、それはいいな」

収穫の喜びに気分が高揚してきた国貴は朗笑し、陽光にそっと目を細めた。

この地に来るまで二人とも農業の経験はなく、試行錯誤の連続だった。畑の地主であるウィリアムは気難しそうな外見に反して人懐っこい人物で、頼りない東洋人二人に手取り足取り農業を指南してくれた。昨年は厳しかったものの、今年は天候が良好だったのも手伝い、作物も順調に育っている。昨年亡くなったウィリアムは動けなくなる間際まで、店子《たなこ》の二人を心配して何かと声をかけてくれた。

自給自足ではさすがに生きていけないので、作物の一部は近くに住むウィリアムの息子に頼んで市場に出荷してもらっている。今年の収穫をすれば、暮らし向きはもっと楽になるだろうと、二人は期待に胸を膨らませていた。

「そろそろ新しい外套を買おうか」

家から畑までは少し離れているので、二人は農具を手に徒歩で出発した。

「国貴様の、ですか？」

「遼のだよ。僕のはあと一年……ううん、二年くらいは着られるから」

「俺のはまだ平気です。国貴様は仕事で大学や図書館に出入りするし、いい外套は必要です」

譲ってくれるのは有り難いが、国貴のほうこそ出かける用事がない。

「最近では、おまえのほうが診察でマンハッタンへ出かけているだろう。診察のとき、おまえが変な目で見られるのはつらい」

「あそこは貧乏人のための病院だから、みんな俺と似たり寄ったりの格好ですよ。それに、俺のほうがあなたよりずっと金がかかる生活をしているんです」

遼一郎が強く主張してきたが、頷くことはできなかった。

彼がその澄んだ片一方の目を失ったこと自体が、幼い国貴の愚かな過ちの結実だったからだ。

「おまえが健康でいてくれなかったら、悲しい思いをするのは僕のほうだ。何もかも、僕の自己満足なんだ」

国貴の言い分を聞いた遼一郎は、さりげなく肩を竦《すく》めた。

「これじゃ、きりがありませんね」

「じゃあ、おまえのほうが折れるか？」

「そうはいきません」

実際には目が見えなくなれば困るのは遼一郎のほうなのだから、彼にはもっと自分を労《いたわ》ってほしい。診察費が嵩《かさ》むと遠慮されるのは、国貴にとってつらいことだった。


どうすればその気持ちが通じるのかと悩みつつ肩を並べて歩いていると、背後から馬車の音が聞こえてくる。老いぼれた馬に大きな荷馬車を引かせた農夫が、鼻歌交じりに二人を追い越していく。

「おはようございます」

遼一郎が朗らかに英語で声をかけたものの、農夫は振り返りもしなかった。

——またか。

必ずしも気分はよくなかったが、無視をされるのもだいぶ慣れてきた。一番堪《こた》えるのは、嘲罵《ちょうば》と軽蔑だ。しかもそれは人種の違いという、国貴たちにはどうすることもできない偏見から生じるものだ。

それでも、医師のヴェルナーや友人の『教授』のように国貴たちを対等だと見なし、押しつけにならない程度に手を差し伸べてくれる人たちはいる。人の悪意だけを見て、善意を見過ごすような真似《まね》はしたくない。

「今日は天気が良くて助かりますね」

「そうだな」

遼一郎も同じ考えなのかどうか、のんびりとした調子で話をしているうちに、畑が見えてくる。

茶色い。

いつもなら青々とした畝が見えているはずなのに、今日はいつもと違う。錯覚だろうかと瞬きをしたところで、遼一郎がいきなり駆けだした。

「遼!?」

近づいて、やっとわかった。

眼前に広がる光景が、昨日までとは一変していることが。

「嘘だ……」

信じられない……。

押し殺したように遼一郎が呻《うめ》き、がっくりと膝を突く。地面を這《は》うようにして彼が摑んだものは、荒荒しく引き抜かれた苗だ。

千切られた苗に、馬鈴薯《じゃがいも》は見当たらない。丁寧に作った畝は踏み荒らされ、ぐちゃぐちゃに壊されてしまっている。漸く見つけた小さな馬鈴薯でさえも無残に踏み潰され、この暴虐が悪夢などではなく現実なのだと伝えている。

まったく言葉も出てこないまま唖然《あぜん》として立ち尽くす国貴の目から、大粒の涙だけが頰を伝い落ちた。

いったい誰が、こんな惨《むご》い真似をしてのけたのだろう。

山から下りてきた獣たちの仕業か……いいや、獣だってもっと上品に貪るだろう。それに、痕跡を隠す気すらないのか、あちこちに靴の跡が残る。

何とか涙を拭った国貴は衝撃を抑え、とりあえずは遼一郎を慰める言葉を探した。だが、相応《ふさわ》しいものは何も見つからなかった。

一年間たゆまざる努力をしてきたことが、たかだか一晩で無になってしまったのだ。

遼一郎に買ってあげたかった真新しい外套は、本当はもう目をつけていた。冬を過ごすための食糧の蓄え。新しい農具。来年に使う種。

収穫がないということは、それらすべてが絵空事と化し、夢と消えるという意味でもある。

おしまいだ。

「あいつらの仕業だ」

押し殺した声で遼一郎が告げたのを耳にし、国貴ははっと顔を跳ね上げる。

彼がどの面々の顔を思い描いていたかは知っていたが、それを考えるのが嫌だった。

「滅多《めった》なことを言うものじゃない」

「じゃあ、鳥や犬がこんな真似をするとでも!?」

遼一郎ががばりと両手を広げ、無残な有様になった畑の成れの果てを示す。

答えることはできない。

それを言葉にすれば、彼らへの憎悪が芽生えてしまう。自分の心も、遼一郎の心も等しく穢《けが》れてしまうのが目に見えていた。

一旦立ち上がった遼一郎は身を屈《かが》め、手近にあったスコップの柄を摑んだ。

「何をする気だ」

「このまま手を拱《こまね》いていたら、何度だって同じ真似をされます」

「だからって報復する気か!? そんなことをしても、捕まるだけだ」

「じゃあ、一生やられっぱなしですか!? 意味もなく日本人だからと忌み嫌われて……畑をこんな風にされたら、今年一年の収穫がなくなる。俺たちは路頭に迷うしかないんですよ!?」

激情に任せて怒鳴られた国貴は掌《てのひら》に爪を立て、感情の大波を堪《こら》えようとした。

こうしていないと、臓腑《ぞうふ》の奥から胃液が逆流するように、呪詛と怨嗟《えんさ》が飛び出してしまいそうだ。

頭ががんがんとしてくる。心臓が激しく脈を打っている。

「……すみません。あなたに当たるのは、筋違いなのに」

冷静さを取り戻したらしく、遼一郎があえて淡々とした声で告げる。

「今日収穫すると、言ってしまったせいかもしれません」

「え？」

だいぶ落ち着いてきたらしい遼一郎の声に現実に引き戻され、国貴は首を傾げる。

「おととい、雑貨屋に買い物へ行ったでしょう。そこで、デニスに収穫の日はいつか聞かれて……」

そのときは国貴も一緒だったが、話の流れとしては特におかしいものではなかったはずだ。

「デニスが僕たちの畑を荒らす道理がない」

「わかっています。けど、店にはほかにトムもニックもいたんです。あの二人は俺たちに何かと突っかかってくるし、もしかしたら……」

俯き加減の遼一郎の目は爛々《らんらん》と光り、憤怒《ふんぬ》の焔《ほむら》がその胸中に渦巻いているであろうことをまざまざと感じた。

アメリカ、特にニューヨークにおいて東洋人は昔ほど珍しい存在ではないものの、日系移民の多くは厳しい差別の波に晒されていた。

日系移民は勤勉に職務に従事する労働者として、最初こそ評判がよかったが、次第に、下層の白人たちの生活を脅かす対象へと変貌していった。同額の賃金ならば、一生懸命に働く日系移民のほうがいいと、白人たちの仕事を奪ってしまったからだ。

こうして職を奪われた人々の憎悪が一種の人種差別と結びつき、民衆のあいだにじわじわと浸透するまでさほど時間はかからなかった。

不景気と相まって、この穏やかな村の人々も、あっという間に変わってしまったのだ。

何の原因もないのに、買い物や農作業のときなど、近隣の住民の蔑みと怒りの反応を受けることがある。

それは、ここに移り住んできた当初には殆ど考えられなかった反応で、国貴たちの戸惑いは増した。

このひりひりするような空気には、覚えがある。

上海でも、西洋人からは日本人であるというだけで差別的な待遇を受けた。どれほど強国を装ってみせても、白人から見ればアジア人は等しく劣等民族なのだと思い知らされた。

そして、今も。

移民の国であるアメリカにおいても、国貴たちは異分子でしかないのだ。

絶望と虚脱感に打ちのめされた国貴は、腰を折り曲げるようにして畑の上に視線を彷徨《さまよ》わせた。

一つでもいい。

ほんの小さなものでいいから今年の収穫が見つかれば、救われるはずだ。

けれども、二人が丹精を込めた作業の証《あかし》は、今やどこにも残されていなかった。

「畜生……畜生……」

忌々《いまいま》しげに罵《ののし》る遼一郎の声を聞いているうちに、こちらの頭までおかしくなりそうだ。

「俺が昨日、病院に行かなければ……とっくに収穫できていたんだ」

「おまえが悪いわけじゃない」

国貴は遼一郎の背中を抱き締めるが、彼の躰は硬く強張ったままだ。

絶望に震える遼一郎の躰を抱き締めたまま、国貴もまた果てのない憎しみに呑《の》まれてしまいそうだった。


「それは災難でしたねえ」

翌日。

国貴と遼一郎は、真っ直ぐに村の教会へ向かった。

こういうときに宗教的な指導者が一番力があるのは、日本もアメリカも変わらないからだ。

鷲鼻《わしばな》が特徴的な顔立ちの牧師はひょろりと背が高く、長身の遼一郎でも見上げなくてはいけなかった。

最初に地主のウィリアムとの関係を仲介してくれたので、彼ならば何かいい案を持っているかもしれない。そう考えて真っ先に牧師に相談すると、彼は痛ましげな顔になった。

「何とかして犯人を捜せないでしょうか」

控えめだが強い調子で遼一郎が訴えると、黒いガウンに身を包んだ牧師は微かに肩を竦《すく》めた。

「ご協力はしたいのですが、罪を憎んで人を憎まず、という言葉があります」

「罪、ですか？」

「ええ。彼らを駆り立てた原因を考えるのもまた、大事なことかもしれません」

牧師がおっとりと繰り返すのを聞いて、遼一郎は自分の感情を逆撫でされるのをまざまざと感じた。

「俺たちが罪を犯させたとでも？」

怒りのあまり強い口調になると、牧師は柔和な顔に困惑を湛《たた》えて首を横に振った。

「勿論、一因としてですよ。何しろあなたたちは日本からいらした。様々な軋轢《あつれき》があるのは当然だ」

日本から、という言葉に含みを感じた遼一郎は、そこに込められたものを探ろうとその言葉を咀嚼《そしゃく》しようと試みる。

いや、考えるまでもなく、牧師が示唆している内容は一つしかない。

二の句を継げなくなった遼一郎を助けるように、今度は国貴が口を開いた。

「でしたら、差別されるのを是として受け容れろとおっしゃりたいのですか」

英語での紋切り型の問いかけが牧師の心を抉《えぐ》ったのか、彼は不快感を込めてそちらに顔を向ける。

狭い教会の中、二人の息詰まるようなやり取りが反響し、微かな音楽のように響いていた。

「そうまでは言っていませんよ。あまりお怒りにならないでください、二人とも」

優しく教え諭すような口調だったが、牧師にはこの事件を解決する気がないのは明白だった。

「わかっています。波風を立てないで、犯人を追及しないのは一つの方法です。でも、それでは僕たちは食べていく手段がない。犯人を見つけて取り返さないと、餓死してしまいます」

「困難もまた、神が与えたもうたもの。それを乗り切るべきです」

「俺たちが知りたいのは、そんなことじゃない！」

とうとう遼一郎は声を荒らげ、牧師に詰め寄った。おかげで彼は目を丸くし、怯えたような顔で遼一郎を見つめている。

「俺たちの生きていく手段が奪われたんだ。それでも静観してろっていうのか!?」

遼一郎の怒鳴り声が建物いっぱいに響き渡り、前方でイエス・キリストの像に祈りを捧《ささ》げていた老女が、不安げな目を向けている。

今更、怒るまでもなくわかっているのだ。

生活の糧を失った遼一郎と、この地域に平和を望む牧師とでは、主張は平行線を辿ることくらいは。

この牧師とて親切心でこの土地に根を生やすよう地主を紹介してくれたのはわかっているが、短いあいだに状況はすっかり変わってしまった。


だが、ほかにどうすればいい？

現実問題として、国貴と遼一郎はこのままでは路頭に迷う羽目になる。多少の蓄えはあるものの、それでは到底、一年保《も》たないのは目に見えていた。

「そうでなくとも、あなたたちが兄弟でもないのに男同士で暮らしているのは、皆の不信感を煽《あお》る原因となっているのですよ」

「信用できない相手の畑ならば、荒らしてもいいとおっしゃるのですか」

「そういうことを言っているのではありません」

……だめだ。牧師は話の本質を理解してはいないし、これではどこまで行っても話は平行線だろう。

諦めを覚えた顔つきの国貴は遼一郎の肩に手をかけ、「行こう」と促す。

「でも」

「何を言っても、理解はされない。僕たちはここではよそ者なんだ」

誰だって差別されたいわけではないし、こうした嫌がらせをする連中だって、それは同じだろう。

なのに、自分たちがそうされたときは差別を受け容れて黙って生きろと言うのだ。

耐え難い怒りに襲われつつも、遼一郎はそれを堪えるほかなかった。

仮にここで騒ぎを起こせば、村の人々の抱く日本人への心証がいっそう悪くなるだけだ。下手を打って警察沙汰になれば、日本大使館も動きだしかねなかった。

「……そう、ですね」

「ロジャースさんには迷惑をかけてしまうが、小作料を払えないことを謝らなくては」

「ええ、帰りに寄りましょう」

遼一郎とて完全に納得したわけではないが、ことを荒立てたくないという国貴の望みを尊重するつもりだった。

複雑な顔つきの牧師を残し、教会を出て二人で歩きだすと、農作業の帰りに通りかかったのか、腕組みをした男たちがにやにやと笑いながら二人を見て何かを囁き合っている。

「………」

聞くに堪えない単語を投げつけられて遼一郎は憤然と面を上げたが、国貴がその肩を摑んで首を横に振った。

「だめだ、遼」

国貴の顔は幽鬼の如く蒼白《あおじろ》く血の気をすっかり失っていたものの、それは怒りよりも嗟嘆《さたん》に感情を貪られているかのように見えて胸が痛くなる。

唇を嚙《か》み締めた遼一郎は、この土地での苦難に満ちた日々を思い返す。できる限り静かに、真面目に、波風を立たせないように暮らしてきたつもりだが、ここにきてはっきりとわかった。

この土地に、この国に、二人の居場所はないのだ。

——潮時だ。

「もう、終わりだな……」

唐突に物騒な言葉を聞かされて、遼一郎は面を跳ね上げる。

「国貴様?」

国貴は生来の生真面目さゆえに、ひどく思い詰めて暴発する傾向にある。それを食い止めるのが、恋人の役割だった。

「勿論、おまえを道連れに餓死するとか、そういうつもりじゃないよ」

「では……」

「もう、この国にはいられない」

今の遼一郎とまったく同じ結論に達したと思しき国貴は、淋《さび》しげな笑顔を向ける。

「では、帰るつもりですか?」

日本へと言外に示したものの、国に帰れば末路は破滅だ。

「帰れば死ぬとわかっていて、帰るわけにはいかないよ」

「どこへでも、行きます。あなたの行くところなら」

「そんな言い方はやめてくれ」


国貴の悔しげな言葉に、遼一郎ははっとする。

「——申し訳ありません」

国貴が自分を連れていくのではなく、お互いの意思が一致したうえで結論に達するのでなくては意味がない。

「日本を出るときにもらった餞別《せんべつ》が、まだ残ってる。よほどのことがなければ手を着けないつもりだったけど、使う時が来たみたいだな」

「ええ」

どこまででも行ける。

そう思う反面、ただ逃げるだけでは楽しい旅立ちにならないだろうと、遼一郎の心は重く沈んだ。

一度逃げ出せば、安住の地はない。

一生逃亡者でいるほかないのだ。

忘れかけていた原則を、今一度思い知らされるような気がする。

国貴が逃げる羽目になったのは、遼一郎の邪《よこしま》な恋心のせいだった。

生涯仕えるべき相手に、恋慕の念を抱いてしまったがゆえに。

3

パリ北西のコミューンであるアルジャントゥイユにある軍需工場は、今日もどことなく長閑《のどか》な雰囲気が漂う。

フランスにおいて『コミューン』とは行政の単位で、日本のように県や市、町などの規模の違いを表す概念はない。

古い歴史を持つこの都市は、七世紀にアルジャントゥイユ修道院が設立されたことから始まった。この修道院は十二世紀の神学者のピエール・アベラールが恋人であるエロイーズを匿《かくま》った場所で、アルジャントゥイユの名は『川の煌めき』を意味するという。

十九世紀中頃にパリと鉄道で結ばれたため、このコミューンは急速に発達した。パリから多くの画家がやって来てこの地を画題に選び、国貴《くにたか》もモネが描いたいくつかの作品を画集で目にしたことがあった。

最近は利便性から農地が工場として開発される例が続き、国貴と遼一郎《りょういちろう》が勤務する民間の軍需工場も、その波に乗ってここ数年で建造されたばかりのようだ。

木造の広々とした建物は真新しく、天井も高い。まるで講堂や教室にも似たがらんとした空間に、たくさんの作業台が設置されている。

持ち場についた国貴は木製のがたつく椅子に腰掛け、一心不乱に手を動かしていた。

屋内は上長の趣味とかで陽気なシャンソンが鳴り響き、それぞれの工員は思い思いの服装で作業に勤《いそ》しんでいる。暑さのあまり薄地の綿のシャツを捲り、国貴は繊細な作業に集中しようと試みていた。

国貴の担当は銃の内部部品の作成で、緻密な手仕事が要求される。この作業場は女性のほうが多く、男性はより危険な作業に従事していた。どちらにしても大半がヨーロッパ各国からの移民で、国貴たちのようなアジア系はまだまだ珍しい。

移民の賃金は安いうえ、不良品を出せばその分難癖をつけて減給される。不幸中の幸いなのは、銃は弾さえ詰めなければ何の危険性もないことで、多少荒く扱っても人死にが出るわけではないので、職場の雰囲気はそこまで殺伐とはしていない。

洗いざらしのシャツに汗が染み、そろそろ休みにしたいと思ったそのときに合図のベルが鳴り響き、昼食の時間になった。張り詰めていた場の空気が和み、国貴はほっと息をつく。

家から持ってきたバゲットの昼食は些《いささ》か味気ないが、出がけには凝った弁当を作る暇などない。

弁当という懐かしい日本語を思い出し、ふと笑いが漏れる。フランス語で弁当というのは何というのか、今の今まで考えたこともなかった。

日本で暮らす弟たちは、元気にしているだろうか。

我ながら現金なものだが、弟たちと和解できてしまうと、中国では耳に入れないようにしていた彼らの状況が気になって仕方がなくなった。

折に触れて無記名の葉書を出しているものの、それが果たしていいことなのか自信がない。国貴が一度、無理を押して日本に戻ったことが和貴《かずたか》には不利に働いたのではないか。

とはいえ清澗寺《せいかんじ》財閥が潰れたという話は聞かないし、おそらく、和貴の恋人である深沢直巳《ふかざわなおみ》が首尾よく操縦してくれているのだろう。

最後に会ったときの和貴の決然とした美しさと、それとは裏腹のどこか壊れそうな儚《はかな》さを思い出し、国貴の心は軋《きし》む。

あのいかにも脆《もろ》そうな弟に、自分はとんでもない重荷を背負わせてしまった。

二度も日本から逃げ出した国貴には、もう、肩代わりのできないものを。

玻璃《はり》のような繊細さを持ち合わせた和貴には工場で働くなんてことは考えられないだろうし、今の国貴の境涯を知れば、驚くに違いない。

日本を出てしまった道貴《みちたか》はともかく、あの重苦しく黴臭《かびくさ》い家を押しつけてしまった和貴のことが不憫《ふびん》で、それが国貴を憂鬱《ゆううつ》にさせた。

今の国際情勢では、フランスと日本が敵対する状況ではないことだけが国貴の心の支えだ。

この銃が弟やかつての仲間たちを傷つけるものになったらと思うと、不安でならなかったからだ。

「いい天気だ……」

日除《ひよ》け代わりに布製の帽子を目深に被り、中庭でパテを挟んだバゲットを齧《かじ》っていると、イタリア移民の青年が陽気に話しかけてくる。

「やあ、美味しそうだな」

「ありがとう。君の昼食は？」

「これだよ」

彼はそう言って、頭上高く放り投げた林檎《りんご》を上手い具合に捕まえた。

「上手だな」

「大道芸でもできそうだろう？」

他人との交流は得手ではなかったが、アメリカでの経験が国貴を助けてくれた。そんな朗らかな青年を、建物の近くに屯《たむろ》していた連中が手招きする。

「よせよ、そんなやつとしゃべるなって」

「いいだろ、挨拶くらい」

聞こえよがしの悪口も聞こえない振りをして、国貴は再び食事に戻る。

きっと、遼一郎もひとりぼっちで食事をしているのだろう。

彼の持ち場でともに食事を摂《と》るのもよかったが、短い休憩では移動の時間も惜しい。

「暑いな……」

独りごちた国貴は、シャツを摘《つま》んでぱたぱたと皮膚に風を送った。

休憩時間がもうすぐ終わるのを知らせるかのように、今度は近所の寺院の鐘が鳴り響く。


それを機に、工場の中庭で思い思いに休んでいた人々が立ち上がった。

フランスに来て、四か月。

日々は工場とアパルトマンの往復で単調だったが、次の休みにはパリに遊びにいこうと目標を立てているので楽しみはある。

生活は裕福でなくとも、つらくはない。

何よりも、遼一郎がともにいる。

二人きりで紡ぐ、つましくとも愛おしい生活がそこにはあった。

それに、二人の日常は決して暗いものではない。家に帰って旧式のラジオのスイッチを捻《ひね》ればシャンソンやジャズが聞こえ、陽気な気分を掻《か》き立てた。尤《もっと》も、ジャズはアメリカの影響が強すぎると眉を顰《ひそ》められるものであるようだったが。

「おい、国貴！」

屋内に入ろうとしたところで国貴が振り返ると、窓から顔を出した上長のジャンが呼んでいる。

「はい」

「明日は人が足りないんだ。休みの予定になってるが、出勤してもらっていいか？」

「わかりました」

尊大に頷いたジャンは礼も言わずに顔を引っ込めたので、国貴も持ち場に戻った。

どこの国であろうと移民は概して、この国では決して歓迎されているとは言い難い。

この国ではよそから人々を受け容れているくせに寛容とは言い難く、寧《むし》ろ、移民たちに対するまなざしはとても冷たかった。また、移民同士であってもそれぞれの出身地で閉じ籠もる傾向にあり、少数派である国貴たちは完全に孤立していた。

友人を作るために働いているわけではないが、助け合う存在がいないのは不安で、時々、前が見えなくなるような錯覚に囚《とら》われる。

暫く作業に没頭していた国貴は、仕事の部品が足りないことに気づいて立ち上がる。部品を用意して慎重に歩きだしたそのとき、右の列からひょいと長い足が伸びた。

「あっ」

避けようと思ったが間に合わず、そのままつんのめる。咄嗟《とっさ》に右手で自分を庇《かば》ってしまったため、左手だけで支えた籠《かご》が揺らぎ、中身が飛び出した。

「何をしてやがる！」

ジャンの罵声が響き、国貴は「すみません」と慌てて床に散らばった部品を拾う。

国貴を転ばせた連中は互いに顔を見合わせて忍び笑いをし、小さな笑い声が耳に届いた。

打ちつけた膝と掌《てのひら》が痛く、国貴は内心でこんな馬鹿げた真似をした連中に対して毒づいた。

日本からの移民は、どこにも馴染めないのだろうか。

この国を作るささやかな歯車にさえなれない自分をいたたまれなく思いながら、細かい作業は夕陽があたり一面を染めるまで続いた。

塒《ねぐら》に帰る鳥たちの囀《さえず》りを聞きながら、国貴は遼一郎の姿を探す。

「遼」

視力が弱い遼一郎は細かい作業を担当する国貴とは違い、当面は敷地内に新しい棟を建築する要員として駆り出されていた。

もともと上海では建築関係の仕事をしていたので、遼一郎にとってこの手の作業はお手の物だ。人よりも手際がいいらしく、彼は国貴と違って現場の責任者にも目をかけられていた。

「遼」

「国貴様。終わりましたか」

夏のきつい陽射しにすっかり日焼けした遼一郎がにこりと笑うと、白い歯が零れる。

「うん、帰っていいって」

「よければ待っていてください。まだ今日の作業状況を報告してないので」

「わかった」

どのみち工場からアパルトマンまではすぐなのだが、一緒に通勤する時間は貴重なものだ。

遼一郎の髪の毛は汗でぐっしょりと濡れ、労働を終えたあとの充実感が漲っている。国貴をその場に待たせ、責任者に挨拶をした遼一郎はすぐに荷物をまとめて敷地の外へやって来た。

「お待たせしました」

「ううん。今度の棟はいつできるんだ？」

「三階建てなので、まだまだですよ」

「随分大がかりなんだな」

「増産を急いでいるようですね」

軍需工場の規模を拡大することの意味を考えると、やけに胸騒ぎがし、戦争が近いのではないかと不安になってくる。

生活のために兵器を作っておきながら戦争を厭《いと》うとは、大した欺瞞《ぎまん》だ。この仕事にありつけなければ、国貴たちはもっと大変な鉱山労働に従事しなくてはいけなかっただろう。埃塗《ほこりまみ》れの環境が遼一郎の目に悪影響を及ぼすであろうことは、想像に難くない。

「――大丈夫ですよ、国貴様」

「え？」

「戦争なんてそう簡単には起きません。だいたい、日本とフランスは物理的に離れています。植民地のことで揉めない限りは、国境も接していないのに、戦う理由がないでしょう」

「……ああ、そうだな」

不安に思っていることをずばりと言い当てられ、国貴は多少の後ろめたさと、それから自分のことを理解されている安堵《あんど》に曖昧に微笑む。

「夕飯、どうします？」

「昨日の残りでいいよ。スープ、美味しかったし」

「水増しするにも具が必要です。ソーセージでも買いましょう」

「うん」

できれば節約したかったが、食費を削って四六時中飢えていることがどれほど惨めな心持ちになるのかはわかっていたので、反対しないでおいた。

工場労働者のために建てられたアパルトマンは敷地からは徒歩ですぐで、街の中心地からは外れている。買い物を終えてアパルトマンに戻る頃には空は橙色《だいだい》に染まり、仄かに星が見えた。

煤《すす》けた煉瓦造りのアパルトマンは四階建てで、陽当たりも眺めもいい三、四階は工場の幹部とその小間使いが使っている。普通の工員たちは一、二階のじめじめした部屋に押し込められていたが、国貴たちは同じ二階でも角部屋を運良く借りられたので、住居に関する不満はなかった。尤も、安普請の部屋は近所の声が筒抜けで、遼一郎と抱き合うのにも細心の注意が必要だったが。

慎《つつ》ましい生活は、日々を生きるのに精いっぱいだ。もっと遼一郎に楽をさせたいのに、そうもいかないのがつらかった。

仕事はきつく疲労が溜《た》まる割りには給金は安かったうえ、残業も休日出勤もある。フランス人にとって移民は、徴兵の義務を外れた狡猾《こうかつ》なよそ者でしかなく、そんなよそ者をできる限り使おうとするのは彼らから見れば当然といえた。

夢と希望でいっぱいになって新天地を求めたはずなのに、望んだものを手にできていないと苛立《いらだ》つ自分のないものねだりが、自身でも腹立たしい。

どうして自分は、今ある幸せで十分に幸福だと思えないのだろう。

遼一郎がそばにいるのに。

「遼」

食堂を兼ねた居間と寝室の二間からなる自宅に戻り、後ろ手でドアを閉めた途端、国貴は遼一郎の首に両腕を回して彼にしがみついた。

「わ」

均衡を崩した遼一郎が声を上げて数歩後退《あとずさ》り、それから、木製のドアに寄りかかって国貴の熱情を受け止める。

「どうしたんです?」

「…………」

「また、不安になりましたか」

髪を額から掻き分け、国貴の目を見つめながら遼一郎は問う。

宥《なだ》めるような声音に潜む疲労の色に気づいているから、国貴は声に出して不安だとは言えない。

「そうじゃない。何もかもなくしても、おまえがいると……確かめてるんだ」

「確かめるまでもないくせに?」

「わからないだろう、そんなの。人は変わるものだ」

遼一郎があまりにも自信満々なので、つい、憎まれ口を叩《たた》いてしまう。

こうして互いに腕を搦めたまま立ち尽くす狭い部屋は備えつけの家具以外は殆どなく、テーブルや椅子、それにベッドがあるだけだ。

壁紙も何も貼《は》らない剝《む》き出しの壁は薄く、時々鼠《ねずみ》さえ姿を現す有様だ。

それでもこの狭くちっぽけな部屋こそが、二人が自由に生きられる鳥籠のような世界なのだ。

そこにほかの誰かが入り込むことなど、決してないだろう。

「俺は変わらない。変わったりしない。俺にとって一番大切なものは、あなただ」

そうはっきりと宣告し、遼一郎が手を伸ばして国貴を抱き竦めた。

「して、いいですか？」

「ここで？」

もともとは新婚の若夫婦向けの住居は、寝室いっぱいといえる巨大なダブルベッドが特長だった。とはいえ、遼一郎に言わせると、ベッドが大きいのではなく、部屋が狭いとのことだったが。

なのに、そこにすら行くのも惜しいとは。

頭上にある窓には小花模様のカーテンがかかり、そこから見える空が夜の訪れを示している。


「今すぐ欲しいんです」

「でも……」

行為はただ、欲望を解消するための手段ではない。国貴にとってそれは相手との繋《つな》がりを確かめ、愛おしさを積み上げていくためのやわらかな睦言だ。

「ふ……ぅ……」

立ったまま押しつけられた熱い唇が、まるで花の上を舞いながら蜜《みつ》を吸う蝶《ちょうちょう》々のようで、目に見えない美しい翅《はね》が国貴の快感を高めていくのだと思うと、その空想にぞくぞくと膚が粟立《あわだ》つ。

では、与えられる悦楽は鱗粉《りんぷん》か。

「ン」

微かに腰を捻ると、遼一郎が笑うのがわかった。

「誘ってくれてますね」

「そういう、意味じゃない……」

喘《あえ》ぐように答えた国貴の背中を、遼一郎が力強く抱き寄せてくる。

上着を落とされ、シャツの釦を丁重に外される。

この国においてシャツ一枚でいるのは、裸でいるのと同じような感覚らしい。

ならば、今の自分はたまらなく卑猥《ひわい》な姿態をしているに違いなかった。

「んッ」

遼一郎が首の付け根をきつく噛んだので、国貴はぴくっと反応をしてしまう。

野生の蝶には、小さな歯もついているのだろうか。それとも蝶でなくて、この男は蜂か何かなのかもしれない。

「遼…そこは……」

「どうせ、脱がないと見えないでしょう」

シャツを脱いだりすることはないのだからと白い歯を零す遼一郎にしれっと言われ、国貴は身を捩りながら後退った。

摑まるものが、縋《すが》るところが欲しい。

ふらつく躰は食卓にぶつかり、椅子を倒してしまう。それでも遼一郎は頓着せずに国貴を食卓に押し倒し、ズボンと下着を一気に引き下ろした。

「…っく…う……」

これから食事の支度をするのにと思ったが、一度火の点いた欲望を止めるのは難しいらしい。

「食事、なのに…」

「誘ってきたのはあなたですよ」

「…ちがう……汚れる……」

「今夜の主菜はあなたですから」

そういう意味じゃないのに、もう声が乱れて、ろくに会話ができそうにない。無論、こういうときに会話をしなくてもいいのではあるが。

「材料が……」

すぐ近くに置いたままの食材。

短時間では傷みはしないだろうけれども、何となく心配になる。

「あなたのほうが、ずっと味わい深い」

比べるほうが間違っているのに、遼一郎はからかうように言ってのける。

「あっ！」

遼一郎はもう一度さっきの嚙み痕に舌を這わせ、今度は国貴の膚を丹念に味わい始めた。

飽きるまで膚をなぞり、花片を散らしたあと、遼一郎が真面目な顔で国貴を正視する。

「あなたが不安になるのは、俺の甲斐《かい》性がないせいですか？」

「甲斐性なんて……僕はおまえに養われるつもりはない。僕がおまえを養いたいくらいだ」

さすがにその発言には従えぬと、国貴は目を炯々《けいけい》と光らせて遼一郎を睨んだ。

「そうでした」

遼一郎は苦笑し、国貴の唇を啄《ついば》み、幾度も軽やかなキスを仕掛けてくる。

「誤魔化《ごまか》す、な…っ…」

「誤魔化していません。謝罪の気持ちです」

囁きながら言われると、その呼吸にさえも感じてしまう。

「ん…ぅう……だめだ、そこ…」

「そこ、とは？」

意地悪っぽく問われ、忍ばされた指に翻弄されかけていた国貴はわずかに正気に戻る。

「…言わせるな…ずるい……」

だが、すぐに遼一郎が国貴の内側に潜む快楽の根源を探り当ててしまったので、全身が汗で湿り、最早自分のための快楽を貪るどころではなくなっていた。

「ずっと、こうしていたい……あなたをこうやって可愛がって」

「飽きないのか？」

「外に出して、誰かに見つかるよりはずっといい」

「どこにも行ったりしないよ。だいたい、あれから十年は…経って…ッ……」

遼一郎が責める場所を変えたので、声が微妙に跳ね上がる。

「まだ挿《い》れません」

耳打ちした遼一郎は、シャツだけ羽織った状態で完全に食卓に身を投げ出してしまった国貴の尻を撫で、そこを指先で擽《くすぐ》る。

薄地のリネンのシャツでは、背中に板が直《じか》に当たるようで痛かった。

「なんで……」

「これを挿れるとあなたはすぐに感じて……保たないでしょう?」

亀頭《きとう》で小さな扉をノックされ、国貴は熱い息を吐き出す。

「だって……」

「それに、きちんと解《ほぐ》さないと」

「ッ」

言葉と同時に関節一つ分程度、指を差し込まれて声が引《ひ》き攣《つ》った。

「ほら、乾いてますよ……これで無理に挿れたら、怪我《けが》をさせてしまう」

忍んできた指が襞《ひだ》を引っ掻き、国貴はびくっと身を震わせる。どうせすぐにぬかるんでくるのに、そんな風に焦らされるのがつらくてたまらなかった。

「こんなの」

「仕事に差し支える」

「………」

想像もしていなかったことを口に出され、国貴が眦《まなじり》を吊《つ》り上げかけたのを目にして、遼一郎がふっと笑った。

「冗談ですよ。あなたを傷つけるなんて、俺には耐え難い」

真顔で言ってのけた遼一郎はその場に跪《ひざまず》き、国貴の秘蕾《ひらい》に舌を這わせた。

「あッ」

覚悟はしていたことなのに、それでも触れられると艶めいた声が更に上擦ってしまう。

「ん…ん、遼……」

震えながら遼一郎の甘美な責めを受け止め、国貴はせつなく声を弾ませる。

幸せだ。

心を薄暗くする淋しさは、もう感じない。

このささやかな幸福が続くと、信じよう。

信じる者は救われるはずだ。

パリで安藤と歪《いびつ》な再会をせずに済んだのも、二人を救おうとする天の配剤ではないのか。

「国貴様……」

「遼……キスして……？」

国貴の心は今や甘い悦びで満たされ、遼一郎が欲しくてたまらなくなっている。

「キスだけですか？」

「まさか」

挿れてほしくてたまらないからこそ、遼一郎をもっとその気にさせたい。

「僕も、おまえを味わいたい」

「お腹がいっぱいになりませんか？」

「別腹だ」

遼一郎がベッドに腰を下ろしてくれたので、国貴は目当てのものに息を吹きかける。

「ッ」

遼一郎が小さく声を上げたので、意趣返しができたようでおかしくなった。

「ふ……」

上目遣いに遼一郎を見上げながら、国貴は口を大きく開けてそれを呑み込んでいく。

視線を合わせているだけで昂《たかぶ》るのか、遼一郎のそれはもう完全に力を漲らせていた。

早く、欲しい。

発熱したように蒸れた口腔で遼一郎を包み込み、唇できゅっと締めつける。それでも視線は合わせたままで、国貴はふくろを軽く揉みながら奉仕を続ける。

「ん、んっ……んぐ…ぅ…」

「苦しくありませんか？」

「ううん……美味し…」

我ながら声が欲望に潤み、掠れているのがわかるが、恥じ入る余裕さえない。

「可愛いです、国貴様」

口中の敏感な部分を擦られるとたまらなくなり、腰が砕けそうだった。

遼一郎に奉仕をしているのか、それともこれは前戯の延長なのか、それすらもわからない。

ただただ幸せでたまらず、国貴はいつしか腰を衝《つ》き上げるようにしながら口淫《こういん》に耽る。

好きだ。

これから愛する人と一つになれるのだ。

「……ッ」

強い喜楽にくらりと眩暈《めまい》さえ覚え、国貴は思わずその場にへたり込む。舐《ねぶ》っているだけで達してしまい、腰が抜けたように動けなかった。

「大丈夫ですか？　こっちに」

腕を摑まれる刺激さえも愛撫のようで、国貴は昂奮が募るのを感じた。

「遼……」

再び食卓に寝かされた国貴は、濡れた声で遼一郎の名前を呼んだ。

大きく脚を開いた国貴は自分の両手で精いっぱいそこを拡《ひろ》げ、「遼」と嬌態《きょうたい》を見せて迫った。

「挿れて……」

「俺もあなたに挿れたい」

さっきよりもぐんと力を増したものは、国貴の唾液を塗りつけられてあやしく濡れそぼっていた。

「あ……」

こんなに逞しいもので征服されるのかと思うと、嬉しくてきゅんと胸が疼《うず》いてしまう。

「来て」

「ええ」

尖端《せんたん》を肉園の入り口に押しつけられ、国貴はうっとりと目を閉じる。挿れられるのを心待ちにする襞はぴくぴくと震え、遼一郎の侵入を歓迎していた。

「はあ……」

遼一郎がそこに入り込むと同時に、蒸れた肉がぎゅっと彼を包み込むのがわかる。

「あぁん……遼……」

狭い肉の溝を掘り進むように、遼一郎が侵略を続ける。彼から滴り落ちた汗が国貴の膚に落ち、自分のそれと混じり合う。

体液という体液が、遼一郎と融合するのだ。

「はぁ……あっ……」

「奥まで、入った……ほら……」

「ふ、ぅ……んん、ん……わかる…」

折り畳まれた襞は性感の衣でできているように繊細なのに、欲望の茂みを薙《な》ぎ倒すような遼一郎の力強い律動に翻弄され、国貴は喘ぐほかない。

「突いて…ついて…そこ…っ…」

「言われなくても……我慢できない……」

遼一郎はそう宣言すると、国貴の腰を摑んで激しく躰を動かす。

「あっ、あ、ああ、そこ、…いい……いいっ」

狭隘な花園への侵略者は容赦なく、突き、擦り、引き、国貴を翻弄する。

「ここ、ですか……」

「うん、ぜんぶ、そこ……そこ、遼……遼…」

「もう……」

「だめ、まだ……まだ、こうして……」

熱情のままに揺さぶられ、肉洞《にくどう》を遼一郎でいっぱいにされていたい。そうすればもう、離れなくて済むからだ。

「遼…遼……りょう……」

遼一郎の腰に脚を絡め、国貴は自分から積極的に彼を搦め捕っていく。

「まだ、だめ…熱いの、だめ……」

舌足らずに訴えながら国貴は腰を左右に揺すって遼一郎を誘い込む。

「ですが」

色っぽく掠れたその声が愛しく、国貴はきゅうっと力を込めてしまう。

「……締まる……」

「遼、が…おおきくて、すごい、から……」

媚びるように訴え、国貴は汗に塗《まみ》れた手で遼一郎の背中にしがみつく。

「遼の、におい……」

陶然と訴える声を聞き、遼一郎が躰の中でますます膨れ上がった気がした。

「あ…ッ…や、おおきく……」

「当たり前です。ずるい……」

こうなると遼一郎は無心に力強くも性的な抽挿《ちゅうそう》を続け、国貴が泣き声で「待って」とねだっても止めてくれなかった。

「待って、遼……あ、あっ、いい、いきそう……」

「出します」

「あっ……!?」

呻くように宣言した遼一郎は、耐えかねたように淫露を注ぎ込む。

最奥に叩きつけられる遼一郎の精液は、凄《すさ》まじい量だった。


「遼、ぼくも…いく……いくっ、いくっ」

がくがくと腰を震わせながら国貴も達し、自分を愛おしげに見下ろす遼一郎の下腹部に精を放った。

身を倒してきた遼一郎が唇を塞ぎ、国貴は薄く口を開いて彼の舌を招き入れる。

「ンン……」

たまらない。

繋がったままこうして互いの心と躰を重ねるのは、魂まで一つにする儀式のようだった。

4

教会の鐘の音が、あたり一帯に鳴り響く。

パリからの利便性ゆえにこの街は近年とみに人口が増加し、中心地には教会、役所、様々な学校やホテル、飲食店のほかに劇場、映画館、美術館などがあり、観光客も多い。

とはいえ、安息日の今日は、それらの店は軒並み定休日となっている。

「さよなら」

「また来週、皆さん」

口々に挨拶をする人々に、国貴《くにたか》と遼一郎《りょういちろう》は会釈して別れを告げる。

「俺たち、そろそろ礼拝に出なくてもいいいんじゃないですか？」

「そうだな。この街で東洋系は少し目立ちすぎる」

国貴たちはクリスチャンではないが、社会に溶け込むには教会に行くのが近道だ。アメリカ時代の反省を踏まえて日曜日には礼拝に顔を出したが、東洋人の珍しいこの街では悪目立ちしてしまう。

礼拝を終えて戸口に立ち止まる人々は街の噂《うわさ》から国際情勢まで、おしゃべりに夢中になっている。白髪の老人たちは隣国であるドイツでは高名な政治学者が事故死したと話し、それが最近彼《か》の国で台頭しているナチスによる圧力のせいではないかと話をしていた。

「行きましょう」

「うん」

国貴と遼一郎は入り口に立つ神父に挨拶をし、強い陽射しが照りつける路上に出ていく。

アメリカよりも遥《はる》かに長い歴史を有するフランスでは、何百年も前に建造された教会が現役で使われている。石造建築は木造よりも寒いが、耐久性という意味ではかなりの利点があった。

この街の教会も、フランス革命よりも前からここに建っているのだという。

土も木々も、あらゆるものが、国貴が生まれるよりも以前の人々の営みを記憶しているのだ。

それにしても、抜けるような青空が眩しい。

弁当でも持ってきて、帰り道、二人でピクニックを気取るのも楽しかったかもしれない。

実際、このあたりには遺跡が多く、国貴も昔の城壁の址《あと》を見つけたことがある。地元の人にとっては、それらは単なる過去の遺産でしかなく、朽ちるままにうち捨てられていた。

「午後になったら釣りでも行こうか」

国貴が提案すると、遼一郎は肩を竦めた。

「一応は安息日です。怒られてしまいますよ」

「見せたい城址《しろあと》があるんだ。このあいだ散歩のときにたまたま見つけて……誰にも気づかれなければ、少しくらいはいいだろう?」

「規律の厳しい元軍人とは思えない発言ですね」

からかうような遼一郎の発言に、国貴は大仰に肩を竦めた。

「ここじゃ誰も、僕が軍人だなんて思わないよ」

「ええ、あなたは未《いま》だにとびきりの美青年ですから」

「そういう意味じゃない」

頰を赤らめる国貴の反応に満足を覚えたのか、遼一郎がくすりと笑った。

「すみません、あなたがいつまでもとても綺麗《きれい》だから、すぐにからかいたくなる」

街の中心部から一歩離れると、周囲は牧場や林が広がる農耕地帯になる。

点在する林は日本でいえばまるで鎮守の森のようで、国貴には懐かしいものに感じられる。しかし、パリの近郊に高い山はなく、どこまでも平坦な土地が広がっているのが、国貴には少し物足りなかった。

がたがたと音がするのは、貨物列車の音だろうか。

このあたりには線路があり、それは憧れの花の都であるパリに繋がっているのだ。

「そういえば、この先には風車があるんだそうだ」

「風車？」

「謂《い》われはわからないけど、有名らしい。折角だから見に行くか？」

「かまいませんが…」

他愛《たあい》ない会話をしつつ涼しい樹陰を選んで縫うように歩いていくと、ふと、遼一郎が足を止めた。

「どうした？」

兎《うさぎ》でもいたのだろうか。

「静かに」

唇に手を当てた遼一郎は歩調を緩め、突然、道を逸《そ》れて藪《やぶ》の中に足を踏み入れた。

「遼!?」

柵は設けられていないとはいえ、このあたりは他人の敷地だ。勝手に足を踏み入れれば、面倒なことになりかねない。

しかし、遼一郎はそんなことは一顧だにせずに、密生した灌木《かんぼく》の前に跪いた。

茂みに両手を突っ込み、彼は何かを引っ張り出そうとしている。

最初に見えたのは、誰かの頭だ。

死体か……？

物騒な発想にぞっとしたものの、国貴は急いで遼一郎に手を貸した。

遼一郎が腋《わき》の下に手を入れて引き出したのは薄汚れた少年で、上着は擦り切れ、顔も帽子も泥に塗れている。

「生きているのか」

「ええ。あたたかいです」

「そうか……」

言われてみれば微かに胸のあたりが動いているので、息はあるのだとわかる。

遼一郎の腕の中で力なく抱えられた少年は彫りが深く整った顔立ちをしており、帽子が落ちた瞬間に見えた髪の黒さと膚の色味は移民かもしれない。

「よく気がついたな」

「ちょうど俺の角度からは、指先が見えたんです」

「この街の人か？　見覚えは？」

「残念ですが、俺にはありませんね。国貴様、彼の荷物はどこかにありませんか？」

「ああ……これかな」

　あたりを見回した国貴は藪に落ちていた布製の鞄を取り上げ、それを遼一郎に示した。

　遼一郎は遠慮がちに少年の頰を何度か軽く叩いたが、彼が目を覚ます様子はない。

　革靴もズボンも泥で汚れ、何日も着替えていないのか、シャツもすっかり黒ずんでいた。

　それでも苦しそうなのは、脂汗を浮かべたところからも認識できる。

「だいぶ具合が悪そうだな」

　国貴が呟くと、遼一郎は「ええ」と不安げな顔になって少年を見下ろした。

「どうしますか？」

　今更だともいえるような質問だった。

　ひとたび遼一郎がこの少年を助けた以上は、見捨てて置き去りにするわけにもいかない。

「連れて帰ろう」

「それなら、病院に連れていきますか」

「……いや。身分証明書がなくて、逃げ出したのかもしれない」

「十分にあり得ますね」

　身分証明書を持たない移民は国境に移送され、そこからドイツなりスイスなりへと追い出される。従って金がないなど様々な理由で身分証明書を作れなかった人物は、警察に捕まらないようにあちこちを転々と逃げ回るとも聞く。

　そんな境遇の人物であれば、国外に追い出されるきっかけを自分たちが作るのは可哀想《かわいそう》だし、何よりもそんなことで罪悪感を抱くのは御免だった。

「見つからないように連れて帰ろう。放っておいて怪我が酷《ひど》くなっても気の毒だ」

「ええ。目を覚ましたら、この子をどうするか決めましょう」

遼一郎が存外軽々と少年を抱き上げて歩きだしたので、国貴はおとなしく後ろをついていく。

安息日の午後だからか、アパルトマンに帰るまでのあいだは、少なくとも顔見知りとはすれ違わずに済んだ。

尤も、三階まで彼を担ぎ上げるのは一苦労で、帰り着いた頃には汗だくだった。

家に入るとこの部屋唯一のベッドに彼を寝かせ、水を汲《く》んできた国貴は湯を沸かし始めた。

「打ち身と切り傷かな。切り傷の薬はあるけど、打ち身はないな……」

薬を入れてあった小箱を探り、国貴は呟く。

軍隊時代の経験があるので、応急処置くらいは身についていた。

「ひどく腫《は》れているし、熱もある。このあいだ僕が熱を出したときの熱冷ましがある。飲ませてみよう」

「わかりました」

やがて湯が沸いてきた。

「僕が躰を拭くよ」

国貴は絞ったタオルで躰を拭こうと、上着を脱がせた少年のシャツの釦を外していく。

「……あれ」

見慣れぬものがちらりと見え、国貴は一瞬手を止める。

見間違いだろうか。

一度服を戻し、それからもう一度広げる。

間違いない。

「どうしました？」

国貴の不審な動きを見咎《みとが》め、遼一郎が鋭く尋ねる。

「……女だ」

「は？」

「胸があるんだ。女の子だ……」

おそらくは十代半ばくらいだろうが、薄着にさせ

——聞けない。

本当に遼一郎の目は完治したのか、それを追及せずに鵜呑《うの》みにしていいのか。

「男装なんて、きっと訳ありですね」

遼一郎が話題を転じたので、国貴は曖昧に首肯した。

「そうだな」

重傷の男装の少女なんて、どう考えても厄介ごとの種だ。

自分のような危うい立場で、誰かを助ける資格があるのかどうか。

けれども、一度彼女に手を差し伸べた以上は放ってはおけなかった。

少年——ではなく少女はあれ以来眠り続けており、おまけにひどく魘《うな》されていた。一度だけ夢現《ゆめうつつ》の状態で起きたので厠《かわや》の場所を教えてやると、彼女は用を足すとはっきり性別がわかる。

るとはっきり性別がわかる。

狼狽《うろた》えた声を発してしまう自分が滑稽《こっけい》だと思いつつも、国貴は混乱して縋るように恋人を見やった。

「おまえ、どうしてわからなかったんだ？」

「少しやわらかいと思いましたが、必死で」

「どうしよう……」

混乱した国貴は、ほっそりとした少女を見下ろす。

「だったら、俺がやります」

「ど、どうして！」

「見ないように躰を拭くくらいできますよ。練習してきましたから」

言葉を失うとは文字どおりこういうことで、国貴は黙り込んだ。

「あ、そうじゃありません。その……あなたの躰をしょっちゅう拭いていますから」

「…………」

誤魔化すように明るく笑った遼一郎はタオルを取り上げ、それを改めてお湯に浸す。

足してから、何も言わずに戻ってきてまた寝てしまった。

眠りながら彼女が切れ切れに訴えるのは、おそらくドイツ語だ。

学生時代にドイツ語を学んだことはあるものの、魘されているとなると断片的すぎて聞き取れない。ただ、一度だけ「Vati《お父さん》」とせつなげに呼ぶのを聞いた。

ぼろぼろになった鞄を開ければ彼女の身許がわかるかもしれないが、勝手に人の秘密を暴くわけにいかず、それには踏み切れない。

ずっと冷やしていたおかげで、彼女の左腕の腫れはだいぶ引いている。手足の擦り傷には買い置きしてあった傷薬を塗ってやったので、最初に会ったときよりはましになっているはずだった。

眠っているあいだに野菜を磨《す》り潰してよく冷ましたスープを飲ませると、意識が殆どない状態でも嚥《えん》下《げ》してくれた。

看病のために仕事を二日も休んでしまっているが、これまでに休日出勤を引き受けたりしたこともあって大目に見てもらえるはずだ。

暑さゆえに上着を椅子の背に引っかけた国貴は、帳面を捲りながらフランス語の勉強をしていた。蟬時雨《せみしぐれ》のせいで何度も集中を削《そ》がれそうになりつつも、国貴は懸命に自習に没頭した。

ヨーロッパの言語は文法や単語が共通しており、こつさえ摑めばそれなりに覚えやすいと言われている。実際、国貴にとって問題は文法よりも発音のほうだった。

「ン…」

彼女が動いた気がしたので顔を上げると、ちょうど目を開けたところだった。

また手洗いだろうかと思って放っていたのだが、彼女はぼんやりとしたまま動こうとしない。

びっくりするほど、綺麗な子だ。

大きな目は長い睫毛《まつげ》で覆われていて、彫りの深い顔立ちがどこかエキゾチックな印象を与える。膚の色はどちらかといえば国貴たちに近く、それに親近感を覚えた。

こんなに酷い切り方をしなければさぞや美しかったであろう髪が少々残念だったが、すぐに伸びるだろう。華美なドレスでも着せてそれらしくすれば、さぞや目を引くはずだ。

彼女の大きな目が、ベッドサイドに椅子を置いて腰を下ろしていた国貴を捉える。

国貴は精いっぱいの笑みを浮かべ、まずは片言のフランス語で話しかけてみた。

「Bonjour《こんにちは》」

返事はない。

「ごめん、フランス語はあまり得意じゃないんだ。英語でいいかな」

次に国貴が英語で話しかけると、彼女は瞬きをする。

「……ここは？」

返ってきたのは、英語だった。

「パリ近郊の街だ。僕は国貴。君は？」

「………」

案の定、答えないが、遼一郎との会話中でもいつまで経っても『あの子』呼ばわりは不便で仕方がなく、名前だけでも知りたかった。

「中国人？」

ぶっきらぼうに問われて、国貴は穏やかに首を横に振った。

「生憎中国じゃない。同じアジアだけれど、日本ってわかる？」

「聞いたことがあるわ」

寝転んだままの彼女はむすっとした顔をして、それから胸元に手をやる。

「服、脱がせたの？」

「うん。手当てに必要だったし、不潔だった」

「躰目当てで助けたの？」

「変装は得意じゃないのか？」

何を言われたのかという様子で彼女は口を噤《つぐ》み、唐突に黙り込む。そして、痛そうに顔をしかめつつ上体を起こした。

「帰るわ」

「どこへ？」

「どこって……どこでもいいじゃない」

「何か用事があるわけじゃないのなら、もう少しここにいたほうがいい」

「どうして」

「二日も寝ていたんだ。すぐには体力は戻らないはずだよ」

国貴の言を耳にした彼女はむっとしたように唇を噛み、躰の向きを変えて床に降り立とうとする。

だが、床に裸の右足を着いた途端に躰は傾《かし》ぎ、咄嗟に手を伸ばした国貴に倒れ込む。

「ほら、無理だろう」

国貴はそう言うと、彼女をベッドに座らせてやる。さすがにつらいらしく、彼女は国貴の手助けを拒まず、無言のままベッドに横たわった。

「何も、あと一か月もここにいろと言っているわけじゃない。それに、その腕、相当痛いだろう」

彼女はそこで初めて気づいたように、自分の細い腕に視線を落とした。

「添え木はしたけど、きっと折れている。下手なことをすれば、上手く治らないかもしれない。もう少し安静にしていたっていいだろう？」

国貴の台詞《せりふ》を聞いているのかいないのか、彼女は眉を吊り上げたまま口を開こうとはしない。

「僕たちは馬車も何も持っていないし、君を家まで送り届けることはできないんだ。だから、少なくとも自力で歩けるようになってもらうほかない」

「僕たち？」

その言葉に、彼女はここに誰かいるのかと言いたげな顔つきで視線を巡らせたので、思わず表情を和らげた。

「同居人がいるんだ。あとで紹介するよ」

それきり黙ってしまった彼女に何となく親近感を覚えて、国貴はふっと笑ってしまう。

たとえつらくても我を張ってしまうところが、他人とは思えなかったからだ。

「ああ、ごめん」

「どうして謝るの？」

どこまでも彼女は挑発的だったが、それは不安の裏返しだと国貴は見抜いていた。

「さっきは聞こえなかったのかと思って。突然、知らないやつに話しかけられて驚いただろう？　僕は国貴だ。よかったら、君の名前を教えてほしい」

「私の鞄はどこ？」

「え」

名前を聞いたつもりが鞄の話をされ、面食らった国貴はつい、短く問い返す。

「鞄よ。持っていたはずなんだけど」

「ああ、あるよ。どうぞ」

身を屈めた国貴がサイドボードの下に置いてあった薄汚れた鞄を示すと、彼女はほっとした素振りでそれを愛しげに抱き締める。

「中身、見たんでしょ？　なのに、白々しく聞かないでくれる？」

「人の持ち物を勝手に覗《のぞ》いたりはできないよ」

「…………」

信用したのか嘘つきだと内心で罵っているのか、ともあれ黙りこくってしまった彼女から情報を引き出すのは、国貴には難しそうだった。

ふて腐れたまま目を閉じた彼女の唇から、やがて、規則的な呼吸が聞こえてくる。

蒼褪めた頰を見ながら、国貴は、とうの昔に別れてしまった妹の顔を思い出していた。


「お兄様、お帰りなさい」

今宵《こよい》も金策に追われた国貴が疲れきって帰宅すると、妹の清澗寺《せいかんじ》鞠子《まりこ》が二階から顔を見せた。

「ただいま、鞠子。もう起きていいのか？」

見れば鞠子は花瓶を抱えており、それには見事な枝振りの梅の花が生けられている。

「ええ。おかげさまで熱は下がったわ」

和貴《かずたか》はどうしているのかと尋ねようとして、国貴はぐっと黙り込む。あの弟が品行方正に国貴の帰りを待っていたことなどなく、考えるだけ無駄だったからだ。

「代わりに和貴兄さんが寝込んでしまったの」

「どうして？」

「私の風邪をうつしてしまったみたい」

「仕方のないやつだ」

あれで弟妹の面倒はそれなりに見る和貴は、風邪で女学校を休んでいた鞠子を何かと気にかけていたらしい。結果として自分が風邪をうつされるとは、本末転倒だ。

「見事な梅だな。うちの敷地に咲いていたのか」

「兄様のご友人が贈ってくださったの。夜会に出なかったことが心配なんですって」

「そう、か」

歯切れ悪く答えてしまったのは、和貴の乱行ぶりを周囲から聞かされているためにほかならない。

曰《いわ》く、男も女も咥《くわ》え込む淫乱。

他人を常に高みから冷視する和貴は、国貴にとっては異物にも等しい。鞠子と道貴《みちたか》の二人が真っ直ぐに育ってくれたこともあり、和貴の放恣《ほうし》な生活には怒りしか感じ得なかった。

尤も、自分に彼を叱《しか》る資格などないかもしれない。

「お兄様、お疲れなの？」

「おまえだって病み上がりで疲れているだろう」

「こう見えて、私、結構丈夫なのよ」

ふふ、と彼女は声を立てて笑った。

「それに、女は意外と強いものなの。お母様もとても強い人だったと聞いているわ」

「おまえは強いというより、ませているんじゃないか？」

「あら」

彼女は心外だとでもいうかのように、目を軽く見開いた。

「お兄様がおっしゃるなら、それでいいわ」

「悪かった。僕は一言多いんだろうな」

「それでいいのよ」

くすりと鞠子は笑った。

「世の中にはいろいろな人がいるけど、お兄様はお兄様だわ」

真面目なだけで面白みのない華族の長男。それが自分の正体で、そこからは変われないと言いたいのか。

「和貴兄さんが買ってきてくださった雑誌、パリの記事が載っていたの。あとで兄様のお部屋に持っていくわね」

「ありがとう」

国貴は微笑み、鞠子を置いて自室へ向かった。


——うつらうつらしているうちに、記憶はあの麻布の邸宅に飛んでいた。

懐かしいやり取りだった。

あの頃の鞠子の言葉を、自分は素直に受け取れなかったけれど、今ならその意味がわかる。

当時の国貴は家族の絆《きずな》を見失い、自分一人が空回りしていると思い込み、拗《す》ねていた。弟妹たちはそのままの自分自身を愛してくれていたのに、それに目もくれなかった。

和貴のことも、本当は自分が救えたのかもしれない。

かつて国貴は自分自身に流れる血への恐怖から、和貴を拒んでしまった。

彼が最も切実に助けを求めていた多感な時期に、見て見ぬふりをしたのだ。

「ただいま戻りました」

ドアが開閉される気配に背後を顧みた国貴は、入り口で泥を落とす遼一郎の姿に笑みを浮かべた。

「お帰り」

「あのお嬢さんはどうですか？」

「さっき一度、目を覚ましたよ」

「本当ですか？　それはよかった」

「それは？」

遼一郎は唇を綻ばせ、数本の花を国貴に示した。

「工場の敷地で咲いていたんです。女性ならこういうの、あったほうがいいんじゃないかと思って」

「それはいいな」

先ほど見せられた警戒心を思うと、少しでも心を解してくれるものがあったほうがいい。

国貴の寝間着を借りた少女は、まだ昏々《こんこん》と眠っている。

「どこの子ですか？　名前は？」

「まだ何も教えてくれない」

「きっと、ジプシーでしょうね」

「ジプシー？」

「ええ、顔立ちからいってそんな気がします」

「そうか……」

だとしたら、彼女の警戒心も合点がいく。

北インドを起源とする彼らはロマとも呼ばれ、各国で迫害されている。

国貴が最初に彼らについて知ったのは、ビゼーの歌曲《オペラ》『カルメン』だ。恋に生きるカルメンは文字どおりの流浪の民で、その気性の激しさと生き方は、主人公のホセを翻弄した。

彼らに対する差別の激しさは、国貴たちアジア人に対するものとはまた別種だろう。彼らは魔法を使うと恐れられ、忌み嫌われたと聞く。

「どうしますか？」

「この子を匿うと、何か面倒があると思うか？」

「いえ、ここはドイツではありませんし、大丈夫でしょう」

「ドイツから来たのだろうな。寝言がドイツ語だった」

フランスの隣国にあたるドイツでは、政権を手にしたナチスによってジプシーやユダヤ人に対する弾圧が行われていると漏れ聞く。そのため、フランスはドイツからの移民も増えているらしかった。

「ともあれ、夕飯を作ります」

「僕の当番だよ」

「あなたのスープは、時々、上級者向けですから。目を覚ましたなら、まともな食事を食べさせてあげたいじゃないですか」

澄まし顔の遼一郎に相変わらず拙《つたな》い料理の腕をからかわれて、国貴は頬に朱を上らせる。

「……わかった。今日は頼むよ」

「ええ、待っていてください」

身を屈めた遼一郎が額にくちづけ、薄く笑んだ。

国貴が再び部屋に戻ると、目を開けた少女はその黒い瞳でじっと戸口を見つめていた。

「なんだ、起きていたのか」

「男の声がしたわ」

「遼だ。僕の同居人」

同居人という言葉を口の中で繰り返し、彼女は眉根を寄せる。

「男同士で、一緒に暮らしているの？」

「ああ」

「兄弟？　親戚《しんせき》？」

「どちらでもない。でも、家族だ」

さすがに見ず知らずの人間に恋人同士だとは主張できないが、遼一郎は大事な家族だ。

彼女はそれには関心がなさそうに黙り込み、寝返りを打って国貴に背中を向けた。

「お腹は空《す》いてるだろう？」

「満腹なわけないじゃない」

「だろうな。これでも君が眠っているあいだに食べさせたんだ。記憶にない？」

「そこまで耄碌《もうろく》してないわ」

相変わらず可愛げのないつんつんとした口調で、国貴は相手の出方を探りつつ再び読書を始めた。

ややあってドアが開き、遼一郎が明るく声をかけてきた。

「国貴様、スープができましたよ。彼女、食べられますか？」

「聞いてみる」

ちらりと目を向けたところ、彼女はいつしか躰をドアのほうに向けて様子を窺っている。どうやら、遼一郎に興味を抱いているようだった。

「食事にしないか？」

「………」

「遼の作るスープは美味しいよ。僕は料理が下手だから、代わってもらって」

国貴の言葉を聞き、彼女は長いため息をついた。

「どうしてジプシーなんかを家に上げたの」

「えっ？」

「見ればわかるでしょ。私がそうだって」

苛立っているのか、その言葉がひどく刺々《とげとげ》しく聞こえ、何が彼女をそんな風にさせるのかわからず、国貴には腑に落ちなかった。

「怪我をしていたからだ。ジプシーの友達はいないから、その可能性に気づいたのはさっきだよ」

国貴の英語がわかりにくいのだろうか、そう思いつつも何とか理解し合おうと試みる。

「私たちを見れば、普通の人間は泥棒だって思うわ」

「まだ何も盗まれてないのに？」

埒《らち》が明かなくなったらしく、彼女は上体を起こして国貴をその焦げ茶の目で見据えた。

「ジプシーだってわかって叩き出さないのは、やっぱり躰が目当てってわけ？」

「女性に興味がないわけじゃないけど、かといって、女性なら誰でもいいわけじゃないんだ」

国貴が漸《ようよ》う言葉を見つけながら答えると、彼女の顔つきが厳しさを増す。

「どういう意味」

「好きな人がいるんだ。だから君のことは欲しくない」

「……呆《あき》れた。好きな相手じゃなければ寝たくないっていうの？」

「そうだよ。だめかな、それじゃ」

国貴はあっさりと肯定し、そしてすっかり身を乗り出して会話に入り込む彼女に微笑みかけた。

「だめじゃないけど……とにかく、さっさと放り出してよ」

「自分で出ていく分にはかまわないよ」

「……だって、歩けないんだもの」

むすっとした顔で彼女は言う。

「だから、早く追い出したら？　泥棒を引き入れると、あんたの家のものを盗むわよ」

「盗まれて困るようなものは、何もない」

彼女がどう思っているかは知らないが、実際、盗まれて困るのは旅券と身分証明書くらいのものだ。しかし、そんなものを盗んだところで、何の足しにもならないだろう。

「僕たちも生まれた国から逃げてきたんだ。身一つでここに来たから、盗《と》られて困るものはない。もし君が泥棒なら、好きなものを持っていくといい」

ただし歩けるならね、と国貴が冗談めかしてつけ加えると、彼女は真っ赤になった。

「若い女を部屋に上げれば、ふしだらだって思われるわ」

「男同士で暮らすよりは健全かもしれないよ」

国貴がおっとりとした口調で告げると、彼女は目を瞠って「神様」と半ば無意識に呟いた。

「そういうことなの？」

「そういうことだ」

俄《にわか》に彼女が無言になったので、国貴は淋しいものを感じつつも無理に微笑んだ。

「いいんだよ、軽蔑して。僕は君と違って、こうあることを自分で選んだ」

「人に恥じるようなことなの？」

「まさか！」

「なら、軽蔑なんてしないわ。自分の意思で大事な決断をしたんだもの」

真剣な面持ちで首を振ってから、彼女は「ごめんなさい」とぽつりと言った。

「とても失礼なことを言ったわ。私、同性同士のカップルって初めてで……その……」

「いいんだよ。僕もジプシーの友達ができるのは初めてだから、お互い様だ」

国貴がそう畳みかけると、彼女は目を丸くする。

「こんなに嫌みばかり言われて、どうして怒らないの？」

「二人の人間が知り合うためには、語り合うことが必要だ」

それを聞いた彼女はぷっと噴き出し、それが嚆矢《こうし》となったらしく、肩を震わせて盛大に笑い続ける。

やがて笑いを治めた彼女は真顔になり、凜々しい顔つきで真っ向から国貴を見据えた。

「あなた、とても面白いのね。気に入ったわ」

「ありがとう」

「ええと、国貴、だったわね」

初めて呼ばれたその音の連なりが、まるで、短い歌のようだった。

「発音、上手いな。君の名前を聞いてもいい？」

「私はサラ。——とても不本意だけど、暫く世話になるわ」

彼女は少し葛藤《かっとう》したらしいが、結局はそうつけ加えた。

「君は、どうしてここに？」

「……攫《さら》われたのよ」

一拍置いたその口調に、国貴は彼女が嘘をついていると読み取った。

「人買いに攫われて店に出されそうになって……それで貨車に潜り込んで何とか逃げてきたんだけど、今度は機関員に見つかっちゃって、とにかく飛び降りたの」

「なるほど……」

とはいえ、サラの言葉を疑えば、折角築き始めた信頼関係が台無しになってしまう。

「二人とも」

　不意に、朗々とした声が背後から聞こえた。

　身を乗り出すようにして話し合っていた二人に焦《じ》れたらしく、遼一郎が部屋に入ってきたのだ。

「話は終わりましたか？　スープが冷めてしまう」

「ああ、ごめん」

　国貴はにこりと笑って遼一郎を紹介しようとすると、先にサラのほうが握手のために手を出した。

「ありがとう、私はサラ。とってもいい匂い。確かに料理が上手そうね」

「食べてから褒めてもらえると、もっと嬉しいよ。俺は遼一郎だ」

　二人が握手をするのを見ても、幸い、嫉妬心が頭を擡《もた》げてこなかったので国貴はほっとした。

5

「遼《りょう》、ちょっと待って。またhを発音したわ」

「あ、本当だ」

「ほかはとても素敵だったわ。じゃ、もう一度読んで」

　サラは教師役としては厳しかったが、二人に対しての指導は的確だった。

　腕がある程度治るまでのあいだここに滞在することに関して、彼女なりに悪いと思っているようだ。日中はできる範囲で家事を担当し、夕方になると遼《りょう》一郎《いちろう》と国貴《くにたか》にフランス語を教えてくれた。

　教材はフランスで発行されている新聞で、職場で読み終えた新聞を捨てるのを見て、遼一郎がもらい受けるようになったのだ。

アパルトマンに備えつけられていた丸テーブルを三人で囲むと、かなり窮屈だ。しかし、一回りは年齢が離れているであろうサラを教師にしての語学の勉強は存外楽しく、一度心を許すとよく笑う彼女の存在は、遼一郎と国貴の心を明るくしてくれた。

サラの提案で三人で話をするときはフランス語だけを使うことになったので、国貴と遼一郎の語学力は飛躍的に上昇した。

そのせいで二人の日常生活において抱き合うことがなくなってしまったのも、今だけは仕方がないと諦めがついた。おかげで仕事の行き帰りに人目を忍んでくちづけるのが関の山で、一刻も早く国貴に触れたくてたまらない。

謹厚そのものでお堅い性格の国貴ではあるが、その薄い皮膚を一枚剝いだ中にある岩漿《がんしょう》の如き熱情の存在を知っている。ゆえに、彼に必要以上に禁欲をさせるのは不安と申し訳なさがあった。

新聞に視線を落としていたサラの表情が硬いものになり、遼一郎は不思議そうに首を傾げる。

「どうした？」

「……ううん。気になる記事があっただけ」

「記事？」

気になった遼一郎が新聞を覗き込むと、彼女は国際政治欄を開き、その一点を指さした。

「これよ。全権委任法のこと」

「全権委任法？」

聞き慣れない言葉に、国貴が先に反応を示す。

「ドイツ語だと、Gesetz zur Behebung der Not von Volk und Reich——知ってる？」

「すまないが、お手上げだ」

素直にわからないと認める国貴に対し、サラはどこか固い声で説明をする。

「つまり、アドルフ・ヒトラー首相が率いる政府に対し、ワイマール憲法に縛られない、制限のない立法権を与えた法律なの」

「制限がないというのは危険だな」

「そうね……共和制は終わってしまったの」

テーブルに向かうサラの表情は昏《くら》く、ひどく憂鬱そうだった。

「さ、勉強はここまでにして食事にしましょう」

「そうだね」

国貴が支度のため立ち上がったが、サラは何か言いたげな面持ちで、じっと新聞の紙面を見つめていた。

自分は卑怯《ひきょう》だ。

この愛らしい潑剌《はつらつ》とした美少女はもしかしたら自分たちに仇《あだ》をなすかもしれないと恐れるがゆえに、遼一郎は彼女がいなくなることを切に望んでいる。

国貴の心情は聞いたことはなくとも、遼一郎はサラに不信感を抱いていた。

ジプシーなのは本当なのかもしれないが、彼女は少なくとも英独仏の三カ国語に堪能だった。法律用語や政治用語のような難しい単語も理解し、その内容をわかっているがゆえに、彼女なりに噛み砕いて伝えようとする。放浪を基本とするジプシーにしては、教養がありすぎる。

どう考えても、真っ当ではない。

こんな遼一郎の心中を知れば、国貴は冷たい男だと怒るだろうか。蔑むだろうか。

だが、遼一郎はこの暮らしを守る以外の希望はない。だからこそ、彼女には早く出ていってほしいのだ。

運命の顎門《あぎと》が自分たちを捕らえ、その残酷な歯で磨り潰してしまう前に。


この土地に来て感じるのは、湿度が日本に比べて低いということだ。夏の暑さも日本ほどではないのに、こうして遼一郎に抱き締められると昂奮に汗が噴き出す。

「ン…んん……」

出勤途中、建物の陰に連れ込まれて唇を重ねられても、国貴は不道徳だとそれを拒絶できなかった。

サラが来てからというもの性的な接触はいっさいできず、こうして人目を盗んで唇を重ねるのが関の山だ。おかげで自分の心身ともに遼一郎との濃厚な接触を求めており、飢渇に襲われていたからだ。

「は……っ」

舌を絡められ、きつく吸われる。舌頭を擦り合い、なぞり、付け根を辿る。

常にない濃厚な接吻《せっぷん》にはすべての刺激が愉楽として変換され、膝が笑い、崩れてしまいそうになっている。はしたない自分が恥ずかしいのに、そのくせ、もっとしたくてたまらない。

「遼、だめ……」

注意しているつもりが甘ったるく声が揺らぎ、軽く脚を開いて誘い込む。無意識の自分の行動に赤面した国貴の性器に腿を押しつけ、遼一郎が喉の奥で唸った。

「国貴様……」

欲しくてたまらないのだとわかっていたが、どうしようもない。

「遼」

声が掠れ、遼一郎の髪を摑んでより深いキスを求めて引き寄せる。舌を絡ませ、体液を混ぜ合うくちづけはあたかも擬似的な性交のようで、国貴は暫しその快楽に酔った。

「…もう、だめ…これ以上、したら……」

汗ばむ躰を無理やり離して遼一郎に縋るような目で訴えると、彼は渋々首を縦に振った。

「でも、暫くここにいたほうがいいですね」

「どうして」

「その……とても色っぽい顔をしてるからです。何かあったんじゃないかと勘繰られそうだ」

お互いの連帯責任だとわかっていたので国貴は無言で俯き、壁に寄りかかった遼一郎の胸に凭《もた》れ、彼が髪を撫でてくれるのに身を任せた。

サラが部屋に来て、二週間。

怪我は骨折か何かだろうが、サラは頑《かたく》なに医者に行くのを拒んだ。国貴自身は彼女の世話をするのに抵抗はなかったものの、物理的に部屋は狭かったし、いくらサラが理解を示してくれているといってもいちゃいちゃするわけにもいかない。

それでも、彼女を放り出すことはできない。それは、拾った責任ではなく、鞠子《まりこ》に対する埋め合わせをしたがっているのかもしれなかった。

かつて、死んだはずの兄が生きていたと知り、鞠子がどれほど衝撃を受けたかは想像に難くない。彼女は国貴の嘘を許してくれたが、そこには様々な葛藤があっただろう。

「おはよう。今日は何だか、みんなそわそわしているね」

職場の雰囲気がおかしいと気づいた国貴が隣席の工員に話しかけると、彼女は面倒くさそうに肩を竦め、窓の外を示した。

「何でもお偉《えら》いさんが視察に来るんですって」

「視察？」

ちらりと窓に視線を走らせると、確かに背広姿の男たちが数人見える。

「そ。外国のお客さんで商売になるかもしれないって、上長も工場長も舞い上がってるわ」

「忙しくなるな」

「本当だわ」

腰を下ろした国貴は工具を点検していると、定刻どおりにジャンが現れる。視察のことを短く伝達すると本日の目標が伝えられ、作業開始となった。

作業は単純だが、繊細で気を遣う。螺子《ねじ》を締めているうちにほかのことを考えられなくなり、国貴は手作業に没頭した。

途中で視線を感じた気もしたが、この工場ではアジア系の移民は珍しいせいだろう。集中を削がれて不良品を作るのも癪《しゃく》だったので、国貴は無心に作業を続けた。

「国貴！」

集中しすぎたせいで何度か呼びかけられたことに気づかなかったため、相手が声を荒らげる。

「あ、はい」

怪訝そうにそちらを見上げると、傍らにはジャンが立っていた。

「何でしょうか」

「工場長がお呼びだ。至急、来るようにと」

「わかりました」

いったい工場長が自分に何の用だろう。時たま敷地内で見かける程度の相手なのにと不思議に思いつつ、作業を中断した国貴はジャンの後ろをついていく。

もしかしたら、サラのことだろうか。

家族という名目で遼一郎と同じ部屋に住んでいるのに、そこに女性が同居しているとなると、傍《はた》から見れば不道徳このうえないだろう。工場長が工員の風紀の乱れを案じる人物かは定かではないが、何を言われても覚悟しなくてはいけない。


入り口でジャンがドアを叩き、「国貴を連れてきました」と告げる。

「入りたまえ」

「失礼いたします」

ジャンはドアを開けて入るように促し、さっさと姿を消した。

一礼してから部屋に入った国貴は、机に向かう工場長の背後にいる黒髪の人物にすぐに気づいた。

窓辺にいる男は国貴に広い背中を向けており、顔は見えない。

嫌な胸騒ぎが、した。

「久しぶりだな、清澗寺《せいかんじ》」

懐かしい日本語が鼓膜を擽る。

ひやり、と。

冷たいものが心臓を直に摑んだような気がした。

何、だって……？

日本語で答えるべきなのか、それとも、しれっとフランス語で知らない振りをするべきなのか。

いや、相手にはもう気づかれているではないか。自分が清潤寺国貴であると。

頭ががんがんとしてきたうえに舌が縺《もつ》れ、言葉が出てこない。

「顔を上げたまえ、君への来客だ」

躰が芯《しん》から震えてきそうだ。

それでも勇気を振り絞って視線を上げた国貴は、こちらを向いた男を目にして短く息を呑む。

「聞けば、君とは同級生だったそうじゃないか。驚いたよ」

工場長の朗らかな声も、今は耳をすり抜けていく。

「どうした？　俺の顔を忘れたのか」

あの日、大使館ですれ違った男がいた。

安藤千歳《あんどうちとせ》。

端整な面差しはそのままで相応の年輪を重ねた彼は、どこか冷淡な目つきで国貴を睥睨《へいげい》する。その日本人離れした長身も相まって、安藤の顔つきはやけに冷え冷えとしたものに見えた。

撫でつけた艶やかな黒髪に、爪の先まで手入れの行き届いた手。

上質の背広もシャツもネクタイも洒落ており、見るからに今の国貴とは住む世界が違う。

正午に近づいた陽光がカーテンの隙間から差し込み、床に映された極端に短躯《たんく》めいた影が動く様はまるで出来の悪い芝居のようだ。

「こんなところに視察に来て、まさか懐かしい友人に会えるとは、嬉しい驚きだ。随分痩《や》せたようだが、麗しい面差しは変わらないな」

かつては役者のような色男と称された相手の薄い唇は綻んでいたが、その一重の目に宿る光は炯々としたもので、油断や慢心の欠片《かけら》もない。

憲兵隊に所属していたことが、彼の鋭利な印象を増しているような気がした。

「…………」

「折角の再会だ。とぼけるつもりではないだろう？」

言い逃れができるとは思ってはいないが、ただ、言葉が出てこないだけだ。

「君が一緒に逃げている男——成田《なりた》遼一郎だったな。だから苗字が清田《きよた》なわけか。政治犯と一緒とは、参謀本部の出世頭の転落ぶりもなかなか興味深い」

「何が望みだ……安藤」

乾いた声が、漏れた。

「旧友との再会の第一声がそれとは、些か淋しいな」

わざとらしく軽い口調を聞かされても、何の感慨もない。

「今更あたためるような旧交もないはずだ」

「ところが、私にはあるんだ」

安藤は口許を歪《ゆが》め、悠然と国貴に近づく。

一歩でも後退れば彼に屈服するようで口惜《くちお》しく、背筋を伸ばした国貴は厳しい顔で相手を睨んだ。

「よかったら今日、食事でもどうだろう」

「そんな義理もない」

「明日にはパリに戻る予定で、今日はホテルを取ったんだ。今夜七時にオテル・ダンテスのロビーで。いいな？」

この街のホテルでも、取り分けオテル・ダンテスは一番の高級ホテルだ。パリからは鉄道でそう時間もかからないのにホテルを取るあたり、安藤は国貴との再会を見越していたのかもしれなかった。

「………」

答えることはできなかったが、安藤は国貴が絶対に来るものと踏んでいるのだろう。

地面が足許《あしもと》から崩れ落ちていくような、そんな錯覚にすら襲われる。

——もう、おしまいだ。

自分の運命も、遼一郎の運命も、何もかも終焉《しゅうえん》を迎える瞬間が刻一刻と近づいているのだ。

たかだか数時間が、これほどまでに長く思えるとは。

終業までの時間は、国貴にとって永遠にも等しい

痛苦に満ちた時間だった。

よりによって、陸軍の現役の関係者に見つかってしまった。

浅野《あさの》は昔からの縁もあり、歪な友情ゆえに国貴を見逃してくれたが、安藤はそこまで甘い男ではないだろう。彼は国貴に何の思い入れもないし、寧ろ、家柄がよく何かと教官や上層部に目を掛けられる国貴を憎んでいるような節もあった。

思考を巡らせても、答えは出ない。

逃げ出せば追われるだろうし、即座に日本に電報を打たれてもおかしくはない。下手に動くと命取りになるのは考えるまでもない。

休憩時間にすれ違った遼一郎に、夜は約束ができたと短く伝えた。遼一郎は不審げではあったものの、工場長に呼ばれた話は伝わっているのか、すぐに納得したようだった。

仕事を終えた国貴は、一旦家に戻る。

あまりむさ苦しい格好をして引け目を感じるのも嫌で、着替えてからホテルへ向かうためだ。

街の中心地は様々な施設があるが、文化人や名士が屯するあたりは、国貴が足を踏み入れたことのない場所の一つだ。華やかな場所は自分には似合わないし、人前に顔を出し、変に悪目立ちしてしまうのも嫌だった。

約束していたロビーは豪奢《ごうしゃ》な秋の花が飾られ、遼一郎が時折見つけては摘んでくる清楚《せいそ》な野の花がよりいっそう愛おしくなる。

午後七時きっかりにエレベータを下りて現れた安藤は、ソファに浅く腰掛ける国貴を見て冷笑した。

「そういう格好だと、随分、垢抜《あかぬ》けるな」

仕事中はつぎあてされたズボンにシャツを身につけているので、その格好が野暮《やぼ》ったいと言外に示しているのだろう。しかし、普段は労働に最も適した服装をしているつもりだったので、彼に揶揄される理由はなかった。

「世辞はいらない。どういうつもりだ？」

「このあたりでは、ここの飯が一番旨いそうじゃないか。再会を祝して奢《おご》るよ」

「結構だ」

「食事は一人では旨くもない。それに、そう嫌ってくれるなよ。異国の地でたまたまめぐり逢《あ》えた旧友じゃないか」

ぞっとする。

こんな男が旧友だと？

いかにも高そうな仕立ての良い背広に身を包み、帽子を被って紳士然としているものの、彼の真意は未だに知れない。信用できるわけがなかった。

「君だって、実家の様子を知りたいんじゃないか？大使館には何かと日本の情報は入ってくるからな。普通の人間よりは情報を握っているつもりだ」

国貴はそれ以上は抗えず、ベルボーイに案内されるままレストランへ向かった。

ホテルの一階にあるレストランは、フロントの向かい側に出入り口がある。待ち受けていたギャルソンは安藤に一礼し、恭しい態度ではあったものの、二人を壁際の目立たない席に案内した。

こういうところにも彼らの差別意識が透けて見えるが、安藤はまるで気にしていない様子だった。

シャンデリアもテーブルの上の銀の燭台《しょくだい》もいずれも重厚で、斯くも豪華な店に入った記憶は近年なく、国貴は何ともいえぬ後ろめたさを感じた。

「ここは牡蠣《かき》が旨いそうだ。試したことは？」

「工場勤めで、そんな贅沢ができるわけがないだろう。移民の賃金は格安と決まっている」

「清澗寺家のご長男が、よくそんな暮らしに我慢できるな。これまでずっと、こんな生活を？」

わざとらしく驚愕《きょうがく》を表明する態度にむかむかしたが、それに煽られては負けだ。

「食事の質は陸軍時代と大して変わらない。それに、僕たちは死んだ人間だ。清澗寺家とは無関係の、ただの庶民だ」

安藤は軽く鼻を鳴らし、給仕にシャンパンと料理を注文した。国貴に意向を問う気持ちはないようなのは、その傍若無人さからも明らかだった。

「では、再会を祝して」

すぐにやって来たシャンパンのグラスを掲げられると、無視するのも大人げない。国貴は不承不承グラスを取り、安藤に応《こた》えて乾杯をした。

上質のシャンパンははっとするほどに美味しく、口腔《こうこう》全体に芳醇《ほうじゅん》な葡萄《ぶどう》の香りが広がっていく。

美酒を味わう喜びを久しく忘れていた国貴にとっては、希有《けう》の体験だった。

「最後に会ったのは幼年学校の同窓会だから、十年以上前か？　君は相変わらず美しいな」

「歯が浮かないのか、そんなことを言って」

「手厳しいやつだ」

給仕の手で優雅にグラスに注《つ》ぎ足されたシャンパンの泡が、まるで火花のように弾《はじ》けるのを無感動に眺めつつ、国貴はため息をつく。

さっさと本題に入り、この気詰まりな会食を終幕に持ち込みたい。

「それで？　僕をわざわざ食事に誘ったのは、どういう了見だ？」

「君には私のために働いてもらう」

安藤の言葉は断定的で、国貴の気持ちを問うつもりがないのは明白だった。

「就職先の斡旋とは、お優しい話だな」

「残念ながら、そこまでの面倒は見られない。工場は辞めずに、私の必要に応じて動いてもらう」

「僕が？　何の義理で？」

「まず第一に、君はまだ大日本帝国の臣民だ。従って、私の命令を拒む権利はない」

くだらない言いぐさに憮然《ぶぜん》としかけたものの、国貴は自分でも想像以上に早く立ち直った。

「僕たちは死んだことになっていると言わなかったか？　死人にそんな義務があるとは思えないが」

「どうせ旅券は偽だろう。万に一つ日本に帰る可能性を考えて、戸籍から作ったんじゃないか？」

旅券を準備してくれたのは浅野なので子細は聞いていないが、彼の性格を考えれば、日本に指示を出してそれくらいやりかねない。

そして国籍を変えていない以上は、国貴たちはこの土地に滞在する浮き草同然の居留民に過ぎず、身柄は日本に属しているのだ。

「だいたい、今の僕に何の価値もないのは、君自身が一番よく知っているはずだ」

国貴は切り口を変え、安藤が自分に興味を抱く理由を探ろうとする。

「君は真面目な働きぶりで工場の上層部からも信頼されているそうじゃないか。彼らが敷地を増やし、あそこを開発拠点にすることは摑んでいる。君ならば、新兵器の機密を得られるはずだ」

「僕は一介の工員だ。そんな狙《ねら》いで近づいてくるとは、君は相当手詰まりなようだな」

その言葉はただの皮肉の籠もった相槌のはずが、安藤の顔色が微かに変わった。

「ああ、そうか。まずは私がフランスに来た経緯を説明しなくてはならないな」

「べつに、聞きたくはない」

「冷たいことを言ってくれるが、発端は君の麗しい弟君にある。それでも知りたくないか？」

わざとらしく持って回った口ぶりをされ、シャンパンを飲んでいた国貴は眉を顰めた。

「和貴《かずたか》に？」

思わず反応してしまってから、国貴は自分の迂闊《うかつ》さを恥じたが、既にあとの祭りだった。

「そうだ」

「まさか、弟と関係を持ったのか」

和貴のせいで彼の立場が微妙になったというのなら、原因は一つしか思いつかない。

「そのほうがよほどましだな。何しろ、君の弟は政財界でその名を轟《とどろ》かせる男娼だ。どれほどおぞましい真似をしているか、潔癖な君には想像もつかないんじゃないか？」

挑発するような口ぶりにむっとしかけたものの、和貴にも矜持《きょうじ》がある以上は、彼が己の心に羞じぬと信じて行ったことを否定してはならない。

「和貴を侮辱するのはやめろ。弟には彼なりに正義と論理がある。それを君にとやかく言われる筋合いはない」

「綺麗ごとだな」

安藤は国貴の主張を一刀両断にし、どこか忌々しげに牡蠣の殻を器に捨てる。銀のボウルにぶつかって音を立てた牡蠣の殻が蠟燭《ろうそく》のぼやけた光を受けて乳白色に輝くのを、国貴は現実味のない光景のように眺めていた。

「駐在武官になったのは君が優秀だからだろう？」

「駐在武官ではなく、特別派遣の補佐官だ。情報収集し、この国で結果を出さなくてはならない」

くっと安藤は喉を震わせて笑い、いっこうに酔いの見えない双眼で和貴を冷視する。

「君の望みは、そのくだらないスパイ計画に僕を巻き込むことでいいのか」

「今のところは」

「……なに？」

「君の存在は陸軍の上層部に対しても、清澗寺家に対しても有効な切り札となる。私がそれを見逃すような甘い人間だとは思わないでもらおうか」

スパイ行為をさせるくらいでは終わらない――そう仄めかされたことに国貴は凝然とする。安藤は自分を強請《ゆす》り、骨の髄までしゃぶろうとしているのだ。

「生憎、僕は自分にそこまでの価値があると自惚《うぬぼ》れるつもりはない。何よりも、他人にそう簡単に使われるつもりもない」

逃亡者であっても、国貴はその程度の自尊心と気概は持ち合わせている。

「いいや、君は私に恭順を示す必要がある」

「…………」

安藤は国貴の拒絶さえも聞き入れなかった。

「どうしてここを探り当てられたのか、考えなかったのか？」

　確かにその疑問は、先般来、密かに国貴の頭を悩ませていた。

「君が生きているという噂は昔からあった。陸軍が踏み込んだこともあるはずだ」

「……ああ」

「清《きよ》田《た》遼と、清田国貴……アルファベットではわかりづらいが、漢字を見ればぴんとくる。そのうえ、日本人を雇いそうな職場はそう多くはないからな。ともかく、私が命じれば、君たちのその身分証明書はすぐに効力を失う。その意味がわかるな？」

　身分証明書が無効になれば、当然のことながらフランスにはいられなくなる。そうすれば、また次の逃亡先を探さなくてはいけない。

「だが、私に従うと約束するのなら、君と成田の存在は秘匿し続けよう。——どうする？」

　馬鹿げた話だ。

　仮に企業の上層部に取り入ることができたとしても、どこかで失敗すれば下手をすると国際問題だ。そのときに安藤は、呆気《あっけ》なく末端を切り捨てるだろう。清澗寺家も、長男に男と駆け落ちをされる以上の迷惑を被るはずだ。

　この国で犯罪者になるわけにはいかない。

「無理だ」

「いや、できる。君のその躰——清澗寺の血肉があれば」

「それこそ妄言だな」

　冬貴《ふゆき》や和貴のようにこの肉体に他者が悦楽を見出す価値があれば話は別だが、所詮《しょせん》は男の肢体だ。よほどの好事家以外が手を伸ばすとは思えなかった。

「なるほど。そういうことなら、君の肉体に価値があるかないか、私が見極めてやろう」

　安藤は唇を歪め、国貴の顔をフォークの先で指し示す。下品な仕種《しぐさ》に国貴は表情を曇らせた。

「どういう」

「察しが悪いな。つまりは、君の嫌う最も下衆《げす》なやり方にしようという意味だ。ここに部屋を取っていると言っただろう？」

国貴が知る限りで、最も不快な方法を安藤は提示してきた。

己の肉が取引材料になると最初に教えたのが浅野で、あのときの自分はそれを拒む選択肢はなかった。そして今も、拒絶は破滅を意味していた。


「随分いい部屋を借りているじゃないか」

安藤が借りている部屋は最上階のスイートだそうで、このホテルでは一番いい部屋だろう。広々としており、寝室だけで国貴と遼一郎の暮らす部屋の総面積にも匹敵する。

嫌みの一つでも言わねば、平常心を保てない。

そもそも今回の呼び出しは、国貴に考えさせる時間をまったく与えていないという点で、安藤の作戦勝ちといえた。


「私のフランスでの滞在中の余分な費用は、さる実業家が負担してくれている」

「癒着とは、君らしいやり口だ」

「君だって、知り合いの家に泊まるくらいはするだろう？　ご子息がニューヨークで働いていてね。たまたま旅先で再会し、交友が復活しただけだ」

企業との癒着をあっさりとばらし、安藤は皮肉げに笑む。

「ところで、さっき言いそびれたことだが——私だけが情報を持っているのはフェアじゃないだろう」

「フェア？　そんな単語を君の口から聞けるとは思ってもみなかったな」

国貴が手厳しく相手を批判したが、安藤はまるで気にも留めていない様子でタンブラーを手に取った。

「どんな事件で君の弟が私と関わったか、知りたくないのか」

「それは……」

先ほど示唆されたことの詳しい内容が気にならな

かったといえば、嘘になる。

「私の忠告を聞かなかったばかりに、清潤寺和貴が誘拐されて、犯人たちに輪姦《りんかん》されたことがあってね。正確な数字は聞いてないが、十数人はいただろうな」

「！」

「それでしれっと大企業の社長面をしているのだから、面の皮の厚さには恐れ入る」

ただの与太《よた》話に決まっている。和貴はそう容易く輪姦されるようなやわな人物ではないし、安藤は法《ほ》螺《ら》を吹き、国貴の精神に打撃を与えようとしているだけだ。

「あれだけの大財閥を背負っていながら、君の弟はいつも手折ってくれと言わんばかりの色香を垂れ流しているからな。陸軍の仙崎《せんざき》先生も、その色香に誑《たぶら》かされているとか」

「……よせ」

元陸軍大臣の仙崎は、当然のことながら国貴もよく知っていた。

男色趣味の好事家という噂に違わず、気に入った将校がいればまるで稚児のようにそばに置く。

事実、仙崎のところへ行かされて、我慢できずに泣く泣く陸軍を辞めた者もいると聞いた。

和貴のようになよやかな人物にまで食指を伸ばすとは想定外だが、再会したときのあの恐ろしいほどの艶容を思えば何があってもおかしくはない気がした。今の和貴は、家族のために自分の身を差し出すことくらいは容易《たやす》くやってのけるだろう。

「君の弟のあぶな絵を見たが、私から見てもなかなかそそる作品だったな。あれでは周りの男どもが放っておくまい」

不愉快な言説をまともに取り合うつもりはない。

「あのとき、君の弟を屈従させておくべきだった」

「和貴は君になど屈服すまい。それが、僕の躰を要求する理由か？」

「そうだ。おかげで私の作戦は失敗し、閑職をたらい回しにされた。これが最後の機会だ。——清潤寺家の連中は、つくづく私に煮え湯を飲ませてくれる」

言い放った安藤は冷然たる目つきになり、いきなり、国貴の腕を摑んだ。

「やめろ！」

ベッドカバーを外された広い寝台に、国貴は何の苦もなく突き飛ばされる。

「僕のように薹《とう》の立った男を抱いてもつまらないだろう」

「往生際が悪いな。それなら、なにゆえについてきた？　昔から、君の超然としたところが気に入らなかった。屈服させたいと思っていたよ」

くっと安藤が喉を震わせて笑った。

「愉《たの》しませてみろ。そうしたら君たちを、日本に送り返さずにいてやる」

ぴくりと自分の躰が震えるのが、わかった。

「清澗寺の秘技秘術とはどんなものなんだ？」

身を屈めて耳に唇を近づけ、男が低い声で問う。

「くだらない。そんなもの、あるわけがない」

「つまらんな、ならば、脱げ」

「……嫌だ」

「乱暴にするのはかまわないが、一張羅なんだろう？　破いてもいいのか？」

安藤におかしげに尋ねられ、選択の余地を失った国貴は、心を決めて結果的に思い切りよく服を脱いだ。

躊躇《ためら》ったり羞じらったりすれば、よけいにこの男を図に乗らせるだけだとわかっているからだ。

「ふむ」

タンブラーにブランデーを注ぎ、安藤は矯《た》めつ眇《すが》めつ、裸になった国貴を検分する。

冷ややかな目は、手術を試みる外科医のようだ。

「美しい。私と同じ歳《とし》とは、とても思えない。この躰、二十歳《はたち》でも通用する」

彼はブランデーを一口飲み、グラスをサイドボードに置いた。

「寝言は寝て言え」

「何だ、若く見えるのが恥なのか？　世の女性に聞かせれば八つ裂きにされそうな台詞だな」

笑いを含ませた彼はこともあろうに立ったまま身を寄せ、乾いた指先で国貴の蕾《つぼみ》を探った。

「ッ」

「やはり、男は濡れないな」

つまらなそうな口ぶりに腹が立つ。

沸々と募る怒りは、悲しみの裏返しかもしれない。

遼一郎しか識《し》らないでいいと思っていた肉体を、またしてもほかの男に穢されるのだ。

「当たり前だ…」

嫌だ。

絶対に、絶対に嫌だ……。

けれども、かたちばかりの恭順を示しておかなくては、自分たちに安息はない。

「ん…ッ……」

男は国貴を裏返し、無造作に指をめり込ませる。

できることなら、一言たりともこの下劣な男に聞かせたくはない。

本来ならば遼一郎のためにあるこの肉体、それが紡ぐものを一つたりとも安藤に与えたくはなかった。

「どうした？　もっと声を聞かせてもいいんだぞ」

「誰、が……」

「ならば、声を出したくなるようにしてやろうか」

今度はいきり立つものをそこに押しつけられ、国貴の躰は恐怖に竦んだ。

「嫌だ……」

見苦しく足掻《あが》く国貴を冷淡なまなざしで見下ろし、安藤は背後で低く笑う。

「漸く取り澄ましたところがなくなったな。君みたいな淫売には似合いだよ」

本能的に逃れようとして数歩前に出たところで、安藤によって窓に顔を押しつけられる。

二人分の熱気のせいか硝子はさほど冷たくなかったが、皮膚のそこかしこに触れると躰が竦んだ。

不安に怯えたところを狙い澄ましたように、安藤が雄渾《ゆうこん》を押しつける。

「あ、あ…ッ……あうう……」

きつい。

挿れるというよりはあたかも引き裂かれているようで、思いやりの欠片もない挿入だった。痛苦に襲われ、国貴は震えながら硝子を引っ搔いた。

「もう、よせ…わかっただろう、こんな…」

「何の意味もない、と？　君の声は随分そそるが」

「うあ…ーっ…」

立ったままの体勢で太いものが更にそこに入り込み、国貴の肉体は強張る。

「ッ…う、う……ん……」

嫌だ、怖い、苦しい。

入る。入ってくる。

遼一郎ではない男と、躰の深奥で繫がってしまう。

「こんなことまでさせるのか」

蔑む声音の冷たさは、おざなりの愛撫にも似ている。

堂々と入り込んでくる相手が遼一郎ではないからこそ、受け容れる痛みがいつもよりも激しかった。

呼吸が浅くなり、擦過される熱を生み出す躰とは裏腹に、心は冷えてくる。

遼……どうして、こんなことに……。

いや、だめだ。

彼のことを思い出してはいけない——。

遼一郎のことを考えると、自分はひどく惨めになってしまう。

彼を裏切り、不貞を働いていると思い知らされる。

「く、ぅ…ッ……」

「全部、入るもんだな」

上着を脱ぎ、ネクタイを緩めたらしく、絨毯《じゅうたん》の上にそれらが落とされた。

しかし、彼は着衣のまま国貴を辱めることを選び、それ以上は脱がなかった。

「少しはいい声を聞かせてみろ」

背後にいる安藤は国貴の性器を捕らえ、執拗《しつよう》に撫でさする。このところ禁欲が続いていたため、男の与える粗い愛撫でさえも、国貴には目が眩むような快感をもたらした。

「……うぅ……」

「もっと色っぽく喘いでみせたらどうだ？」

必死で堪えて無様な呻《うめ》きしか聞かせようとしない国貴をからかい、男はそう尋ねた。

「……ッ」

「表向きは苦しがっているくせに、肉が吸いついてくるようだ……確かに名器だな」

揶揄しているのか本心なのか、理解したくはない。ただ、自分の中に深く深く埋め込まれたものが、想像以上に熱く、そして固くて。

サラがいるため久々に自分を抱くのがこの男だというのは、ひどく皮肉だった。

「は…あ……」

両腕で躰を支え、国貴はこうなった以上は心を閉ざそうと決める。


けれども、安藤は国貴の細腰を掴み、こちらの快感などいっさい斟酌《しんしゃく》せずに激しく抽挿してきた。

その乱暴な行為に翻弄され、理性ごとぐらぐらと揺さぶられる。

「出すぞ」

「……出すなら、さっさと…だせ…っ……」

「可愛げのないやつだ」

耳朶を軽く噛み、安藤は国貴の腰を押さえてぐっと引きつける。体内に広がる感覚と男の動きに、中に出されたのだと知って泣きたくなった。

「さすがに、出されたくらいでは達かないか」

呟いた安藤はぞんざいに国貴の性器を扱き、射精を迫る。

「嫌……いやだ、よせ……」

激しく拒絶しながらも国貴は結局抗しきれず、男の手の内に熱いものを放った。

安藤は身を離し、支えを失ってその場に蹲《うずくま》る国貴を睥睨する。

「なかなか色っぽくてよかったな。――来い」

腕を掴まれ、今度は引き摺られるように寝台に連れ込まれて、国貴はもう抵抗できなかった。

――そうして、どれほどの時間が過ぎただろうか。

さんざん国貴を蹂躙《じゅうりん》した安藤は、シャワーを浴びてから「さすが、清澗寺だな」と蔑むように言った。

「何が……」

声が掠《かす》れていて、発音が上手くできなかった。

「嫌がるのは口だけ、躰は悦んで私を迎え入れていた。連れはおまえの恋人じゃないのか？　相手を裏切っている自覚がないんだな」

好きでもない男に犯されて悦ぶような人間ではないが、己の肉体の摂理までは意思の力ではどうにもならなかった。

そもそも、浅野のときも同じだったではないか。

「君のその健気《けなげ》さに免じて、暫くは目を瞑っていてやる。だが、私の気が向いたときは躰を差し出せ。いいな？」

怒りにかっと頬が熱くなった。

それでは体のいい愛人ではないか。

「ふざけるな！」

憤激に燃える目で安藤を睨みつけると、彼は喉を震わせて笑った。

「いい顔だ」

「…………」

「そういう顔ができるから、酷い目に遭わせたくなる。浅野のことも、君が破滅させたのだろう？　つくづく罪作りだな」

それから安藤は、「このまま同衾《どうきん》するか？」とこともなげに尋ねる。

間男の精液の匂いが残る褥《しとね》で、おまけに安藤と共寝などするわけがなく、国貴は怒りにわなわなと身を震わせた。

「家に帰るに決まっている」

「勝手にしろ」

よろよろと立ち上がった国貴は寝室の隣にある浴

室に向かい、そこでシャワーを浴びた。違う石鹸《せっけん》を使えば香りで遼一郎に気づかれるかもしれないと思ったが、この匂いを落とすほうが先決だ。

どこで判断を間違えてしまったのだろうか。

こんなことになるならば、大使館で安藤を見かけたときに遼一郎に相談をしていればよかったのではないか。

彼に心配をかけまいとした自分の行動が、こんな惨めな状況を作り出してしまったのだ。

そう思うと情けなく、悔しくてたまらなかった。

鏡に映った自分は憔悴《しょうすい》し、惨めな顔をしていた。

どうすれば、この状況を打破できる？

考えられるのは、安藤の弱みを握り返して脅すことだ。けれども、知り合いもつてもない現状では調査一つとっても難しかったし、彼がそう簡単に尻尾を出すとも思えなかった。

希望はない。

安藤が自分に飽き、忘れてくれるのを待つほかないのだ。


「ただいま」

「お帰りなさい」

いつもの習慣で小声で帰宅の挨拶を口にしただけだったのに静かな返事があったことに驚き、国貴は顔を跳ね上げた。

「遼……」

とうに日付は変わっているのに、まさかこんなところで遼一郎が待ち構えているとは思わなかった。

冷静に考えれば玄関を入ってすぐのところが居間兼食堂で、二人ともサラがいるあいだはそこで寝ているのだから、遼一郎を起こさずに行動するのは不可能だった。

「遅かったですね」

腕組みをする遼一郎の声は普段と変わらずに穏やかだが、その声は威圧的で優しさの欠片もない。

「話が弾んだんだ」

「視察に来た日本の軍人と、ですか」

こちらから述べることなど一つとしてないほどに、遼一郎は事態を把握していた。

「——同期の男だ。無下にはできないだろう」

国貴は蹌踉《よろ》めくような足取りで食卓へ向かい、その椅子に腰を下ろす。

躰が痛く、動作の一つ一つがひどく堪えた。

「同期とおっしゃると、どこで？」

「幼年学校と士官学校だ。そのあとは憲兵に配属された」

浅野を思い出したらしく、遼一郎の眉間の皺が深くなる。しかし、今宵国貴が相手にした人物は、浅野よりもずっとたちが悪かった。

「……あの浅野が嫌っていた男だ」

「何をされたのか、聞いてもいいのですか」

「だめだ」

それだけで遼一郎は、国貴がどれほど悪辣《あくらつ》な男の手に落ちたのかを悟ったようだった。

泣きたい気分だったけれど、ここで涙を見せたりしたら、遼一郎は安藤に何をするかわからない。

「すまない」

短く謝った国貴に覆い被《かぶ》さるように、遼一郎は背中を抱いてくる。

「——あなたは、ずるい」

多分の苦悩を含んだ声音が、耳をざらりと擽った。

「どうして」

「そうやって、俺に何も言わせなくしてしまう。あなたは一人ですべてを抱え込もうとする……」

何も聞かずに許されてしまったことが、国貴を何よりも打ちのめした。

身勝手な話だったが、感情の赴くままに責めてくれたほうがよほどよかった。

過ちを犯したのは、遼一郎のためではなく国貴自身のためだ。彼を守りたいという、醜悪なまでの自己満足にすぎない。

責められるべきは国貴本人なのに、きっと遼一郎は己を責めているることだろう。

だからこそ、よけいにはっきりと口には出せなくなってしまう。

遼一郎ではない男と寝たのだと。

「…………」

沈黙の中、国貴は遼一郎の息遣いを感じていた。

いっそ、怒ってくれたほうがいい。

怒鳴って、嫌って、蔑んでくれたほうがいい。

そうすれば国貴は、遼一郎の手を離せる。

遼一郎がどこへなりと行けばいいと放り出してくれさえすれば、国貴は罪を受け容れて裁かれるために日本に帰るのに……！

なのに、そんなことさえしてくれない遼一郎の深い愛情が、今の国貴にはつらくてならなかった。

そして、そんな遼一郎だからこそ愛している。

手放したくない。

たとえどんなに穢れたとしても、この男と離れることなど考えられないのだ。

自分を抱きかかえる彼の手にそっと己の手を重ねると、遼一郎の掌は驚くほど冷たい。

やがて遼一郎は国貴から手を放し、「そろそろ寝ましょう」と耳打ちする。

「明日も早い」

「でも……」

「話はまた今度にでもできます。今のあなたは、とても疲れた顔をしている」

「……うん」

許されたことに喜びはなく、そんな自分の醜悪さに身悶《みもだ》えしそうになる。

どうすれば、遼一郎だけでも救えるのだろう。

二人がともに助かる道など、この世界にあるのだろうか。

上海も、ニューヨークも、フランスもだめだった。

ならばもう、この世界のどこにも行き先などない。

安住の地など、この世にはないのだ。

疲労困憊《こんぱい》の面持ちで眠りに落ちた国貴を見下ろし、遼一郎はため息をつく。

尋ねるまでもなく、彼はほかの男に抱かれたのだ。斯様《かよう》な荒《すさ》んだ心情で、眠れるわけがなかった。

サラがベッドを使っているので、二人は早めに準備した冬用の毛布を床に敷いてその上で眠っている。彼女は遠慮していたが、怪我人を床で寝かせるわけにはいかないし、初秋の今は躰が少々痛いくらいで問題がなかった。

——畜生。

沸々と、煮え滾るように怒りが湧き起こる。

国貴が誰と寝たのかは、正確にはわからない。同期の軍人というからには、おそらく日本大使館にいる駐在武官だろう。

知らぬ相手ではあるものの、決して愉快な気分になれる人物でないだろうことだけは確かだった。


こんなことになる前に、一言相談してほしかった。

いや、何でも話をしようと決めた二人だ。これまでは互いの風通しがよかったし、国貴がそこまで重要な決断を一人でしたのであれば、急を要することだったに違いない。

本来の国貴は、誰かに脅されてあっさりと膝を折るような人間ではなかった。

高潔で孤高、暗い夜空にも唯一燦然《さんぜん》と輝く星のように、彼は超然と美しい。

かつては浅野も、国貴はなかなか落ちないと嘯《うそぶ》いていたではないか。

——おまえの大事な国貴様だが、俺の揺さぶりにもよく耐えているよ。

不遜《ふそん》な気質の浅野はおかしげに言ってのけ、遼一郎を挑発するかのように述べた。

「俺のものになれば楽なのにな、あいつも」

床に膝を突いた遼一郎は浅野の顔を見ることもなく、羽目板の木目にじっと視線を落としていた。

「おまえのような狗《いぬ》相手に、あいつも何を夢見ているんだか」

蔑むような、声。

確かに、自分はただの惨めな狗だった。

辛《かろ》うじて人間と同じ言葉を話すくせに、他人に使われることしかない無知な獣。

遼一郎を狗に堕《お》としたのも、人に戻したのも、国貴の愛の力だった。

国貴の気高い美しさこそが、人を惹《ひ》きつけてやまない。そのうえ彼の躰に流れる清潤寺の血が、肉が、征服欲を掻き立ててしまうのだ。

殺してやりたい。

この人に触れる者は、誰一人許さず、血祭りに上げてやりたい。

けれども、それを望む国貴ではないのだ。

これまでほぼ無縁でいられた嫉妬と折り合いつつ暮らさねばいけないのか。いったい、それはいつまで続くのだろう。


遼一郎は暗がりの中、国貴に視線を向ける。

大丈夫だ。まだ見える。見失ってはいない。

だから、国貴を責めてはいけない。

国貴の顔がよく見えないのは、闇《やみ》のせいか、それとも、壊れかけたまま必死で引き留めているこの目のせいなのか、それすらもわからなかった。


「ほら、見て。だいぶよくなったのよ」

サラがそう言って左腕を差し出したので、遼一郎は彼女の細い腕を見下ろし、微笑みを浮かべて頷いた。これだけ早く怪我が治るのも、彼女の若さゆえだろう。

「うん、すごいな」

国貴が食事の後片づけをしているあいだにバルコニーに出たサラは、秋風に目を細めている。

人目につくのではないかと心配だったが、彼女にそういう気遣いをさせてしまうのも悪かったし、国貴のシャツとズボンを穿《は》いていると本当に少年のようにも見える。それもあって、遼一郎は特に注意をしなかった。

「この部屋、一日中陽が当たらないのね。これからは寒いんじゃない？」

「俺たちの安月給じゃ、こういうところに住むほかないからな」

遼一郎の返答に、彼女は細い眉を顰めた。

「二人きりで陽の当たらない部屋で暮らすために、フランスに来たの？　それじゃただ生きているだけじゃない」

質問の意図を摑みかねたのは、自分のフランス語が拙いせいではないだろう。いや、そもそも、それは質問なのだろうか。

「どういう意味だ？」

「言葉どおりよ。何か目標はないの？　絵描きになりたいとか、いろいろ……」

ただ生きているだけ、か。

若い彼女には、これといった夢もなく日々に追われるばかりの遼一郎たちは、尊厳すら失った存在に見えるのかもしれない。

けれども、ただ生きていられれば十分なこともある。二人でともに寄り添えさえすれば幸せだと、そう思えるときもあるのだ。

「目標もなくここに流れ着いたのは、若い頃に俺が過ちを犯したせいだ」

「過ち？」

「国を変えたいと願ったんだ。あの人と一緒にいるために」

「日本でも男の人を好きになってはいけないの？」

サラは国貴と遼一郎が、同性愛関係に陥ったゆえに逃げたと考えているのだろう。

「そのあたりは寛容だが、周囲が許さなかった。国貴様は貴族で、俺は庶民。貧乏な革命家崩れだったからな」

「身分の違いのせい？」

「そうだ。だから俺は、国貴様が手に入らない世界なんて、壊してしまいたかった。だけど、国貴様は違った。俺とともにいる未来を作ろうとして、この手を取ってくれたんだ」

どこまでサラに通じているのかはわからなかったが、遼一郎は訥々《とつとつ》と言葉を紡ぐ。

「それで結局、日本から逃げたんだ。上海、ニューヨーク、そしてここ……もうそろそろ旅を終わりにしたいと思っているが……」

国貴が昔の知人に見つかってしまった以上、フランスが安息の地になるとは思えなかった。

「じゃあ、逃亡に関しては遼一郎は私の先輩ね。私、ドイツから来たの」

「ドイツ……遠いな」

「母はジプシーで父はドイツ人。学者だった父はジプシーにも寛容で、美しい踊り子と評判だった母と恋に落ちた。残念ながら母は早くに死んでしまったけれど、男手一つで私を育ててくれたの」

淡々とした口ぶりは、感情を込めぬよう努めている様子だった。

「私は母にそっくりで……それで、嫌な目にもいっぱい遭ってきたわ。だから、最初のうちに酷い態度を取ってしまったの。ごめんなさい」

「気にしていないよ。君が怖い目に遭ったのは、よくわかる」

それならよかった、と彼女は相槌を打つ。

「父は、私にとってなくてはならない人だった。祖国にとってもそうだわ。父は公平で差別を憎み、寛容な社会を作ろうとした。でも、それはヒトラーにとっては相容れないものだったの」

いつしか、サラの声が震えている。

そのうえ父親のことを物語る彼女の言葉はすべて過去形で、遼一郎は胸を衝《つ》かれたような気がした。

「もしかしたら、君のお父さんは、アイヒホルン博士じゃないか？」

聞くつもりはなかったがうっかり口にしてしまっ

た途端、サラが顕著な反応を示した。

「あなた、父さんを知っているの？」

「日本でも有名な学者だったからね」

サラがこの歳でドイツ語とフランス語、それに英語を話せることへの疑問はすぐに氷解した。

アイヒホルンは十数カ国語を操る天才として知られ、その知見は国境を越えて持《も》て囃《はや》された。その著書は日本でも人気があり、翻訳されたものを遼一郎も貪るように読んだ。

そんな父とジプシーの母を持つサラであれば、殊に語学に関して天才的な頭脳を持っていても何らおかしくはない。

「父は、状況が酷くなる前に、一緒にドイツから逃げようと計画した。でも、父とは駅ではぐれてしまって……死んだと知ったのは、国境を越える前の駅だった。どうしようもなくて、とにかく父の友人がいるパリに行こうと思ったの」

彼女は決して遼一郎を見なかったが、俯きもしない。涙を堪えているのか瞬きを繰り返してもなお、その瞳は真っ直ぐに遠い夜空を見つめていた。

「パリの近くで乗客にドイツ人がいるのに気づいて、じろじろ見られているようで怖くなったわ。追っ手かもしれないと思ったら逃げるしかなくて、夢中で飛び降りて……あなたたちが助けてくれた」

「汽車から飛び降りたのか？」

「情けないでしょう。自分の命のためならそんな危険な芸当だってできるのに、私は父を助けられなかった。父に生きていてほしかったの。私なんて放っておいてほしかった……でも、父は私が生きていける世界を望んだわ」

堰《せき》を切ったように溢れ出す、言葉。

まだ十五、六と思しきこの少女は、いったいどれほどの重荷を抱えていたのだろう。

サラはちらともそれを見せずに、気丈に振る舞っていた。なのに、彼女に対してなかなか心を開けなかった自分が情けない。

「生きていれば、父はもっと多くの人を救えた。私を捨てると言えばよかったのよ。そうすれば、ナチだって見逃してくれたはずだわ」

「……サラ」

「私一人で、助かりたくなんてなかった。生きてさえいてくれれば…どんなに、よかったか…」

お父さん、とサラが呟く声が聞こえて、遼一郎はその華奢な背中をそっと抱き寄せていた。

国貴とともに生きられないこの世界なんて、いらない。壊してしまいたい――それが遼一郎の原動力だった。

逆恨みに近い感情に突き動かされて日本で革命運動を志した男と、愛する娘のために新しい世界を作ろうとした男。

サラの父親に比べて、自分はあまりにも卑小だ。

「お父さんは自分がいなくなったとしても、君が生きることを望んだ。それが、お父さんの理想とする世界の姿だ」

「わかってるわ……だからつらいのよ……」

国貴の望む世界に、自分などいなければどんなによかっただろう。

幼馴染みでも何でもなく、ただの過去の知り合いとして片づけられる程度の存在であれば。

けれども、国貴は遼一郎の手を取ってくれた。忘れ得ぬ存在として、会えないあいだも常にその美しい心の片隅に留めておいてくれた。

それゆえに、離れられない。運命が二人を強く縛りつけてしまったのだと、実感するばかりで。

サラはだいぶ落ち着いたらしく、ややあって遼一郎の胸を軽く押して身を離す。

「そういえば、国貴っていくつなの？」

話題を転じてのわざとらしく明るい口調に少女の気遣いを感じ、遼一郎の胸は疼くように痛んだ。

「遼は二十代後半ってところ？　国貴はずっと年下でしょう？」

「………」

答えることができずに、遼一郎はつい黙り込む。

「大恋愛をして、世界のあちこちを点々としたのに十代なんて……計算が合わないわ」

遼一郎は苦笑し、「君はいくつなんだ？」と逆に質問をした。

「私は十六よ」

「国貴様は、少なくとも君の倍は生きているよ」

遼一郎の言葉を聞いて、サラは目を丸くする。

「ええと、何て言ったの？」

「つまり、君の父親であってもおかしくない年齢だと言ったんだ」

「信じられない！　本当なの!?」

そこまで頓狂な声を出せば隣室の住人に見つかってしまうが、驚かせたのは事実なので、咎めることはなかった。

「うん」

「すごいわ……日本人って魔法が使えるのね」

「あの人のお父様に会ったら、君は卒倒するだろうな」

清澗寺冬貴《ふゆき》。

完全に時間を止めたかのような、臈長《ろうた》けた美しい化け物。

彼はあの絖《ぬめ》の如き皮膚の内側に時間を閉じ込めているのだ。

あの人がいる限り、清澗寺家は何一つ変わらないのではないかとさえ思えてしまう。

「ねえ、遼」

「ん？」

「よかったら、私と一緒に来ない？　私はこれから、母の家族と合流するつもりなの」

答えられずにいる遼一郎に、サラは優しく畳みかける。

「探すのは大変かもしれないけど、ジプシーには横の繋がりがあるわ。仲間たちは冬になると南に行くから、ここよりずっとあたたかいはずよ」

「ありがとう。ここは陽が当たらない部屋だけど、

工場は性に合ってるんだ」

「だって、何かよくないことに巻き込まれたんでしょう？　二、三日前から二人ともおかしいわ」

そこまで読み取っていたとは気づかず、遼一郎はたじろいだ。

自分の中にある嫉妬の念は日々大きくなるばかりで、国貴を傷つけてしまいそうで怖い。

皮肉なことに、何でも互いに話し合い、共有し合おうと決めたことが、今の遼一郎をひどく追い詰めていた。

国貴が別の男に抱かれたことを隠さなかったせいで、遼一郎は怒りを己の身のうちに抱え込まなくてはならなくなったのだ。

「いくら血が繋がっていても、会ったこともない人たちで、少し不安なの。二人が一緒に来てくれれば、とても心強いわ」

「誘いは嬉しいが、こちらで俺たちが問題を起こせば、国にいる国貴様の家族に迷惑がかかってしまう」

国貴が愛してやまない清澗寺家の人々を、これ以上苦しめるわけにはいかない。

「それじゃあ、あなたにとって一番大切なものは何なの？」

「国貴様だ」

断言する遼一郎に対し、サラは何か言いたげな視線を向ける。

「何があっても、国貴を守れるの？」

「ああ」

遼一郎は力強く頷き、誇り高い少女の目を真っ直ぐに見た。

「仕方ないわ。今回は諦めるけど、これだけは覚えておいて。遼と国貴は、私の大事な友達で……家族だって思ってる。あなたが嫌でなければ、だけど」

「勿論、君は俺たちの家族だよ。ありがとう、サラ」

故国を離れた土地で、斯くも愛しい言葉を受け取るのは、初めてかもしれない。

異国で他人と心を通わせる喜びに、遼一郎は暫し打たれた。

翌朝、思ったとおりにサラの姿はなかった。

ベッドは蛻《もぬけ》の空になっており、彼女に着せていた国貴のシャツだけが残されていた。

6

何の情愛もない男の精液をこの肉体で受け止めるたび、自分が穢れていくような気がする。

「ふ……」

シャワーを浴びながら力を込めて中に出されたものを掻き出し、国貴《くにたか》は息をつく。

不毛だった。

浅野《あさの》との行為が不快ではあっても耐えられたのは、遼一郎《りょういちろう》の愛情を知らなかったからだ。

国貴を性欲の捌《は》け口に使う安藤《あんどう》の住居は、パリでも便利なサン・トノレ大通りに面するアパルトマンの三階だった。この一等地に、一介の駐在武官、しかも左遷同様の補佐官が住めるとは思い難い。

自宅であればシャワーは共用でなかなか使えない

こともあり、ここで存分に湯を使えるのは皮肉な話だった。

　着替えを済ませてから居間へ行くと、安藤がくつろいだ格好で机に向かい、書類を捲っていた。

「それで、用は済んだのか？」

　工場長を経由しての呼び出しの理由がこのような性交であれば、安藤もよほど相手に不自由しているのか。

　国貴が嫌みを込めて言うと、安藤はちらりと視線を上げた。

「まさか。私が男を抱くためだけに呼び出すわけがないだろう？」

　国貴を抱くため、安藤は既に何度かあの街を訪れているくせに、白々しいものだ。国貴のほうがパリに呼び出されるのは、これが初めてだった。

「では、国の費用で日本に送還してくれるのか」

「残念ながら、君の肉体は帰国費用に相応しい額を稼いではいない」

　持って回ったいやらしい口ぶりで、安藤は口許を歪めた。

「もっと働いてもらわないと、旅費にはほど遠い」

　ゴブラン織の生地が張られた執務椅子に腰を下ろした安藤は、それに凭れて国貴を見やる。

「君にはある男と親しくなり、彼のところから書類を持ち帰ってもらいたい」

「ある男……？」

「スタヴィスキーを知っているか」

　スタヴィスキーというからにはロシア系の移民か、少なくとも生粋のフランス人ではなさそうだ。

「さあ」

「セルジュ・アレクサンドル・スタヴィスキー。ロシア系の移民で、彼はバイヨンヌに市立信用金庫を作ったのだが……」

「それがいったいどうしたんだ」

　バイヨンヌという地名がどこのことかも知らず、国貴が面倒になって安藤の言葉を遮ると、彼は「続きがある」と不機嫌な顔になる。

「この男は信用金庫を作り、巨額の債券を発行した。ところが、ここに来てその担保となる宝石類が盗品や偽物ではないかという噂が出た」

「フランスの法律は知らないが、知っていてやったのであれば犯罪じゃないのか」

「ああ、この男はたちの悪い詐欺師だ。しかし、問題は、スタヴィスキーが売り捌いた債券の利益をばら撒《ま》き、多くの政治家の懐を潤した点にある。彼らは私腹を肥やすために、積極的に債券を宣伝し、民間に売り込んだ」

要するに、政治家が詐欺の片棒を担いだわけか。

「遅かれ早かれ、この信用金庫は破綻するだろう。それは止められないが、震え上がっているのはスタヴィスキーに荷担した連中だ」

面倒なことになりそうだ、と国貴は直感する。

「というのも、スタヴィスキーは自分の悪行をすべて記した書類を作り、それを親しい人間に預けているらしい」

「……それで？」

「彼の友人であるレイモン・ヴィエルが所蔵しているはずの書類が欲しい」

あまりにも浮き世離れした発言に国貴は呆れ果て、安藤の整った顔をまじまじと見つめた。

「くだらないな。そんなものがあれば、警察が提出させているだろう。僕みたいなただの工員が盗み出せるようなものだと思うのか？」

そんなことに、国貴が役に立つわけがない。

どう考えても、その道の凄腕《すごうで》の盗人《ぬすっと》にでも頼んだほうがいいに決まっている。

「スタヴィスキーと親しいとされるレイモンは、大の警察嫌いの人権派の弁護士で、何かと警察にたてつくせいで公権力からも睨まれている。だから、そう簡単に警察の言うことを聞くとも思えない。特に、まだ何も起きていないうちはな」

「その男の家から書類を盗み出せとでも言うのか？

ふざけた話だ」

移民の国貴と弁護士のレイモンのあいだでは、接点を作るのも一苦労だ。知り合ってから書類の有無を確かめるだけでも、いったいどれだけの日数がいることか。

「無論、それが手許《てもと》にないとわかれば、それでもかまわない」

「なぜそんなものを欲しがる？」

「少し考えればわかるだろう？」

「——なるほど、君も利益を得た側なわけか」

安藤は特に何も言わずに、薄く笑んだだけだった。

「……仮に僕がその書類を手に入れたとして、それを持って告発すると思わないのか？」

「思わないね」

安藤は堂々と言い切った。

「なぜ？」

「君には大切なものがあるからだ。君には成田《なりた》遼一郎も清澗寺《せいかんじ》財閥も、どちらも捨てられない」


思わず黙り込んでしまった国貴に、安藤は冷徹に追い打ちをかけてきた。

「君の仕事は、この書類の男に近づいて情報を得ることだ。——いいな？」

「僕を使うには何か勝算があるのか？」

いくら安藤が自分を便利に使いたがっているとはいえ、何か理由がなければ実行するとも思えなかった。

「無論。このレイモンという弁護士は有能で人権派だが、病的な東洋《とうよう》趣味だ。上海で中国趣味に目覚め、亡くなった妻も中国人だと聞く。君の美貌だったら、簡単に誑《たら》し込めるだろう」

「勝手なことを」

国貴は吐き捨てたが、それに従わざるを得ないことは、誰よりも国貴自身がよく知っていた。

袋小路に迷い込んでしまったように、自分はもう、抜け出せないところにいるのだ。

給仕の目を気にしつつも、一時間近く陣取っていたカフェの座席から腰を上げた国貴は、意を決して歩きだす。

対象の名は、レイモン・ヴィエル。生まれは一八九一年で、大学卒業後に中国に渡り、有能な弁護士として上海で頭角を現した。そこで多くの企業の買収や何やらに協力し、数多《あまた》の知己を得て帰国。かねてより人権問題に取り組んでおり、最近では移民の待遇改善を訴えつつも、悠々自適の生活を送っている。

人望の厚い人物のようで、悪党と結託して政財界を脅すようにも見えなかった。

レイモンの出自や身辺は前もって安藤が調べていたが、使える手駒がなかったらしい。ここで国貴を見つけたので、賭けに打って出ることにしたのだろう。

安藤に与えられた新しい背広に帽子、それから冬物の外套を身につけているので、それなりに身綺麗には見えるはずだ。これらの衣服を遼一郎に見つからないように保管するにはかなり骨が折れ、苦労のほうが大きかった。

冷たい木枯らしが吹きすさぶ中、国貴は一歩一歩路面を踏みしめて歩いていく。こんな寒い日でも遼一郎のぬくもりがあれば平気なのに、どうして彼と別々の場所で過ごしているのか、そう思うと虚《むな》しさすら込み上げてきた。

安藤の呼び出しと、これからレイモンに会うためとで、既に二度は仕事を休んでパリへ向かっている。工場長の用事だとは言い訳しているものの、遼一郎とて察しているだろう。

遼一郎は国貴の疲労を案じているのか、あるいはこの身の穢れを無意識に疎んじているのか、以前ほど抱いてはくれなくなった。躰を求めても、労るように髪を撫でていなされてしまう。

清澗寺家のことさえ忘れてしまえば、一つ、自分からは枷《かせ》が外れる。

――けれども。

日本を出る直前に見た、和貴《かずたか》の凜《りん》とした気高い表情を忘れられない。

家族を見捨てて逃げたはずの国貴を守るために、彼は自分の身を投げ出した。男娼と蔑まれながらも、彼はあれほど憎んでいた家を必死で守り続けている。長男として、兄として、自分は和貴の思いに報いなくてはいけない。

それに、和貴には運命をともにする恋人がいる。あの深沢《ふかざわ》であれば、和貴を救ってくれるのではないかと、縋るように信じていた。

事務所のドアの磨《す》り硝子には、『ヴィエル弁護士事務所』と簡素な書体の金文字で記されている。ベルを鳴らしたあとにドアを開けた国貴が顔を覗かせると、入り口すぐの席に陣取っていた女性が不審な顔を向けた。

「どちら様ですか？」

「清田《きよた》と申します。ヴィエル先生に面会をお願いしたいのですが」

「お約束は？」

「ありません」

値踏みをするように国貴を見ていた女性は、素っ気なく「お目にかかれません」と告げる。

「先生はただいま外出中です。ご多忙で、約束がない方との面会は受け付けておりません」

「そうですか……」

畳みかけられて肩を落とした国貴は、「失礼いたしました」と言い残して身を翻す。

と、そこで入り口のドアが開き、恰幅《かっぷく》のいい中年の紳士が悠々と入ってきた。癖のある金髪はうねり、青い目はまるでビー玉のようだ。少し太り気味ではあるが、それが貫禄《かんろく》となっている。

間違いない、これがレイモン本人だろう。

国貴はそう直感したものの、軽く会釈をするに留めてすれ違い、出口に向かう。

「君」

「はい」

その声に応じて足を止めた国貴の顔を、レイモンはしげしげと眺め回した。

「どこかで会ったことがあるかね？」

――かかった。

国貴は確信したが、おくびにも出さなかった。

「僕はフランスのことはよく知らないので……」

国貴がフランス語で返すと、レイモンは顎に手を当てて首を捻る。

「中国人かい？　もしかしたら上海で会ったかな」

「僕は日本人ですが、上海なら、どこかでお目にかかったことがあるかもしれません」

そこで初めて国貴が微笑むと、レイモンの表情も緩んだ。

「今日はどんな用事で？」

「その前に、自己紹介を。僕は清田国貴と申します。弁護士のヴィエル先生ですか？」

「ああ、レイモンと呼んでくれたまえ」

朗らかに言ってのけたレイモンは右手を出し、国貴とがっちりと握手をする。

「折り入って先生にお願いがあり、約束もないのにこうして押しかけてしまいました。不躾《ぶしつけ》な真似をして申し訳ありません」

恐縮する国貴に鷹揚《おうよう》に首を振り、レイモンは「話を聞こう」と言った。

「いいのですか？」

「勿論だとも。君のように美しい人から相談を持ちかけられるのは、悪い気がしない。さあ、こちらへどうぞ」

国貴は微かに会釈し、ばつが悪そうな秘書に目礼してから事務室に足を踏み入れた。

「そこへ座って」

「はい」

こぢんまりとした部屋の趣味はよく、室内の装飾は中国趣味で統一されている。レイモンが腰を下ろした椅子も、国貴が薦められたものも黒檀《こくたん》で見事な彫刻がなされていた。

「国貴、だったね。上海で会ったかもしれないというのは？」

「あちこちのカフェで働いていたので、どこかですれ違ったかもしれません」

「君のように印象的な人なら、忘れたりしない」

「では、僕が勝手にあなたのことを知っていたのかもしれませんね」

嘘をつきつつも国貴がはにかんだ笑みを浮かべると、レイモンは途端に脂下《やに》がった。

「そう言われると照れるな」

お愛想に笑ってみせた国貴を、レイモンはなおも探るように見つめている。

「それで、今日の用件は？」

「その前に、相談料の件です。あまりお金がないので、高額の料金だと支払えません」

それを耳にしたレイモンは、「かまわないよ」とのんびりと答える。

「僕は今、軍需工場で働いています。ですが、そこで面倒なことになってしまって。仕事先を変えたいんです」

「なるほど、だが、それならば弁護士の助言は必要ないだろう」

「相手は僕の出生証明書の発行を拒める立場なんです」

居住地を変えるたびに身分証明書を作り直す必要があるため、その都度、出生証明書を大使館に発行してもらわなくてはいけない。安藤ならば館員に圧力をかけ、それを阻むだろう。

「それは不法行為で、大きな問題だ。日本の政府に訴えられないのか？」

「それも難しいんです。僕は故郷で、事件を起こしてしまって……」

安藤の任務に便乗し、国貴自身が聞きたかったことを尋ねてみようと思い立ったのだった。

「確かに、身分証明書は賄賂《わいろ》と腐敗の温床になっているからな。方法を考えてみよう。――さて、相談料の件だが、これから私と夕食につき合うこと。それでどうかな」

「それでいいんですか？」

意外な提案に、国貴は目を丸くする。

「勿論。私の娘は日本に関心があるんだ。彼女を呼んでもいいかな」

「はい！　ありがとうございます」

娘も同席するのであれば、レイモンは性的な好奇心を持っているわけではないだろうと、国貴は安堵した。


レイモンの仕事が終わるまで国貴は書店やカフェで時間を潰し、再び六時頃に事務所に向かった。

彼に連れられた先は混み合ったビストロで、先日のように一流のレストランだと気後れしてしまうので、国貴はほっとした。

「食前酒《アペリティフ》は？」

「お任せします」

「ではとっておきのシャンパンを頼もう」

間もなくシャンパンが運ばれ、二人のグラスに金色の美酒が注がれた。

「では、乾杯」

グラスをかちりと合わせてから恐る恐るシャンパンを口に運んだ国貴は、「美味しいです」と声を弾ませた。

「よかった、口に合ったんだね」

「とても」

安藤ともシャンパンを飲んだが、あのときよりもずっと美味に感じられる。

「娘が来られなかったのが残念だ。どうも課題が溜まっているようでね」

「お目にかかりたかったのですが……」

「ひどく残念がっていたよ。来年は中国と日本を旅行するそうだ」

自慢の娘らしく、レイモンの声は慈愛に満ちている。

「上海では、カフェで働いていたそうだね。それで生計を立てていたのか？」

「ほかには、代筆を」

「代筆？」

「日本への手紙を書くんですよ」

国貴が代筆の仕組みを説明すると、「なるほど」と彼は感心したように頷いた。

「フランスはどうかな？　君にとっていい国かい」

「素晴らしい国です。ルーヴルにも行きました。何度も行ければいいのですが、工場が忙しいので週末は疲れてしまって」

「おや、君は我が国の芸術の信奉者なのか。君の国にも素晴らしいものはたくさんあるのに」

悪戯っぽく言われて、国貴は破顔した。

「ええ、それを日本人が誇れないのはとても残念な状況だと思っています」

「そのとおり、日本の芸術は素晴らしい。私は特に工芸品を集めているのだが、この細工など大層細かくてね」

彼がそう言って国貴に見せたのは、日本の根付けだった。

そこから滔々とレイモンの日本美術に関する熱い思い入れが語られ、国貴はたじろいだ。フランス語では理解できない専門用語が多いうえ、何よりも、彼の情熱に驚いたからだ。

あらかじめレイモンはシノワズリだと言われていたが、ここまで東洋の——日本美術に入れ込んでいるとは思わず、その関心に国貴は圧倒された。

「時々、東洋趣味の愛好家同士で交換会をすることがあるんだよ。私も秘蔵の美術品を出すつもりでね」

「日本の浮世絵技術が発達したのも、暦の交換会のおかげなんですよ」

気を取り直した国貴が言うと、「ほう」とレイモンは興味ありげな反応を示した。

専門家には到底敵《かな》わないが、素人であっても国貴にもそこそこの知識はある。レイモンはそれに気づいたらしく、様々な話題を振ってきた。

何よりも俗世の憂いを忘れてそうした会話ができるのは楽しく、想像以上に会話が弾み、二人の会食はじつに和やかなものになった。

食事も酒も美味しく、安藤の存在を忘れて国貴は一息をつけた気がした。

「それで、本題に入ろう」

「今更、ですか？」

デセールになる段階で本題と言われ、思わず国貴は唇を綻ばせてしまう。すっかり彼の依頼を忘れていたため、お互いに話に夢中になったことがおかしかった。

「やっと笑ったね。君はその笑顔がとても美しい」

美しいと褒められてその気もないのに礼を言うわけにもいかず、国貴はつい押し黙ってしまう。

それを日本人特有の無言の謙遜と受け取ったのか、レイモンは愉快そうな顔になった。

「身分証明書の件が片づいたら、私のコレクションの整理に協力してはくれないかね。とかく厖大《ぼうだい》で、お手上げなんだ」

以前もそういう仕事を引き受けたことがあるが、今の国貴の立場では難しかった。

「日本の浮世絵は素晴らしいが、生憎私は漢字を読むことができないからね。作者名が覚束《おぼつか》ないものもある」

「工場の仕事もありますし、考えさせてください」

「わかった。ただ、月に一度来てくれるだけでもいいんだ。ほかにも、各地の移民が相談に来て、通訳が必要なときもある。今日も、ジプシーの友人の保釈を手伝ってきたところでね。君くらいフランス語が堪能だと助かるんだ」

「ありがとうございます」

どう考えても、レイモンは善良な人物だ。

彼がスタヴィスキーのために何かしたいと思っているのであれば、それは彼の良心に従ってのことだろう。

レイモンとこの先も関わっていけば、きっと、自分こそが心の痛みに耐えられなくなる。

それがわかるだけに、彼を欺くという選択肢は国貴には考え難いものだった。

パリからの列車に乗り込んだ国貴は、憂鬱な気分でならなかった。

遼一郎には工場の用事で出かけると言っていたが、きっと、こんなに遅く帰宅する国貴のことを気兼ねしているだろう。

サラがいなくなってからというもの、彼はひどく落ち込んでいる様子だった。

街灯の光が、この美しい街をぼんやりと照らし出している。

駅舎を出たところで国貴が急ぎ足で歩きだすと、そこには見知った人物が所在なげに立っていた。

「遼……」

「遅いので、迎えに来ました」

「だからって、ずっと待っていたのか？」

驚きのあまり慌てて駆け寄り、試しに触れてみた遼一郎の外套は、外気に晒され続けたせいだろう。すっかり冷え切っている。月の光を映した義眼は、いつになく冷たいものとして映った。

それほど長く、ここで彼は国貴の帰りを待ち続けていたのだ。

「そう長くもありませんよ」

「すまない、心配させたな。……ありがとう」

詫《わ》びよりも礼を言ったほうがよさそうでそうつけ加えてみたものの、胸が苦しくなり、声は掠れてしまう。

肩を並べて川沿いの道を歩いていると、遼一郎がぽつりと言った。

「工場長の用事、というのは嘘ですね」

「……ああ」

「また、あの安藤という男のせいですか」

「うん」

わかりきっているくせに、それを口に出す遼一郎の生真面目さに、胸が苦しくなる。

「躰だけではなさそうですね。安藤はあなたに何を望んでいるんです？」

「情報だ」

質問は一つ一つが的確で、国貴の逃げを許さない。無論、国貴も嘘をつくつもりは毛頭なかった。

「情報？」

遼一郎は合点が行かぬ様子で繰り返した。

「安藤では得られない情報を手に入れてこいと言うんだ。軍事機密を盗まされないのは不幸中の幸いだが……」

皮肉に満ちた国貴の発言を耳にした遼一郎は蒼褪めた顔になり、そして、ぴたりと足を止めた。


「きちんと教えてください。あなたは何をさせられているんです？」

住居から駅までは遠く、口を噤むという選択肢はなかった。仕方なく国貴が掻い摘《つま》んで状況を説明すると、次第に遼一郎の表情が険しくなっていく。

「逃げましょう」

開口一番、遼一郎に言われて国貴は首を振った。

「無理だ」

「どうして」

「安藤は浅野とは別の意味で執念深い。すぐに気づかれるに決まっている」

端から諦めるのは自分らしくないかもしれないが、国貴と遼一郎はこの土地で誰の助けも得られない立場なのだ。

「だからといって、そんな密偵紛《まが》いのことをするんですか？　こんなよく知らない土地では、何かあっても逃げることもできない。仲間もいない。金もない。そんな危険なことをする気ですか」

月を背にこちらを顧みる遼一郎の表情は、いつもよりもずっと峻厳《しゅんげん》で冷ややかなものに見えた。

「だって！」

国貴は両手を握り締め、声を張り上げる。

「それならどうするって言うんだ。おまえが大事だから、何としてでも守るほかない。僕にできることはそれだけだ！」

感情の昂るままに思いをぶつける国貴を瞬きもせずに見つめ、遼一郎は低い声で言った。

「その信用金庫の一件は、本当のことであれば、俺たちが首を突っ込めるようなことではありません。あなたの手には負えない」

わかりきったこととはいえ、遼一郎に言われるとぐうの音も出ない。

何度か深呼吸した国貴はこめかみのあたりを押さえ、遼一郎の双眸を真っ直ぐに見据えた。

「だからって、どこに逃げる？」

否定的な国貴の発言を耳にした遼一郎は、ますます厳しい顔になる。

「どこへなりと」

信じられない発言に、国貴は遼一郎の襟首を摑んだ。

「このまま一生逃亡者になるつもりか!?」

そんなことができるなら、とっくに遼一郎に持ちかけている。

遼一郎の目。遼一郎自身。清澗寺家。

守りたいものが何か、国貴にははっきりとわかっている。

「では、このまま危険を冒して、一生、その安藤という男に使われるつもりですか。俺というものがいながら、その男に抱かれ続けるんですか？」

押し殺した声で詰議され、国貴は顔を歪めた。

「僕には家族が……」

「あなたの家族は俺でしょう！」

常になく強い遼一郎の言葉にはっとした国貴は、思わず彼をまじまじと見つめた。

「俺を、切り捨てないでください。あなたの人生は俺だけのものだと言ってください」

「遼……」

どう言えばいいのか、わからない。

遼一郎は恋人であり、そして、家族でもある。少なくとも国貴はそう見なしている。

けれども、遼一郎はそれを信じてはくれない。

俯く国貴を見下ろし、遼一郎が「すみません」と呟いた。

「いや、僕が悪いんだ。おまえに信用してもらえないのは……僕の責任だ」

低い声で告げた国貴の髪を撫で、遼一郎は「あなたは何も悪くない」と耳打ちする。

「でも、逃げれば追われるはずだ。あるいは、僕たちの存在は本国に通報されるだろう」

「それでも逃げるしかない」

遼一郎の望むとおりに逃げれば、自分たちは一生犯罪者として逃亡し続ける羽目になるだろう。

——どうして。

二人でいるためのささやかな幸せが欲しかっただけなのに、それは叶わないのか。

どこにいても逃げ続けなければならないというのか。

「……言霊だな」

「え？」

「昔、浅野が僕たちを呪《のろ》っただろう……」

おまえたちに安住の地はない。地の果てまで逃げ続けるがいい。

それが浅野の本意であろうとなかろうと、彼の言うとおりに国貴たちは安息を得られない。

弱く呟いた国貴の言葉を耳にし、遼一郎は淋しげに目を伏せた。

7

十二月二十二日。

工場が早めのクリスマス休暇に入ったその日、遼《りょう》一郎《いちろう》と国貴《くにたか》は荷物をまとめて家を出た。

給料をもらったあとだったので、迷った末に辞めることは手紙に書いておいた。

友人はできなかったけれど、工場長も上司も悪い人物ではなく、彼らや同僚に迷惑をかけてしまうのが遼一郎には心残りだった。

駅でパリ行きの列車を待つあいだ、国貴は血の気の少ない蒼い顔をしており、彼が緊張しきっているのがわかる。

「大丈夫ですよ、国貴様」

慰めるように遼一郎は落ち着いた声を出し、国貴の背中をさすった。

「何が？」

「クリスマス休暇で人の移動が多いし、パリでは紛れられる。安藤《あんどう》に見つかることはないはずです」

「……うん」

不本意なうちに国貴が関わりかけたスタヴィスキーの一件は、ここに来て大きな展開を見せた。バイヨンヌ市立信用金庫が倒産したのだ。

おまけに、この信用金庫はろくに資産がないのに債権を発行したという詐欺行為を暴露された。

しかも、スタヴィスキーは得た利益でご丁寧に右派にも左派にも巨額の政治資金をばら撒いたため、政治家たちも当初は追及をせず、それが民衆の怒りに火を点けた。

このあたりのことは、サラがいなくなってしまった以上は解説もしてもらえず、自分たちで推察するほかないできごとだった。

国貴と二人で久しぶりにパリを訪れるのに、何ら喜びはない。それどころか、首尾よく逃亡できるのだろうかという不安が募る。

けれども、それを少しでも見せれば国貴は逃亡を取りやめ、またあの安藤という薄汚い男に抱かれるだろう。

そんなことは、金輪際許せるものか。

目的地のストラスブールはスイスにほど近い古いコミューンで、ドイツ、スイス、イタリアの国境に近い。移民を受け容れてくれるかはわからないが、何かあったときに逃げ出せる土地にしようというのが、国貴と遼一郎の意見だった。

まずは乗り換えの切符を買うことになったが、窓口は酷い混雑だった。

やっとの思いで購入できた切符は夕方の特別列車で、今日はクリスマスの休暇で郷里へ帰る人が多く、ひどく混み合っているとのことだった。

行列を抜け出して時計を確認すると、出発までかなり時間はある。

「どこかで食事でもしましょう」

「そうだな」

緊張しているらしく、国貴の表情は硬い。

彼が何を恐れているのか知っていたので、遼一郎は気休めを言えなかった。

裏通りの目立たないカフェに入り、二人分の日替わり料理を注文した。

「そういえば、ガレット・デ・ロワってご存知《ぞんじ》ですか？」

「何だ、それ」

不思議そうに国貴が首を傾げる。

「フランスで一月に食べるお菓子だそうです。中に王冠が入ってて、王様になれるんだとか」

「へえ、それはいい。食べてみたいな」

「年明けに探してみましょう」

「そうだね」

頼りない未来の約束だが、何もないよりはずっといい。表情を輝かせる国貴が愛おしく、遼一郎は目を細めた。

日替わり料理は子羊の煮込みに野菜を付け合わせたもので、大量のバゲットが添えられていた。

満腹になるまでゆっくりと食事をするあいだ、この逃避行の無事を願う。

ほかの男に穢されたのだと思うと複雑な気分で、まだ見ぬ安藤への怒りが込み上げてくる。しかし、国貴に対する情愛は少しも揺らぐことも目減りすることもない。

一度でも過ちを責めれば、国貴は遼一郎のもとから去るだろう。

しかも、その決断は国貴自身のためではなく、遼一郎のためだ。

だからこそ、この手は絶対に離さない。

コーヒーまで飲み終えてから店を出て、駅へ向かう。途中で籠を抱えた物売りの少年に行き合った遼一郎は、彼の売る商品に目を留めた。

遼一郎が足を止めたのに気づかず国貴は少し進んでから、怪訝そうな顔をして立ち止まる。

「すみません」

「どうしたんだ？」

「これを」

遼一郎が国貴に渡したのは、掌にすっぽり収まるほどの小さなエッフェル塔の模型だった。

「次は、もっと季節のいいときに来ましょう」

「……うん。ありがとう」

泣きだしそうな顔をしてから国貴は微笑み、受け取るついでのように見せかけて遼一郎の手をぎゅっと握った。

あたたかく、力強い手だった。


「無事に切符が買えたのはよかったけれど、すごい人ですね」

「ああ」

故郷でクリスマスを迎える人が多いらしく、特別列車が仕立てられる始末だったうえ、酷い濃霧でダイヤは乱れに乱れ、国貴たちが乗る予定の列車も二時間は遅れていた。

ホームには人が溢れ、乗客たちは見るからに苛々している。

先般から制服姿の駅員を見つけるたびに、人々は早口で文句をぶつけていた。

やっと列車が入線したので、国貴はこれで漸く彼らの怒りを目にしなくて済むとほっとする。

列車は混みすぎていて並んでは席に座れず、二人は別々の車両に別れざるを得なかった。

フランスに来てからというもの、ル・アーヴル、パリ、アルジャントゥイユの三つのコミューンしか訪れていない国貴たちにとっては新たな旅立ちだが、到底心が弾むものにはなり得なかった。

もし、安藤が追いかけてきたら。

追いかけてこなかったにしても、いなくなったことに気づいて日本に連絡を入れたら……？

それにしても、外套を着込んだまま列車に乗ったのは、失敗だったかもしれない。人いきれで窓硝子が曇り、人々は「暑い」としきりに文句を言っていた。

帽子だけでも脱ごうかと思ったが、列車の中に忘れてしまいそうな気もするし、何よりも身動きが難しい。

外套の上からポケットのあたりに触ると、遼一郎が先ほどくれたエッフェル塔の置物の尖った感触があって笑みが零れた。

緊張と疲労が頂点に達し、国貴はうつらうつらし始める。

ざわめきと人の熱気に包まれて、曖昧な夢心地を揺蕩《たゆた》っていたそのとき。

轟音《ごうおん》が響いた。

同時に激しい衝撃を受け、国貴はすぐさま現実に引き戻された。

「ッ」

凄まじい勢いに引き摺られ、がくん、と躰が前に傾ぐ。

何だ!?

口を開けていては舌を嚙みかねないほどで、急いで歯を食い縛る。

慣性の法則で前方に吹き飛ばされそうになったが、手近な手摺りに摑まることで耐えた。

人々の悲鳴が耳を劈《つんざ》き、赤子が火が点いたように泣きじゃくる。

「何なの!?」

「助けて！」

何が起こっている……!?

躰に何度か衝撃を受け、全身が弾む。

実際には数秒のことなのかもしれないが、それが国貴にはとても長く感じられた。

もう一度列車が大きく揺れる。

「！」

躰が鞠《まり》のように弾んだせいで木製の窓枠で激しく頭を打った国貴は、それきり意識を失った。


……痛い。

ずきずきと手足が痛む。躰が、とても重い。

誰かが遠くで泣いている。

ここは……どこだ？

寒い。

手も足も頭も、何も動かない。指が冷たい。

自分は死んだのだろうか？

そうか、死んだんだ。

でも、それにしては何かがおかしい。

なまなましい冷気と、激痛。

遼一郎。

遼一郎はどこだ……!?

瞼《まぶた》を無理やり上げた国貴の視界の先に広がるのは、途方もないほどの闇だった。

「遼……」

意外にも、声が出た。

小声で呼んでみると、意識が急速にはっきりしてくる。

現状把握のためにあたりを眺めているうちに、漸く目がこの暗闇に慣れてきた。

屋外ではないようだ。

近くには壁があり、誰かが倒れているのか、人の途切れ途切れの呻き声が耳に飛び込んでくる。

しかし、底冷えするほどの寒さにここは本当に室内なのかと国貴は訝《いぶか》った。

なかなか動かせない躰の代わりに視線を巡らせると、向こうには窓枠らしきものが見える。

どうやらここは列車の中、らしい。

ニューヨークでは地下鉄……違う……。

そうだ。自分は遼一郎とパリに行ったのだ。

一時的に混乱していた記憶は、雲が晴れるように徐々に繋がっていった。

ストラスブール行きの満員列車に乗っている最中、突然、車両が何かにぶつかったように大きく揺れたのだった。

全身を激しく打ちつけてしまって痛くてたまらないが、脱線でもしたのだろうか。

自分の上に乗っているのがどうやら車両の残骸《ざんがい》であることに気づいた国貴は、深呼吸をしてから、気力を振り絞って躰を引き抜いた。

「………」

国貴が横になっていたのは床の上で、目の前に落ちているのは誰かのブーツだった。

幸い、立ち上がってみても何ともないから、頭を打ってはいないようだ。怪我をしているのかはわからないが、今のところ、特に痛む場所はない。

雲間に隠れていた月が出てきたのか、あたりが薄い光でぼんやりと照らされる。

屋根のなくなってしまった車両の中に見えるのは、倒れ伏す人々、散乱する旅行鞄、荷物、ありとあらゆる混沌《こんとん》だ。

自分が黒い床の上に寝ていたと思ったが、そうではなく。

——血だ。

ぞっとした。

いったい何が起こったのか。

「遼！」

隣の車両にまで聞こえるわけがないと思ったが、呼ばずにいられなかった。

代わりに呻《うめ》き声や助けを求める声があたりを満たし、国貴の悲鳴を掻き消してしまう。

自分はまだ、列車の中にいる。とにかく、ここから脱出しなくてはいけない。

動こうとした拍子に爪先が誰かにぶつかったので慌ててそちらを見ると、幼い少女が倒れていた。

「君、大丈夫か？」

慌てて跪《ひざまず》いてその躰を揺さぶったが、目を開ける様子はない。胡乱《うろん》げに首筋に触れてみると、既に脈はなかった。


……何だ、これは……。

悪い夢ではないのか。

これでは、地獄絵図か何かのようだ。

誰かを踏まないよう、手探りでドアのあるあたりに向かう。ドアは衝撃で壊れたのか、数回揺すると地面にがたりと落ちた。

あたりは一面の雪原で、向こうに木立が見える。

その白さにわけもなく安堵した国貴は、勢いをつけて地面に飛び降りる。

「遼！　遼一郎、どこだ！　遼！」

声を張り上げても、返事は何もない。

折しもぼやけた上弦の月の光があたりに落ち、凄惨な現場を照らし出している。

漸く目が慣れてきて、国貴はその状況の凄まじさに暫し、言葉を失った。

どうやら、国貴たちが乗っていた列車が、別の列車に追突したようだ。

車両は大きく折れ曲がり、損傷が大きすぎて原形を留めていなかった。

「あそこだ！」

突然、誰かの声が聞こえ、国貴は肩を震わせた。

「生きてる！　誰かが動いたぞ！」

声の方角を顧みた国貴は、森の奥からぼやけた光が近づいてくることに気づき、無我夢中で手を振る。

おそらく、救援だ。

「こっちだ！　来てくれ！」

すぐに高々と掲げられた複数の松明《たいまつ》や洋燈《ランプ》の光が目に入り、国貴は腕が千切れそうなほどに大きく両手を振った。

このとき初めて自分がトランクも帽子もなくしたことに気づいたが、そんなものが惜しいとは思えなかった。

彼らに手伝ってもらって、遼一郎を探さなくては！

「大丈夫か！」

ざくざくと雪を踏み分けながら、松明を手にした男が近づいてくる。

寒さに鼻を赤くし、古びた外套を身につけた男は、駅員には見えなかった。

「あなたは？」

「この近くの村の人間だ。すごい音がしたが、肝心の列車が見つからなくて……皆で探してたんだ」

男は早口で捲《まく》し立《た》てた。

「にしても、酷い有様だ」

その声にはっとした国貴は、相手に取り縋る。

「遼！」

改めて車両に戻ろうとする国貴の腕を摑み、村人は痛ましげに引き留める。

「怪我をしてるんだろ。手当してもらったほうがいい」

「でも、家族がいるんです！」

見たところ、乗客の中で立って歩けるほどに元気な者は少ないらしい。

きっと、遼一郎は気を失っていて動けないのだ。

ざわりと総毛立つような恐怖を覚え、村人の手を振り払った国貴は、必死になって車両に近づいていく。

村人たちが車両を検分し、「こいつは酷い……」と呟く声が耳に届いた。

助けを求める人々の声が、まるで怨嗟のようにそこかしこから聞こえてくる。

「遼！」

急いで国貴が車両に近づこうとしたが、そのうちの一人が気づいて「よせ」と止めた。

「これから救助だ。うろうろするな！」

一喝されれば我《わ》が儘《まま》も言えず、国貴は所在なく黙り込む。

「怪我人は邪魔だ。ここから血が出てる」

男が国貴のこめかみを指したので、触ってみると確かにぬめっている。

「探しておいてやる。名前は？」

「遼です。遼……」

頷いた村人が別の若者を寄び、「こいつを頼む」と国貴を託してしまう。

「行きましょう」

近づいてきた若者が国貴に近寄り、ふらつく足取りの国貴を誘導してくれた。

「村まではまだ距離があるので、近くの農作業小屋で一度休んだほうがいい」

「ありがとう」

逆にいえば、そこまで離れた村まで聞こえるほどの大音響がしたのか。

事故の凄まじさが想像でき、国貴はぞっとした。

こうして自分が生き残り、立っていることさえも奇蹟《きせき》なのかもしれない。

「少し休んでてください。俺は、もっと助けを呼びに村に戻りますから」

国貴は無言のまま、遼一郎のことだけを考えていた。

遼一郎。

無事でいてくれるだろうか。

もう一度笑いかけてほしい。

頼むから、どうか――。

両手をぐっと握り締め、国貴は後ろ髪を引かれる思いでもう一度線路の方角を振り返る。

闇の中、村人たちが生存者を探して動く姿はまるで無音で蠢《うごめ》く影絵のようだ。

何かが腿にぶつかった気がするのでポケットに手を突っ込むと、遼一郎の買ってくれたエッフェル塔の模型が指を棘《とげ》のように刺した。

つい数時間前までは笑い合っていた恋人の面影が、何よりも強く胸を締めつけた。


事故から三日が経った。

鉄道会社の社員は近隣のコミューンの宿屋や納屋を借り、事件の被害者や関係者のための簡易的な宿泊所を用意した。


比較的元気だった国貴は、医者の見立てでは軽い打ち身と切り傷だと診断され、入院の必要はなかった。

事故はナンシー行きの普通列車に、国貴たちの乗るストラスブール行きの急行列車が高速で激突したもので、原因はまだ判明していない。ただ、当夜は霧が異常に濃く、そのせいではないかと言われている。また、普通列車の車両が木造だったせいで事故がより大きなものになったそうで、死者の数は三桁を突破して今尚《いまなお》増え続けている。

未だに遼一郎に会えていないことが、何よりも不安を掻き立てる。

どこへ行けば彼に再会できるのか、国貴には見当もつかなかった。

警察と怪我人が運ばれたはずの病院を回ったが、遼一郎の姿はなかった。

持っていたはずの荷物もなくして着の身着のままで、手許に残されているのは財布とあのエッフェル塔の置物だけだ。

もう一度現場に行こうとしたが、まだ捜索は続いており、立ち入りは規制されていて近づくことさえ叶わない。

つらかった。

食べ物もろくに喉を通らず、眠れぬ夜を過ごし、どうしても元気が出ない。次にどこへ行けばいいのか惑い、大通りを幽鬼の如くふらふらと歩いているうちに、誰かにぶつかった気がした。

「痛《いて》えな！」

苛立ったように言って国貴をじろじろと眺めてきたのは、安物の外套を着込んだ若い男だった。

それでもこの男にどきりとしたのは、相手が黒髪でなおかつ遼一郎と背格好が似ていたせいだ。

遼一郎に会えない淋しさが、胸に突き刺さる。

「……すまない」

蒼褪めた顔を向けて謝罪した国貴の顔を一瞥《いちべつ》し、男は「へえ」と小さな声を上げた。

「綺麗な顔してるじゃねぇか」

「僕が？」

何を言われているのか、最初はよくわからなかった。

「このあたりじゃ見かけねえな。事故の関係者かい」

「…………」

国貴の無言を肯定と受け取ったらしく、男はにっと笑った。

「可哀想に、眠れてないって顔してるぜ。俺が慰めてやろうか」

安っぽい誘い文句は、普段の国貴ならば一笑に付すようなものだったが、冷え切った心と躰は切実に休息を求めていた。

もし、誰かが自分の心を麻痺《まひ》させてくれるのであれば、どれほどいいだろう。

一夜の慰めなんていらないけれど、いっそ、何もかも忘れて悦楽の沼に引き摺り込まれたほうがいいのか。

何よりも、自分の中に流れる清澗寺《せいかんじ》の血。

それが激しく愉悦を求め、乾ききって干涸《ひか》らびかけた体内でのたくっているようだ。

「な、来いよ。俺の家は近くだからさ」

国貴の腕を摑み、男が顔を近づけてくる。

——いいや。

この男のぬくもりは、国貴が求めるものとは違う。たかだか三日会えないだけで、遼一郎を諦めるわけにはいかない。

「すまないが、そういう気分じゃない」

気力を振り絞った国貴はそう告げ、男を押し退けた。

「何だよ、そっちだってその気になってたくせに！この淫売《いんばい》が！」

口汚い罵りを背中から浴びせられ、街行く人が何ごとかと国貴をじろじろ眺め回す。

淫売と、男娼と呼ばれてもいい。

遼一郎さえいれば。


だから、いい加減に顔を見せてほしい。

人々に鬱陶しがられるとわかっていたが、もう一度警察と病院へ行くべきか。とはいえ、警察は事後処理にてんてこ舞いらしく、詰めかける被害者の家族や関係者には、個別の対応はしてくれなかった。

近隣の病院はこの二日で何度も通ったが、あまりの怪我人と犠牲者の数に、正確な情報は把握していないようだった。

何もかも、手詰まりだ。少し、休んでから出かけよう。

まったく食欲はなかったが、何か食べなくては。最後に食事をしたのが昨日の昼だったかもしれないと思い出し、国貴は重い足を引き摺って食堂を探す。

「国貴！」

突然、誰かが自分の名前を呼んだ気がする。

でも、気のせいだろう。

自分が求めているのは、たった一人の声。

遼一郎の声だ。

女性の知り合いなんていないないし、今は、遼一郎以外の声を求めていない。

無視を決め込んだ国貴が再び歩きだそうとしたが、誰かが外套の上から肩を摑んだ。

「国貴！」

「サラ……？」

黒いインバネス風のコートを身につけたサラは、最後に会ったときより少し髪が伸びた。

冬の空気のせいか頰が赤みを帯び、以前会ったときよりもずっと美しくなったように思えた。

「よかった……無事だったのね」

その黒い目いっぱいに涙を溜めたサラの言葉の意味がわからずに、国貴は目を瞬かせた。

「どうしてここにいるんだ？」

それを聞いたサラのほうが驚いたらしく、国貴の手を取る。

「今朝の新聞を見たからに決まっているじゃない！」

「新聞？」

「よかった。見つからないかと思った……」

あたたかな手で抱き寄せられ、国貴は暫し混乱して言葉が出なかった。

「新聞って、どういうことだ？」

「遼の名前が載っていたの」

「……何だって……!?」

愕然《がくぜん》とする国貴は、声を上擦らせた。

「国貴の名前はないけど、たぶん二人一緒だろうと思って、せめて……」

確かに新聞に記事が載っているのは知っていたが、情報が乏しいうえ、フランス語を読むのは苦手なので手に入れようとしなかった。

「病院は書いてあった？ どこにいるかわからないか？」

早口で詰め寄る国貴を、サラは心痛に満ちた表情で見下ろした。

「遼がどうなったか……知らないの……？」

「知らない。別々の車両に座っていたから、離れてしまったんだ。それで、遼一郎はどの病院に？」

「違うわ」

一拍置いてサラが告げた言葉に、国貴はとどめをさされたような気分だった。

「怪我人の項目ではなかったの」

何かが、砕ける。

そんな音が、頭の中で聞こえた気がした。

——ああ……。

「国貴……」

張り詰めていたものが決壊する。

突然泣きだした国貴を見ても狼狽えもせず、サラは優しく背中をさすってくれる。

道行く人々は二人の異邦人には目もくれずに、降誕祭《クリスマス》の家路を急いでせかせかと歩き回っていた。

「遼……遼……」

三日目にして、初めて流す涙だ。

そうか……やはり、だめだったんだ……。

足が棒になるほど探してもめぐり逢えないのには、理由があったのか。

しゃくり上げ、呼吸もできない国貴の背中をサラは優しく撫でてくれる。

何とか涙を止めようとしたが、彼女は「いいのよ」と穏やかに耳打ちした。

「泣いていいのよ。悲しいことがあったんですもの」

「ごめん……」

これまで何度も否定してきたことが拭い去りようのない事実だと突きつけられ、衝撃で頭がおかしくなりそうだった。

遼一郎は、もう、この地上にはいない。

どこにも、いない。

生涯をともにしようと誓った運命の恋人は、突然に国貴の手から奪われてしまったのだ。

「……落ち着いたら、私が……その、引き受けてくるわ」

「え？」

「……埋葬を」

先ほどサラが言いかけた続きは、それだったのか。

蚊の鳴くような声で彼女に言われ、国貴はぐらりと地面が傾ぐような衝撃に襲われた。

村の教会は特別に墓地を作るらしく、多数の棺桶《かんおけ》が用意されたと聞く。

だが、それを遼一郎と結びつけて考えていなかったので、よけいに激しく国貴は打ちのめされていた。

やがてゆっくりと泣きやんだ国貴に、サラは気持ちを逸らすような質問をしてくれた。

「ホテルは決まっているの？」

「鉄道会社が宿泊所を用意してくれた」

少しだけ落ち着き、国貴はサラの躰から離れて久しぶりに会う少女を見つめた。

背が伸びたし、顔つきもわずかに大人びた。

何よりも少女らしい格好をすると、彼女の美しさがよけい引き立つ。

「そう。だったら、午後にでも行くわ」

「僕一人で大丈夫だ。君は帰ったほうがいい」

「え？」

目を瞠るサラに対し、国貴は首を振った。年下の少女にこれ以上気を遣わせるわけにはいかない。

「折角のクリスマスじゃないか。君もご家族に会えたんだろう？　僕につき合ってくれる必要はない」

「私は……仲間の家でお世話になっているの」

国貴を元気づけるように微笑み、サラはその両手をそっと摑んでくれた。

「仲間？」

「うん。ジプシーじゃないんだけど……それは落ち着いたら話すわ」

サラの言葉に、国貴は半ば上の空で頷く。

「だから、今年はあなたと過ごすわ」

「ありがとう。君に会えてよかった」

「私もよ、国貴」

国貴は唇を歪め、何とか笑みらしいものを作るのに成功する。

このような心情でなにゆえに笑えるのか、自分でも不思議だった。
遼一郎はもういない。
この世界のどこにもいないのに。

晦冥《よる》の彼方で待つ光

「清潤寺《せいかんじ》国貴《くにたか》中尉は公務中に神戸《こうべ》で殉死した」

東京《とうきょう》市麻布《あざぶ》区――『麻布の森』と評される木立の中にその威容を保つ清澗寺邸。

豪壮さで知られる邸宅に突如として押しかけてきた軍服の二人組は、居間のソファに陣取り、清澗寺和貴《かずたか》の鼓膜に耳障りな言葉を注ぎ込んだ。

長兄である国貴の不在ゆえに応対した清澗寺和貴は長椅子《いす》に優雅に座し、表向きは口許《くちもと》に優美な笑みを湛《たた》えたまま、男たちの与えた情報を吟味しようと試みる。

しかし、与えられた一撃はあまりにも現実味がなく、和貴は返す言葉に窮した。

「ご冗談を」

ひとまず定型句を発して和貴は何とか自失から体勢を立て直し、男たちの双眸《そうぼう》を魅惑的な鳶色《とびいろ》の瞳《ひとみ》で交互に見据える。

「兄の任務がそこまで危険だとは、生憎《あいにく》、私は聞いておりませんが」

それでも、彼らが何の理由もなく斯《か》くも重大な情報をもたらしたとは思えないせいで、己の指先が冷えていくのをまざまざと感じ取った。

舶来のティーセットに準備された薫り高い紅茶にも目もくれず、二人の男は軍人特有の傲然《ごうぜん》としたまなざしで和貴を観察している。

分が悪い賭けだ。

躰《からだ》を介在させたものならともかく、残念ながら、和貴はこのような駆け引きは不得手だった。

「本当のことを言ってやったらどうだ、少尉殿」

最初に陸軍省の少佐だと名乗った三浦《みうら》という男は、部下の青年を一瞥《いちべつ》してそう命じた。

「清澗寺家の次男は、お綺麗《きれい》な顔をしてなかなか気丈だ。おまえが説明したほうが納得するだろう」

「かしこまりました」

最初に浅野要《あさのかなめ》と名乗った男は少し血の気のない顔をしていたが、改めて和貴に向き直り、ふてぶてしい態度で口を開いた。

「真相を教えてやろう」

「どうぞ」

「清潤寺中尉は陸軍軍人の誇りを捨て、社会主義の運動家と駆け落ちした」

「は？」

「聞こえなかったかな。清潤寺中尉は、社会主義者と駆け落ちしたんだ」

陸軍省東京憲兵隊本部に所属する二人は、治安維持の任務にあたっている。

従って陸軍軍人の正道たるエリートコースを突き進み、陸軍省参謀本部に勤務する長兄の国貴とは一線を画しているはずだった。

兄は軍人として立派に職務を成し遂げ、没落しつつある清潤寺家の名を再び高めようとしている。そのたゆまざる努力を知るだけに、和貴にとっては浅野たちのもたらした情報は不可解の一語に尽きた。

「駆け落ち程度で死ぬとは、いったいどういう意味ですか。兄が情死したとでも？」

駆け落ちだと？

いったい何を言っているのか、この男は。

住み慣れたこの洋館が、まるで異空間にでもなったかの如《ごと》き錯覚を抱いてしまう。

これは、悪い夢ではないのか。

「それをこれから決めるんだ」

浅野と名乗る男は不遜《ふそん》に嘯《うそぶ》き、肘掛《ひじか》けに右手を突くと、先般から持て余し気味だった長い脚を組む。

「行き先がどこかはわからないが、あの男は捜査で行方を追っていた俺を撃って姿を眩《くら》ました。おそらく、神戸から上海《シャンハイ》に渡ったんだろう。そこから先の足取りを消すのは容易《たやす》いし、陸軍の力をもってしても追いかけようがない」

己の言葉の意味と威力を確かめるように一度彼は言葉を切り、そして、続けた。

「となると、清潤寺国貴には死んだことになってもらったほうがいい。さて、次期当主殿。これで俺の言い分を理解してもらえたか？」

「…………」

返答に能《あた》わず、和貴は恥辱に長い睫毛《まつげ》を震わせて相手の発言の意味を考えていた。

わかるわけがない。

はいそうですか、と納得してやれるわけがなかった。

千年もの長きに渡り連綿と続く清澗寺家をただ一人で守ろうとしていたあの美しいひと《兄》が、そう簡単にすべてを捨ててしまうわけがない。

彼らは清澗寺家を陥れるべく、おそらく嘘《うそ》をついているのだろう。

そうだ、これらはすべて偽証に決まっている。

「清澗寺中尉はこの家と、君たち兄弟を捨てて逃げた。それが事実だ」

現実から逃避しかける和貴に対し、決定的な発言がぶつけられた。

言葉もなく膝《ひざ》のあたりに視線を落とす和貴に冷たく瞥見《べっけん》し、男たちは漸《ようや》く紅茶で喉《のど》を湿らせた。

「ここからが本題だ」

朗々とした浅野の声の調子が変わり、そこには冷ややかな色が滲《にじ》む。

和貴は身構えざるを得ず、冷たい光を湛える浅野の双眼を凝視した。

「陸軍としては、今回の一件はどうあっても秘匿したい。おそらくそれは清澗寺家にとっても同じではないか？」

「場合によってはそうなりますね」

しっかりしなくては、と和貴は己を叱咤《しった》する。

自分の声が、ひどく遠くから聞こえてくるかのようだ。

「強情だな。仕方がない、君が納得するまで何度でも説明してやろう」

浅野は喉を震わせて笑い、和貴をねっとりとしたまなざしで観察する。

それはおそらく欲望ゆえに生じるものではなく、もっとたちが悪いものだ。和貴を解体し、ばらばらにし、その内臓の中までも覗《のぞ》き見るような、そんな意地の悪い視線だった。

「では、陸軍としてはどのように処理なさりたいのですか」

「清澗寺中尉の出奔は、我々にとっても大きな痛手だ。ともに逃げた男は社会主義の運動家で、要注意人物として監視されていた成田遼一郎《なりたりょういちろう》だからな」

間違っても反応するまいと思っていたのに、ぴくり、と右手が揺れる。

成田遼一郎――殺人犯として以前新聞沙汰《ざた》になり、清潤寺家に迷惑をかけた兄の幼馴染《おさななじ》み。そして、この家の運転手である成田の息子でもある。

「反政府勢力の撲滅のため、彼らに圧力をかけていたのは浅野君だ。その工作に失敗したと世間に嗅《か》ぎつけられたうえ、なおかつ清潤寺中尉が逃げ出したことまで知られれば、二つの意味で陸軍の権威は失墜する」

「…………」

事件の重大さは、今更、三浦に説明されずともひしひしと実感できた。空気は重苦しい気配を孕《はら》み、和貴は二人の男からの圧力に息苦しさすら覚えた。

「君たちも次期当主候補が、よりによって共産主義者の男と駆け落ちしたなどという事実が周知されるのは、不本意だろう？」

「ええ、まあ」

自分一人の評判ならばどうなってもかまわなかったが、和貴にはまだ年若い弟妹がいる。彼らがこの先悪評に苦しめられるのは、あまりにも不憫《ふびん》だった。

そもそも、兄がいなくなったらこの家は誰のものになるのか。

そんなことがぐるぐると脳内で渦巻き、今にも嘔《おう》吐《と》しそうなほどに気分が悪くなってくる。

「だからこそ、我々は清潤寺中尉を公務中に死亡したことにして内々に処理したい。この点に関しては、利害が一致するはずだ」

寧《むし》ろ、ここで手打ちにしなければ陸軍は清潤寺家を逆賊と見なして追い詰めてくるだろう。

確かに、このあたりで矛先を収めなくてはならない。

迷う余地など欠片《かけら》もないのだ。

「かしこまりました。どのような方策が望ましいのか、教えていただけませんか」

己が少し蒼褪《あおざ》めていると自覚しつつ、和貴は気丈に言ってのける。

「結構。それで具体的にだが……」

口裏を合わせる計画の立案は深夜にまで及び、和貴は世間に述べるための設定を頭の隅々に叩《たた》き込まなくてはならなかった。

心はずりしと重い。

まだ若い弟と妹は、凜々《りり》しくも頼り甲斐《がい》のある長兄が亡くなったと知ればきっと泣くだろう。

彼らがどれだけ嘆き悲しむか、想像さえ及ばないほどだ。

でも、和貴には泣くこともできない。

重苦しい真実を知ってしまった以上は。

泣けば忌まわしい思いに駆られ、自分を捨てた兄を呪《のろ》ってしまうだけだ。

あの美しいひとを。

和貴には決して手の届かない、永遠の憧《あこが》れ。

そうして浅野たちと話を終えた頃《ころ》には深夜になっており、執事の内藤《ないとう》も休ませてしまっていたので、和貴は自らの手で丁重に彼らを送り出した。

「それでは、ご苦労だったな。今度はゆっくり酒でも飲もう」

「お断りします」

職務を終えた途端に軽口を叩く浅野の傲岸さには辟易《へきえき》としたが、彼が少しばかり痛そうな顔をしたので、和貴はそれ以上厳しくはできなかった。

兄は、浅野を撃って逃げたのだ。

旧友に撃たれた浅野の心中は、いったい如何《いか》ばかりのものか。

この男もまた、国貴によっていらないものとして捨てられた、自分の同類なのかもしれなかった。

重々しい音を立て、玄関の扉が閉まる。

それがまるで、自分と外界を隔てる扉が閉ざされる音のようにも聞こえた。

これでもう、どこにも出られない。

——どこにも。

「……和貴君、まだ来客だったのかい」

頭上から怪訝《けげん》そうな声が聞こえ、和貴は振り返る。

「小父様《おじさま》……」

自分を見つめる年上の男の優しいまなざしに、和貴はわずかな慰めを見出《みいだ》した。

そのまま階段を下りてきた伏見義康《ふしみよしやす》の髪は乱れ、情事の匂《にお》いが芬々《ふんぷん》と漂う。

「小父様、今宵《こよい》、お時間はありませんか」

乾ききっていた心からでも、甘く、媚《こ》びるような湿った声が零《こぼ》れた。

「今から？」

「僕の話を聞いてほしいのです」

「話だけなら、ね」

含みのある発音だった。

「まさか。それで済むはずがないでしょう？　僕たちは、共犯者だ」

甘ったるく魅惑的に囁《ささや》いた和貴は彼の胸に凭《もた》れかかり、上目遣いに見上げて何度か瞬《まばた》きする。

あの人はもう、自分の手の届かないところへ行ってしまったのだ。

兄はもう、どこにもいはしない。

和貴こそがこの清澗寺家を背負い、体現するのだ。

ならば、よりいっそうそれらしく生きてやろう。

この一族を破壊するために。

そのためにはもっと強くなり、男たちを食い散らかさなくてはいけない。

そうでなければこの血の重みが、血族の因縁が、和貴自身を滅ぼしてしまうから。

1

仕事を終えた深沢直巳《ふかざわなおみ》が丸《まる》ノ内《うち》の書店から出ると、街は暮色に包まれている。

昭和二十三年。

恋人である清潤寺和貴《せいかんじかずたか》に頼まれた買い物は無事に済ませ、深沢自身も目当ての書籍を買えたため、そろそろ帰途に就くつもりだった。

店を出たところで、「深沢君じゃないか」と声をかけられる。

「……久慈《くじ》さん」

霞ケ関《かすみがせき》の方角からやって来た久慈武光《たけみつ》は、仕立てのよい灰色の外套《がいとう》を羽織り、鞄《かばん》を持っている。

「元気だったかい？」

かつて久慈は策略をもって深沢と和貴を引き裂こうとしたとはいえ、それも戦前――つまりはもうだいぶ前の話だ。その一件さえ除けば、深沢にとって気の置けない友人でもある。

「ええ、それなりに。あなたは？」

「こちらも同じだ。よかったら、少し話さないか」

ちらりと深沢の顔色を見やってから、男が切り出した。

「かまいませんよ」

どのみち、和貴は今日は帰りが遅いと聞いているので、久慈につき合うのは問題がなかった。

寧ろ、社交界でもゴシップ好きで情報通の久慈は、深沢にしばしば貴重な情報を与えてくれる。

石川《いしかわ》県の能登《のと》半島出身である深沢はいわゆる小作農の家に生まれ、その生活は惨憺《さんたん》たるものだった。赤貧の中、唯一の肉親である母が身投げしたため、天涯《てんがい》孤独になった深沢は金沢《かなざわ》近郊の親戚《しんせき》の家に引き取られ、そこで郷里出身の偉大な政治家である木島《きじま》淳博《あつひろ》に見出されて上京した。

一時は木島の秘書をしていた深沢だが、今は清澗寺財閥傘下の企業の一つである清澗寺鉄鋼の社長の座に就いている。

「この店にしようか」

「結構です」

夜遅くまで開いている喫茶店を見つけてそこに入り、紅茶を二つ注文した。

昔は東京中にあった、女給がいるようないかがわしいカフェは赤線地帯に移り、昨今は健全な喫茶店が町中に残されている。

和服を着込んだ前掛け姿の女性は、すぐに二人の前に紅茶を置いていった。

「にしても、君一人とは珍しいな。和貴君はどうしているんだい」

「今日は仕事でファッションショーです」

喉を通る紅茶の熱が、かつての首都の繁栄を思い起こさせる。

戦争が終わって三年も経《た》ち、厳しい食糧難がやや和らぐと、多くの女性たちの関心は次第に洋服や髪形に向かうようになった。

今宵の和貴は自らが経営する清澗寺紡績も協賛しているショーに駆り出され、社長として挨拶《あいさつ》をし、関係各社を集めたささやかなパーティに顔を出しているはずだ。

紡績会社の社長ともなれば、そうしたつき合いも必要で、このところの彼は社内の調整よりも対外行事に忙殺されているようだ。

「ああいうショーも、最近流行《はや》っているらしいな。このところ洋装店が増えてきているし、これは清澗寺紡績も絶好の儲《もう》け時じゃないか？」

「それを祈っていますね」

「ショーには和貴君も出演しているのかい」

久慈が真顔で尋ねたので、深沢は「まさか」と一笑に付して眼鏡《めがね》のブリッジを押し上げた。

「どうしてまさかなんだ？　あの美貌《びぼう》では、モデルとしても十二分に通用するだろう？」

「たとえそうであっても、あの方はそういう浮ついた遊びをするような年齢ではありません」

いくら美しいといっても、三人の子供が成人した和貴はそろそろ落ち着いてもいい頃合いだ。他人にちやほやされるのを好む気質とはいえ、美貌を褒めそやされることなど、求めなくなって久しいはずだ。

「年齢、ねえ……その考え方はよくないな」

意外なところを聞き咎《とが》めた久慈は小さく指を振り、とんと指先でテーブルを叩《たた》いた。

「つまり？」

「考えてもみろ、彼は清潤寺だ」

「それくらいわかっています。いつまでも若くて美しいと言いたいのですか？」

「そういう意味だが、まあ、それだけじゃないな」

やけに思わせぶりな台詞《せりふ》に、深沢は心中で漣《さざなみ》が立つのを感じた。

「ならば、どういう意味ですか？」

「黒田《くろだ》家の令嬢を娶《めと》った長男の貴郁《たかふみ》君、だったね。清潤寺家秘蔵の長男がそろそろ経済界を騒がせ始めてる」

「あのとおり冬貴《ふゆき》様の血を引いて大変美しい方ですから、その点は仕方ありません」

公家《くげ》の名門である清潤寺家は、いわゆる『麻布の森』の広大な敷地に瀟洒《しょうしゃ》な洋館と和風建築の離れを構える一族で、当主は明治《めいじ》十七年に伯爵に叙爵《じょしゃく》された。以来その称号は、昭和二十二年に華族令が廃止されるまで四代に亘《わた》り引き継がれ、深沢の恋人である和貴が最後の『清潤寺伯爵』だった。

明治維新の前後、和貴の曾祖父《そうそふ》にあたる貴久《たかひさ》は東京で商売を始め、華族にしては珍しい豪腕で軌道に乗せたと聞く。三代目の冬貴が色狂いの淫乱《いんらん》だったことから財閥の基礎は一度は揺らいだが、今は深沢が辣腕《らつわん》を振るい、財閥解体を経ても経営はそれなりに安定している。

その清潤寺家の先代当主である冬貴の血を色濃く受け継ぐ貴郁は、面差しこそ日本《にほん》人形のようで少しばかり清潤寺家の本流とは違って見える。しかし、清楚《せいそ》なだけの気弱そうに見えた青年は、近頃、とみに色香を増した。その原因には深沢は薄々気づいていたが、それもまた貴郁の人生なので、口を挟むつもりはない。

ともあれ、そんな貴郁が義父に連れられてしばしば財界の集まりに顔を出すようになり、その妍容《けんよう》と才覚で衆目を集めているのだ。

深沢は自分のためだけに貴郁の人生を歪《ゆが》めた事実に、ささやかではあっても罪の意識を抱いていた。だからこそ、彼が和貴に手出ししない限りは放《ほう》っておこうと決めていた。

今の貴郁の色香では周囲の人間は気が気ではないだろうと思いつつも、世間において和貴から話題の中心が逸《そ》れるのは有り難くもあった。

「あの二人が並ぶと、到底親子には見えない。お互いの美貌を引き立て合って、やけに人目を引いてしまう。しかも、お堅くて結婚している貴郁君とは違い、和貴君は人には言えない過去がある」

「もうだいぶ前の話ですよ」

久慈はいったい何を言おうとしているのかと訝《いぶか》りつつ、深沢は忍耐強く答えた。

「率直に言って、彼はまだ社交界を騒がせてるんだ。まあ、社交界なんてものは今や絶滅寸前だが……」

先ほどから社交界という言葉を連呼していた久慈は、少し自嘲《じちょう》気味にそう注釈を付け足した。

今尚《いまなお》くだらない噂《うわさ》を抜かりなく仕入れている久慈は、戦争を経ても変わらない。

「何しろ、和貴君と貴郁君の親子と……おっと失礼。まあ、あの並外れて艶っぽい二人と一夜をともに過ごせるならばいくら金を積んでもいいなどという輩《やから》もいるくらいでね」

一方的に言ってしまってから気を取り直したらしく、久慈は話を転じた。

「世間から見れば、清澗寺和貴は戦前から殆《ほとん》ど歳《とし》を取らない化け物で、それどころか、近年はいっそう若返ったようにすら見える。常にみずみずしい艶容を披露し、連合国軍最高司令官総司令部《GHQ》の高官から老獪《ろうかい》な政治家まで、男女——いや、主に男どもを骨抜きにしてかかる。まるで人魚の肉を食べたような希有《けう》な存在だ。だからこそ一度、味見をしてみたいと思う輩がいてもおかしくはない。実際、俺も何度か聞かれたよ。口説けば色よい返事をもらえるのかとね」

滔々《とうとう》と述べられた内容は、何度も繰り返し聞かされた、覚えのある言葉の羅列だ。かつて冬貴が賛辞とも軽蔑ともつかぬ曖昧さで語られたものと類似しており、その冬貴を憎み、恐れ、彼とは違う人間でありたいと願う和貴が、今やまったく同じ言葉で形容されているとは皮肉な話だった。

「馬鹿馬鹿しい、あの方は今は身持ちが堅い。下手な真似《まね》をされたら傷つきかねません」

　それらは深沢にとっては妄言に等しいが、同時に自身を憂鬱《ゆううつ》にさせる一因でもあった。だからこそ、低俗な言葉は笑い飛ばすほかない。

「そんなことが、欲望に目の眩《くら》んだやつらにわかるわけがない。ＧＨＱの高官を骨抜きにした理由は、話術と教養だけじゃないんだろ？　おかげで家屋敷はこんなに早く接収解除されたじゃないか」

「そのあたりは、ご想像にお任せしています」

　和貴が潔白だと主張する以上は、互いに恋人関係が成立した今は不特定多数との肉体関係を疑うわけにはいかなかった。

　けれども、だからといって和貴の守りが鉄壁のわけがない。彼の中には相変わらずひどく脆《もろ》い部分があり、時として崩れそうな柔弱さが見受けられた。

　それでも和貴は、最後の一線では決して何ものにも屈さない芯《しん》がある。その不屈の魂を、彼はいつまで保ち続けられるのだろう。

「俺が読んだ雑誌には、『彼はその艶やかな皮膚に永遠を内包してゐるのだ』なんて大真面目に書いてあったぜ。ま、カストリ誌紛《まが》いのろくでもない本だったけどな」

「確かにいつまでも子供っぽくて困った人ではありますが」

　それにしても永遠とは、随分大袈裟《おおげさ》な表現だ。

「何でも、彼を政界に担ぎ出そうって動きもあるそうだ」

「ええ、それは小耳に挟みました」

「急激な欧米化に反発し、日本の古き良き文化を取り戻そうとする保守的な連中が目をつけているんだ。彼らにとっては、麻布の森で今尚優雅に暮らす清澗寺和貴ほど、偶像として最適な存在はない」

「………」

久慈の指摘どおり、和貴は古《いにしえ》から連綿と引き継がれる一族特有の頽廃《たいはい》的な雰囲気を身に纏《まと》っているとはいえ、それは彼の意図したものではない。寧ろ、和貴は己の腐肉が漂わせるその爛熟《らんじゅく》の腐臭を憎悪し、嫌忌している。

和貴があれでもう少し醜かったり、もう少し頭が悪かったりすれば話は別だったかもしれない。

しかし、清澗寺和貴は歳を重ねてもなお、他者を圧倒するほどの華やいだ美貌を保ち、その内側からは常に破滅と蠱惑《こわく》の毒を漂わせていた。

その特有の香気を消すのは和貴自身がいくら努めたところで難しく、それらに酔わされる連中がいたとしても何らおかしくはない。

何よりも、深沢自身が誰よりも和貴の毒に酔い痴《し》れているのだから無理もない、と自嘲気味に心中でつけ加える。

「よく調べているところを見ると、あなたも一枚嚙《か》んでいるのですね」

「鋭いな。じつは、仲介を頼まれたんだ。彼を厄介ごとに巻き込みたくないのなら、首に縄でもつけて麻布の森に閉じ込めておくんだな」

「それができれば、私も苦労しません」

期せずして、それが深沢の本音だった。

社会人になるまで奔放に育った和貴は、慎み深さとは対極にあり、おまけに自立心が旺盛と来ている。

上から押さえつければ全力で反発し、拗《す》ねて深沢の忠言になど耳を貸さなくなる。常に重苦しい情愛で束縛されていなければ不安なくせに、締めつけすぎると息をすることさえ忘れて弱ってしまう。

大いなる矛盾を抱えた美貌の君を飼い馴《な》らすのはなかなか難しく、あまりにも厄介な存在だった。

「今日だって何の自覚もなくファッションショーへ行かせたんだろう？　不道徳な連中に冷やかされるところは、俺にも想像がつく」

「それくらい簡単にあしらえるでしょう。そのような才覚くらい、和貴様にもありますよ」

「それで引き下がればいいけどな」

薄笑いを浮かべる久慈に嫌みの一つも言いたかったが、いい歳の大人がそんな真似をできるわけもなく、かといってここを飛び出して会場へ向かうのも愚かな話だ。

「いっそ社長なんぞ辞めさせて、君が囲ってしまったらどうだ。大切に箱の中にしまって一人で愛《め》でていればいい」

あながち冗談とも思えない口調に、深沢は自分の感情はそんなにわかりやすいのかと疑った。

「確かにそれも考えましたが……まだその時期ではありません」

「何だ、君ほどの男でも迷っているのか」

「私が？」

「和貴君みたいな男を家に閉じ込めておけば、仕事熱心な君のことだ、きっちりと面倒を見て、干涸《ひか》らびるまで吸い尽くされてしまいそうだからな」

「……ご冗談を」

一拍置いてしまったのは、和貴と抱き合うのは深沢にとって義務でも仕事でもないという異論と、同時に最近懸念していることを言い当てられたような同論があったからだ。

このところ、和貴は以前ほどの切実さで深沢を求めてはこない。

己の主《あるじ》には浮気をするような度胸はないものの、節制をできるほど枯れてもいないはずだ。

それどころか、常日頃から淫乱といっても差し支えないほどに肉体の飢えを抱えた和貴は、深沢と抱き合う回数を減らせば欲求不満が溜《た》まってしまう。

そのうえ彼は深沢に捨てられることを何よりも恐れているため、拒まれたからといって放置すれば、飽きられて見放されるのではないかと怯《おび》え、心身ともにひどく不安定になることもしばしばあった。

何よりも、手のかかる恋人はこのところひどく感じやすくなり、深沢の愛撫《あいぶ》に呆気《あっけ》なく陥落する夜が増えた。

それなのに深沢の躰を欲しがらないのは、明らかな異変といえよう。

熟れた躰を持て余すくせに乙女のような純粋さを持つ和貴は、ほかの男に身を任せれば、それこそ身投げするほどの後悔に襲われるに決まっている。だからこそ深沢が常に目を光らせているのだが、あそこまで熟れた躰を抱えていながら淫欲を堪《こら》えて日常生活を送るのは、並大抵の精神力ではできまい。

今の状態で野放しにしておけば、和貴が必要以上に疲弊するのは目に見えており、それが深沢を悩ませている。

それでも己の感情の揺れはおくびにも出さず、久慈とは表向きは穏やかに話を終えた。

麻布の清澗寺邸に帰宅した深沢は、玄関のところで帰ってきたばかりと思《おぼ》しき和貴と行き合った。執事の箕輪《みのわ》の姿はなく、取り込んでいるのか、和貴は一人だった。

「お帰り、深沢」

薄地の外套を脱ぎ、仄《ほの》かに頬《ほお》を上気させた和貴は深沢を見てにこりと笑う。

「ただいま戻りました」

美しい……。

本当に、娟麗《けんれい》な人だと思う。

天井のシャンデリアが放つ控えめな光が、まるで金の粒子のように和貴の全身に落ち、光彩を受け止めたその絢爛《けんらん》たる美貌は今宵も輝いていた。

つくづく、これで自分とは四、五歳しか離れていないとは思い難い若々しさだ。

桜色の唇は艶やかに濡《ぬ》れ、淡い茶色の目も微《かす》かに潤んでいるようだ。出がけに見たときと同じ濃色の背広は、彼の白磁の如き膚《はだ》をいっそう引き立てている。右手でそっとカラーを直しているあたり、何か気がかりなできごとでもあったのか。

「ショーは如何《いかが》でしたか？」

内心の感懐を押し殺して極めて淡々と深沢が問うと、和貴は満足げに唇を綻《ほころ》ばせて花のような笑みを浮かべた。

「芳子《よしこ》ちゃんに着せたら似合いそうなドレスがあった。あれなら買ってもいいな」

想像とはまったく違う返答が戻ってきて、深沢は微かに苦笑する。

疚《やま》しさから話を逸らしているのか、それともまるでわかっていないのか、微妙な線だった。

「まだ着ていく場所がないでしょう。それより、会場で誰かに絡まれたのでは？」

「え」

和貴は不審げな顔になるが、黙っていても埒《らち》が明かないと思ったらしく、いやに正直に続ける。

「誰から聞いたかはわからないが、懇親会でからかわれただけだ」

「からかわれたって、相手はあなたより年下なのでしょう」

「そうだけど……」

鎌をかけたつもりすらなかったのに、和貴は造作もなく深沢の誘導尋問に引っかかってきた。

「でも、話をしたことさえない相手に、無礼な真似はできないだろう？　この先、どこでどう関係ができるかわからないし」

「関係、ですか」


静かな怒りを覚えた深沢の発音は一段と冷え、それにたじろいだように和貴が視線を動かす。

どうせまた、無意識のうちに相手に気を持たせるような断り方をしたに決まっている。和貴のそうした優柔不断ともいえる気遣いが、相手をつけ上がらせるときもままあるのだ。

いったいいつになれば、彼はもっと酷薄な処世術を覚えてくれるのか。深沢に尻拭《しりぬぐ》いができる範囲にも、限度がある。

己の肉体に群がる雄の徒情《あだなさ》けに困惑しつつも、悪い気がしないのだろう。そうした和貴の愚かしさを、深沢は誰よりも知悉《ちしつ》していた。

「それより、こんなところで立ち話を続ける気か？」

居心地が悪そうな顔つきの和貴が、少し甘えるような声を出し、会話を打ち切りたいと匂わせる。

「どうしてですか？」

「それは……その……」

ちらりと上目遣いに見つめられて、深沢は和貴の内側に澱《よど》む情欲の気配を読み取った。

その気になったことを珍しく素直に表現したのは合格だが、きっかけがほかの男に淫情を掻《か》き立てられたことだとは。無自覚とはいえつくづくいい度胸をしていると呆《あき》れ、深沢は動こうとしなかった。

するると、焦《じ》れたように和貴から手を伸ばし、首に腕を巻きつけてくる。貞淑でもないくせに、滅多《めった》にじゃれようとはしない和貴にしては珍しい仕種《しぐさ》だった。

「キスくらい、しろ」

端麗な顔を近づけてきた和貴が唇を押し当て、焦げ茶色の瞳でうっとりと深沢を見つめる。

その甘い表情の愛らしさに、暫《しば》し見惚《みほ》れた。

ずるい、人だ。

なのに、こんなにも深沢を惹《ひ》きつけてやまない愛《いと》しい人。

それゆえに、いつまでも掌中に収めておきたくなる。どこにも飛び立たせずに、華やかな金細工の鳥《とり》籠《かご》に閉じ込めてしまいたい。

「朝と夜のキスは、あなたのほうからやめろと言ったくせに？」

特に、朝のキスは長すぎて面倒だという理由で、和貴から一方的に習慣から外されたのは、つい最近の話だ。

「これはおやすみのキスじゃないだろう」

恋人同士の情を確かめ合う、甘いくちづけ。

「なるほど。気が利かず、申し訳ありません」

熱く反応してきた躰を無意識のうちに押しつけ、和貴は絡ませた舌を夢中で吸ってくる。

深沢の眼鏡が曇りそうなほどの、激しいキス。

「ン…んん……」

すっかり熱を込めて接吻《せっぷん》に溺れる和貴は、その熱っぽい肢体を押しつけて撓垂《しなだ》れかかってくる。

「ここでは冷えますね。——いらっしゃい」

顔を離した深沢は、和貴を先導して歩きだした。


「う、く……も…やだ……やだっ……」

ベッドに横たわった和貴は啜《すす》り泣きながら、情け容赦なく楔《くさび》を打ち込む深沢への拒絶を繰り返す。

「子供みたいな言いぐさはよしなさい」

今日の深沢は、ひどく意地悪だ。

秘めやかな肉園《にくぞの》に土足で踏み込む侵略者のように、深沢の挿入は乱暴だった。

今も、腰を引いたかと思って油断をすれば、突然いきり立った逞《たくま》しいものを秘蕾《ひらい》に押し込まれ、不安とせつなさに呼吸が浅くなる。

「だめ…だめ、やだ……」

近頃は斯くも荒々しく行為を強いられていなかっただけに、恐怖さえ覚えた和貴はひたすら拒絶した。

何よりも今日は、深沢が選んだ場所が悪すぎる。

和貴を貴郁の部屋に連れ込み、おまけにそこで抱くことなど、親としては考えられない話だ。

寝台に押し倒されて何の冗談かと訝る和貴の服を強引に前だけくつろげ、殆ど脱いでいない状態での行為を強要されている。

こうすると服が汚れてしまって、嫌なのに。

「どうして。誘ってきたのはあなたでしょう」

あまりにも抵抗をする和貴に呆れたのか、深沢が動きを止めて冷たい声で問う。

一人用の狭い寝台はいつ貴郁が戻ってもいいように寝具は定期的に替えさせているが、こんな醜悪な行為のためにそれを命じているわけではなかった。

「だ、だって……嫌だ、こんなの……」

「先ほどから嫌だ嫌だと囀《さえず》りますが、あなたに拒む権利があると思いますか？」

眼鏡越しに自分を見下ろす深沢は厳粛な声で断言し、和貴の蜜壺《みつつぼ》に埋《うず》めた楔を数度揺すった。

「はっ…ぁあ……」

もどかしい。もっと感じるところに当たるように激しく抽挿《ちゅうそう》してほしいのに、これではただ振動を与えられているにすぎない。

拒まなくてはいけないくせに、気を抜くとそんなことを考えてしまう己が、とても恥ずかしかった。

ろくに前戯《ぜんぎ》らしい前戯はされずに、おざなりに指で解《ほぐ》されただけであっても、おぞましいほどに貪婪《どんらん》な肉体は完全に受け容《い》れる準備が整っている。

和貴の両腕をあっさりと片手で押さえつけた深沢に、指を蕾《つぼみ》に無造作に押し込まれたときから、呑《の》まれたように動けなくなってしまったのだ。

こういうときに、自分が清澗寺家の一員であると思い知らされる。

古くは平安の御代《みよ》にまでその歴史を遡《さかのぼ》る清澗寺家は、かつては秘技秘術をもって帝《みかど》に仕えたと言われている。それだけでもおどろおどろしい一族だと思われがちだが、最も厄介な問題は、自分を含めた血族の人間が、揃《そろ》いも揃って快楽に弱くそれに溺れる点にあった。

特に和貴は生活のすべてを遊蕩《ゆうとう》に捧《ささ》げているような父の冬貴によく似ており、男も女も咥《くわ》え込むと悪評が流れるほど、さんざん遊び回った、

深沢によって丹念に調教を受け、彼以外には躰を開かないように教え込まれた今もなお、常に淫《みだ》らな肉の本質は変わることがない。

「もう準備万端ですね。浅ましい肉だ」

「…うるさい…っ…」

指摘されるまでもなく、己の肉は滑稽《こっけい》なほど雄に従順で、湿り気を帯びた花襞《はなひだ》は深沢を悦《よろこ》んで包み込んでしまっている。おまけに花茎《かけい》はぬるぬると先走りの蜜を零し、この乱暴な交わりに悦楽を覚えていることを如実に示していた。

「あんな場所で誘っておきながら、文句を言えた義理ですか？　使用人に見せつけたかったのでしょう。大した淫乱だ」

「ちがう…」

表向きはどれほど反発していても、深沢の肉のかたちを覚えた花園は、彼が侵入すれば愛おしげに食《は》んでしまう。今にも癒合するかのような貞淑さで深沢自身を歓迎しているが、感悦に馴染みすぎた襞にはその程度の痛みでは物足りない。

深沢は動きを止め、和貴と繋《つな》がったままその肉圧の強さを味わっているらしい。

もっと激しく突き上げてほしい。

こうして挿《い》れられているのは好きだけれど、今のままではぼやけた快楽が長引くばかりだ。

それがわかっていて動かずにいるのは、深沢が和貴に立腹しているからに違いない。

「ね…どうして……」

肩で息をしながら、和貴は深沢の今宵の仕打ちの意味を問おうとした。

この行為は確かに快楽を生み出すものの、当の深沢がこうも機嫌が悪ければ責め苦と同義になる。

「何ですか？」

「…機嫌、わるい…」

喘《あえ》ぐように啜り上げながら、和貴は自分を真っ正面から抱いている男を見上げる。

「感心ですね。それくらいはわかるのですか」

眼鏡をしたままなのは仕方ないとしても、深沢は仕立てのよい上着は椅子に引っかけただけでベストもシャツも脱がずに和貴を抱くことに専心し、なぜこんなに彼が怒っているのか理解できなかった。

「あなたが、最初から雄を受け容れる体勢になっているからですよ。身に覚えは？」

「ある…わけ、ない……」

本当に、自分は潔白なのだ。

確かにファッションショーで知らない若者に絡まれはしたとはいえ、それだって、自分なりに上手《うま》く躱《かわ》して面倒がないように処理したつもりだ。

「男を引っかけておきながら、ですか？」

「……話した、だけ…」

「何と？　卑猥《ひわい》な冗談でも言われたのでしょう？」

「いわれた…けど……らめって……」

少し休憩しないかと声をかけてきた若者たちが何組もいたが、いずれも失礼がないように断った。

「普通は声もかけられませんよ。少しは自重できないんですか？　もう若くもないのに」

ぐさりと胸に突き刺さる一言を放たれ、和貴は泣きだしそうな容《かんばせ》で深沢を見つめた。

そう言われると、反論はできない。

深沢の容貌は年ごとに落ち着いていっそう渋みを増し、貫禄《かんろく》すら備えている。

外見においては、和貴と深沢の年齢差は開くばかりだった。

「やはり、覚えがあるようだ」

「ない……ーッ！」

否定する声が揺らいだのは、苛立《いらだ》った調子の深沢がいきなり激しい一撃を送り込んだためだった。

尖端《せんたん》が奥まで突き込まれたことにより多感な襞が一気に擦《こす》られ、凄まじい快楽を与えられた和貴は両手でシーツを摑《つか》み、半泣きになって身悶《みもだ》える。

「あふ…ぅ…」

律動に合わせて肉襞が引き攣《つ》れ、捏《こ》ねられる。熾烈《しれつ》な動きに脳が麻痺《まひ》し、唇が戦慄《わなな》いて声が出ない。

「ほら、感じているでしょう」

「ん、う……ちが……ちがう…ッ…」

「違う？　何が？」

「あうっ！」

男根が抜けそうなほどに腰を引いた深沢は、一気に深々と埋め込む。

「いい反応ですね」

「ああんっ」

苛酷《かこく》なもう一突きを与えられ、和貴は顎《あご》を衝《つ》き上げるようにして上体を撓らせた。

怖い。

でも、すごく――すごく、気持ちいい……。

「中まで穢《けが》されないと、あなたには理解できないようですね。一度、出しますよ」

深沢はわずかに髪を乱し、額に汗を滲ませた状態で、レンズ越しに和貴を冷然と観察している。

他方、敷布を摑んで髪を振り乱す和貴は更に昂《たかぶ》り、反り返る花茎からはとろとろと蜜が溢《あふ》れていた。雄蘂《ゆうずい》を規則正しく打ち込まれ、全身の毛穴から汗が噴き出し、皮膚という皮膚がしっとりと濡れている。

「だめ……だめ、もう…」

おまけに今から中で出すと予告されると、随喜から全身が感応し、ますます力を込めて深沢を嚙み締める羽目になる。

前戯などなくとも愉悦に支配されて感じてしまうこの肉体は、厭《いと》わしいほどに正直だった。

「種付けしてもらえるとわかった途端に、ますます反応をし始めましたよ」

「ひっん……ん、んっ…んああっ」

深沢が律動を再開し、容赦ない抜き差しを続けたので思考は霧散する寸前だった。

「何か言ったらどうです？」

暫《しばら》くされるままだった和貴は、深沢を潤んだ目で見上げ、小刻みに揺さぶられながら喘ぐ。

「す、好き…だから…仕方ない…だろう……」

「種付けが、ですか？」

「うん」

深沢の望む答えを言わなくてはならないのに、浅い湍《せ》を亀頭《きとう》で焦らすように混ぜられると何も考えられなくなり、和貴は目許《めもと》を火照らせたままこくりと頷《うなず》く。

すると深沢は聞こえよがしに舌打ちし、いきなり隘路《あいろ》を荒々しく突き上げ始めた。

「あっ!? や、まって、まだ、」

肉の隧道《ずいどう》が壊れそうなほどの酷烈さに、和貴は手玉に取られるだけだ。

「何が」

「ゆるめてな、…ゆるめる、から…だめ、壊れる、…あ、あっ、いい……いいっ、痛いのいい……」

すぐに呂律《ろれつ》が回らなくなってきて、和貴は深沢の背中に強く腕を回す。彼のベストにきりきりと爪を立て、汗に塗《まみ》れた脚を腰に確《しか》と巻きつけた。

「貴郁さんに謝りなさい」

「ご、ごめん、なさい……わ、悪い父親で……」

とうとう口を閉じていられなくなり、和貴の唇から甘ったるい嬌声《きょうせい》と唾液《だえき》が溢れ出す。

敏感な襞を深々と削られ、内壁にごりごりと当たるまま穿《うが》たれる刺激は、最早《もはや》快感以外の何ものでもない。

「ん、あ、あっ、すごい、そこ…、いい…ッ…」

自分の下腹部で熱い迸《ほとばし》りが弾《はじ》け、ねっとりとした白濁が口許にまでかかる。

男の腰に脚を絡めたまま絶頂の感悦に打ち震える和貴を離さず、深沢は冷たいまなざしで睥睨《へいげい》した。

「まさに発情期《盛り》の雌ですね」

「ふあ……？」

「射精をねだって、すぐに脚を開く。罪悪感も快楽の道具にするうえ、緩められないくらいに欲しがって、雄から子種を搾りたくてたまらないんでしょう？」

間髪容れずに深沢にこつこつと奥の部分を突かれて、半開きになった和貴の唇から嬌声が零れる。

「ん、んっ…や……突くな…」

なぜ深沢は、和貴の中にある快楽の芽の隠れ家を知っているのだろう。造作もなくそこを刺激し、育て、悦予《えつよ》のほかは何も感じられないよう和貴の全身を染め上げてしまう。

「それなら、感じなければいい」

「…ん、らって……きもちい……」

「ご自分でわかっているのですか？」

ゆるやかな律動を止めた深沢が、咎めるような声を出す。

「な…にを……？」

「耐性がまた落ちたことです。この頃やけに簡単に感じるようになった」

深沢が怒る理由はこれでわかったが、彼とこうして抱き合えるから悦びが募るのであって、ほかの男ではこうはいかない。

「…ちが……ちがう……」

それを説明したいのに、深沢が回すように肉塊を動かしてきたので、これでは保《も》たない。凄《すさ》まじい快感の波に攫《さら》われ、愉楽に耽溺《たんでき》してしまう。

難しいことを考えられなくなっているところでそう言われても、理解などできるわけがない。

「何が違うんです？」

「わ、わかんない……いい、いい…イイ…」

ただ、今は、すごくよくて。

お尻いっぱいに大きいのをねじ込まれて、道具みたいに冷淡に扱われるのが気持ちいい。

「おまけに思考もまともにできなくなっているようですね。こんなにゆるゆるで、どうやってあなたの身を守るのですか？」

言い捨てた深沢の律動が激しくなり、和貴は嵐の中の小舟のように翻弄《ほんろう》されてしまう。

「ひ…ん、んんっ」

汗で滑って万が一にも結合が溶けてしまわぬよう、深沢に絡ませた両脚にきつく力を込める。

恋人らしくキスくらいしてほしいけれど、ねだることはできない。

優しくしてもらえないのは、かえって純粋に快楽だけを味わえるようで、たまらなかった。

突かれる。突き崩される。

人一倍感じるところを集中的に責められ、揺さぶられ、理性は霧散する寸前だった。

「これが気に入りましたか？」

「きもちい…いい…すごく…それ、それ、すき…もっとして…っ……」

いきり立つ雄の欲望で、内壁をぐちゅぐちゅと手加減なしに猛々《たけだけ》しく攪拌《かくはん》されるのがすごくよくて、和貴は懸命に快感を訴える。

「いい…いい、いく、いく、いっちゃう…」

雌だと詰《なじ》られるのは悲しくとも、深沢に脳髄までどろどろに溶かされるのは悦楽以外の何ものでもない。

「まだです」

「だめ、いくっ、先にだしちゃう…」

躰を小刻みに戦慄かせながら和貴はまたも射精したが、勿論《もちろん》、それだけで足りるわけがない。

「私で達《い》きたいですか？」

躰の中、できる限り奥深くで愛する男の脈動を感じたい。

和貴は意図的に力を込め、ぴったりと深沢の性器を食んだまま、「早く」と訴える。

「早く出して……ちょうだい、中に……熱いので、おぼれさせて……」

「そんなに精子が欲しいんですか？　ここはあなたのお子さんの部屋ですよ？」

「なに……？」

どうして動きを止めてしまうのか、わからない。

欲しくてたまらないだけなのに。

深沢の劣情で、自分の空っぽの躰を埋めてほしい。

虚《むな》しいばかりのこの肉を、満たしてほしいのだ。

「早く…はやく、だして…精液…中に……」

「自室まで行こうという気遣いはないんですか？」

揶揄《やゆ》する声音さえも、今は和貴を煽《あお》る刺激にしかならなかった。

「…熱いの、かけて……も、かけて…ッ…！」

和貴が心から訴えると、深沢が「本当に淫乱ですね」と耳打ちし、何かに憑《つ》き動かされるように腰を激しく打ちつけてきた。


フォークに何も刺さずにくるくると指先で回して弄《もてあそ》んでいると、深沢が「和貴様」と窘《たしな》めるべく声を挟んでくる。

「ん」

「食欲がないのなら食事をやめては如何ですか、お子さんがいないからと行儀が悪い」

ぴしゃりと注意されて、むっとした和貴は文字どおり眦《まなじり》を吊《つ》り上げた。

薄地のセーターを着込んだ和貴と対照的に、深沢は外出するのか上着まで身につけている。

戦火にも遭わず、連合軍からの接収も解除されて米兵が屯《たむろ》することもなくなった、今尚威容を保つ古めかしい洋館の小食堂で食事を摂《と》るのは和貴と深沢だけになってしまい、二人きりの食卓はどことなく淋《さび》しかった。

「……誰のせいだと思っているんだ」

食欲がないのも躰が怠《だる》いのも和貴のせいではないはずで、それでも朝食につき合っているのだから感謝くらいしてほしいものだ。

「お互いのせいです。どちらかが悪いとは思っていません」

深沢は澄まし顔で答え、和貴の怒りをあっさりと逸らしてしまう。

こういうところが、本当に腹立たしい。

ここで子供たちがいてくれれば、多少は気分が和むのに。

ほんの少し前までは、この家には長男の貴郁だけでなく、双子の弘貴《ひろたか》と泰貴《やすたか》がいた。いずれも和貴の直系の子ではないが、立派な血の繋がりがある愛しい我が子たちだ。高校を卒業すると弘貴はアメリカに留学し、東京大学に入学した泰貴は下宿を見つけてさっさと独立してしまった。

そんな家庭において、よりによって貴郁の部屋で深沢が自分を辱めたので、和貴の怒りはいっそう大きくなっていた。

「第一、僕が何かしたのか」

「しました」

そこで深沢が言葉を切ってしまったため、仕方なく和貴は自分から釈明を始めた。

「会場で絡まれたのは悪いと思っているけれど、おまえの言うとおり、僕だって子供じゃないんだ。おまえよりは社交に関しては下手かもしれないけど、これでも努力しているつもりで……」

なるべく論理的に話さなくては、深沢には隙《すき》を突かれて丸め込まれてしまう。

自分なりに己の欠点を克服しようと努めており、和貴とてただ手を拱《こまね》いているわけではないのだ。

「なるほど。私が昨日あなたに無体をしたので、それで食事を摂らずに拗ねているわけですか」

「拗ねてなんかない」

それだけでは真情を疑われかねないと、和貴は急いで続けた。

「ただ……少し淋しくて食欲がないだけだ」

言い訳から発した言葉ではあるものの、それは和貴の偽らざる本心だった。

「何が、ですか？」

「おまえはどこででも僕に無体をできていいのかもしれないが、家族がみんな巣立ってしまって今はおまえと二人きりだ。食事だって味気ない」

「………」

深沢はちらりと和貴の顔を見やったが、何も言わずにカトラリーを置く。

昨晩の行為の意味は、あたかもこの森には和貴と深沢以外はいないのだと思い知らせるかのようで、目覚めてから思い返すと憂愁は増した。

言うに事欠いて『無体』と表現してしまったが、

その点は見逃してくれる親切心はあるようだ。

「落ち着いて食事でき、結構なことです」

やがて、深沢はそれだけを言った。

静寂《しじま》の訪れを見計らったように、女中が紅茶の入ったカップをそれぞれの前に置いた。

実際、これだけ長いつき合いになったとしても、未《いま》だに思い悩む事柄は尽きない。

二人の関係が落ち着いたとしても、互いの置かれた状況や心境は不変ではないからだ。

何らかの変化が双方に起これば、それは一種の化学反応を招き得る。

深沢と暮らすようになってから、短く見積もっても赤子が成人するまでの途方もない時間が経っているのだ。愛の永遠をひたむきに信じるほどの無邪気さは、とうに失われてしまっている。

深沢を手中に収めている自信があるかのように見えて、その実、和貴に自信が欠片もない一因は、そこにもあった。

ごくたまに睦言《むつごと》に紛れて愛していると言われるけれど、それはもうとっくに惰性になっていて、深沢を虚しくさせているのではないか。

そんな疑念を時に感じつつも、それでも、深沢に抱かれると安心できる。愛おしさでいっぱいになる。

自制心が強く、鋼のような心を持つ男だからこそ、望まなければ和貴を抱けないはずであるがゆえに。

だからこそ、昨日のような衝動的な交わりは喜ばしくもあり、同時に恐ろしくもある。

あんなやり方で、深沢は本当に満足しているのだろうか。

それがわからなくて、解消されない心掛かりが積み上がっていく。

「今日のご予定は？」

不意に話題を変えられ、和貴は面を上げて深沢の端整な顔を見やった。

「折角《せっかく》の休みだ。家で読書でもしている。おまえは？」

「私は博物館に」

「優雅だな」

「ええ、たまには」

出かけたくとも昨晩の荒淫が響いてその気力も起きないし、疲れきっているくせに躰の奥が妙に疼《うず》いてたまらない。

昨晩は深沢に薬でも使われたのだろうかと訝ったけれども、冷静に考えると和貴にそんな仕打ちをする必要がない。和貴の変調に関しては深沢は異常なまでに鋭いので、彼が何も言わないのなら、体調の問題でもないのだろう。

だとすれば、原因は一つしか思い浮かばない。

「ご馳走様《ちそう》」

かたりと立ち上がった和貴は、二杯目の紅茶を頼んだ深沢をその場に残し、自室へ向かった。

昨日は結局使わなかった寝台はきちんと整えられており、横たわると清潔感が心地よい。

気を抜いた瞬間、どっと込み上げてくるその感覚には覚えがあり、朝食の最中に堪えきれたのは、奇《き》蹟《せき》としか思えなかった。

目を閉じるとじわりと全身に汗が滲み、躰の奥深くに点《とも》された火の強さを思う。

「あっ……」

試しに布の上から下腹部に触れると、電流のような刺激が走って力が入らなくなった。

昨日の今日で十分に満たされているはずなのに、わずかに触れただけで中枢が熱を持っているのが判明した。

望むまま乱暴に虐《いじ》め抜かれて、あれほど泣いて、感じて、我を忘れるくらいに乱れたのに。

時折、どれほど詰め込んでも満腹になれぬときがあるように、どれほど責められても果てがない夜があった。

深沢の指摘するとおり、この年代になれば欲望は枯れてきてもいいはずだ。四十を過ぎてもなお盛んで子供さえなしていた父を思い出し、和貴は惨めさに唇をきつく嚙む。

日に日に己が冬貴に近づいていくのが、わかる。

「く……」

自分の肉体に痛みを与えて何もかもやり過ごそうと掌《てのひら》を強く握り締めたのに、我慢すればするほど膿《う》んだような熱が中枢に溜まっていく。

感じやすい躰をいくら厭っても、それは意思の力でどうにかなるわけではない。

和貴は躊躇《ためら》った末に服を緩め、下腹部に手を伸ばした。火照ったように熱い部分に触れてしまい、羞恥に頬が炙《あぶ》られるようだ。

少しだけ。

少しだけ、してみよう。

それで我慢できるのなら、深沢の手を煩わせなくて済むからだ。

「……は……」

前を緩めて拙《つたな》いやり方で性器を扱《しご》いているうちに、すぐに先走りの蜜がねとねとと糸を引き始める。

膨らみきった性器を不器用に撫《な》でるだけでは我慢できなかったし、深沢の天鵞絨《ビロード》の如き滑らかな舌の熱さと繊細な動きを思い出すと、これでは物足りなくなってしまう。

「ん、ふ…っ……」

いつしか和貴は積極的に腰を振りながら、とば口に指を押し当てており、寸前に自分の惨めな姿に気づいて慌てて首を振った。

いけない。

そんなことをしてはだめだ。

和貴の肉体の深部は、和貴自身すら触れてはいけない穢れたものだ。

許可もなく自慰をしたと深沢が気づけば、確実に気分を害するだろう。あの鋭い男に内緒で秘部まで弄《いじ》れば、すぐに見破られてしまうに決まっていた。

「だめ…我慢、しないと……」

不完全なぬるい快楽は遅効性の毒と大差なく、募る痛苦に涙すら滲んで視界がぼやけてくる。

欲しがって勝手に緩んできた貪欲な窄《すぼ》まりを宥《なだ》めなくては、どうにも治まりそうにない。

いや、それだけではない。中に熱い淫精を注がれたくて、さっきから飢えた最奥が疼いている。

……惨めだ。

自分と深沢のあいだにある大きな断絶は、埋まることなどありはしない。

和貴は深沢とは違う。

それは性格や考え方といった以前の問題で、肉体の摂理そのものが違うがゆえに、和貴は深沢に本音を曝《さら》けだせない。

それでも若い頃は何とかなっていたのに、このところ、加速度的に和貴の肉体はおかしくなってきているとの自覚はあった。

最早、箍《たが》が外れているともいえる状態で、己の淫欲を制御するのに苦労してしまう。

外に出ているあいだは何とか理性を保っていられるが、この麻布の清澗寺邸に戻ってくると気が緩むのか、限界はすぐ訪れる。あるいは、この館《やかた》に澱む独特の気配が和貴の心を蝕《むしば》むのかもしれない。

和貴なりに一族の悪《あ》しき風習を変えようと試行錯誤し、華族制度すらも廃止に追い込んだのに、この家の空気に一番影響されているのが自分自身だというのは笑い話にもならない。

堪えすぎればますますおかしくなり、冬貴のようになってしまうかもしれない。恐怖が足許《あしもと》からじわじわと立ち上り、和貴は凝る熱を追いやろうといつしか自慰に没頭し始めていた。

「…欲しい……熱いの…子種、欲しい……」

魘《うな》されるように訴えながら、和貴は膝を立てて蜜に塗れたものを夢中で撫でさする。

「……何をなさっているんですか？」

冷厳な口ぶりにびくっと躰を震わせた和貴が戸口を見やると、そこには外出の支度をした深沢が立っていた。恋人としての贔屓目《ひいきめ》を除いてもなお、深沢の立ち姿は堂々として気品さえ感じられる。

「これは……その……」

「その格好で読書をなさるとは、猥本《わいほん》でもお読みなのですか」

深沢はおどおどと身を竦《すく》ませる和貴に近づき、昂りを隠しようもない肉体を静かに観察する。

「昨日あれだけしたのに、まだ自慰をする余裕があるとは、さすがにあなたらしい」

深沢の寒々しい声が、心に鏃《やじり》の如く突き刺さる。

この頃は自慰をするのも慣れていたが、深沢に現場を押さえられるのは初めてだった。

「……ごめん」

「薄々気づいておりましたから、ご心配なく。これは怒っているわけではありません」

いや、どう考えても声は不満に尖《とが》っている。

身を起こしては反応しきった状態を見られてしまいそうで、和貴は必死で躰を布団のあいだに埋めて隠そうとした。

「物足りないなら、昨晩、空になるまで出したいとおねだりすればよかったんですよ」

珍しく立腹しているのか、深沢の声は刺々《とげとげ》しい。

「悪かった。でも…昨日とはまた別だし……」

それに、先夜の和貴は媾合《こうごう》に溺れるあまり殆ど意識がなかったので、空にするまでしてほしいとねだれたかどうかは別問題だった。

「どういうことですか？」

「――昨日は、あれでだいぶ気が済んだんだ」

深沢を直視できず、躰を捻《ひね》った和貴は羽根枕《まくら》に顔を埋め、真っ赤になって白状した。


「でも、今日はまた……欲しくて……」

「でしたら、私にそう言えばいいのでは？」

「おまえに迷惑はかけられない」

言えるものなら、とっくに打ち明けている。

「迷惑、ね。このところあなたがおとなしいと思っていましたが、ご自分で慰めていたとは」

深沢はため息を一つつくと、サイドボードの引き出しを開け、無造作に張り型を取り出した。

「これで済ませなさい」

「な……」

見覚えのあるかたちに、動揺とは裏腹に期待に胸が高鳴る。

木製の張り型は深沢が和貴を責めるために購入したもので、和貴が自発的に使ったことはなかった。

「そんなお上品な自慰で、あなたが満足できますか？　私に迷惑をかけたくないのでしょう。それとも、できないのですか？」

「……できる」

畳みかけられた和貴は渋々張り型を受け取るが、

いくら何でもそのままでは入らない。

陽物《ようぶつ》を模したそれに顔を近づけ、和貴はおずおずと舌先で触れた。周囲をぐるりと舐《な》めて黒光りさせてから今度は口に含み、できる限り張り型に湿り気を与えようとする。

そうすると敏感な口内の粘膜が刺激されて、源泉から更なる熱が生じてくる。生身の男根とは違うが、それでも、何もないよりはいい。

「んむ…ん、んん……」

淫具を両手で捧げ持ち、いつしか和貴が夢中になって舐め回していると、深沢が「もういいでしょう」と呆れたように告げる。

「シャツを脱ぎなさい」

「でも……」

「昨日の今日でまた服を汚すつもりですか？」

言われてみればそのとおりで、使用人に迷惑はかけられない。

全裸になった和貴は、張り型を握ったまま、今度は空いた手の指を丁寧に舐《ねぶ》った。

「ひぅ…う……ン……」

唾液で湿らせた指を、狭い窪《くぼ》みに押し込む。淫裂《いんれつ》を弄っているうちに張り型が乾いてしまわないように、大きく口を開けて道具を口腔《こうこう》に含んだ。

「ん、ふ、んく、んん、んぐっ…」

口を塞がれる快楽に、喉に届くくらいに夢中で頭を振りかけたところで、深沢の冷眼によって和貴は我に返る。口の中からずるりと引き出した張り型を、蕾に押し当てた。

「まだです」

腕組みをしたまま微動だにせずにいた深沢から、厳しい指示が飛んだ。

「え……？」

「その体たらくで入るわけがないでしょう。怪我《けが》をしますよ。もっと解して」

「う…っく……だって、も、ゆび…入らない……」

「処女でもあるまいし、何を遠慮しているのです？　もっと大胆に掻き混ぜなさい」

「あ、あうっ……うう……ん…」

深沢が手を摑んで指導してくれるのではないかと期待したが、彼は和貴に触れようとはしなかった。

やはり怒っているのだろうか、深沢は。

昨晩はあれほど丹念に抱いてくれたのに、和貴がまだ欲しがっているから。

「も、無理……これ以上、拡《ひろ》がらない……」

「仕方ありませんね。では、張り型をどうぞ」

「うん…」

肩で息をして四つん這《ば》いになると、摩擦でわずかにぬくまった張り型を押し当てる。そして、力を込めてそれを蜜肛《みつこう》に大胆に差し入れた。

「う…っぅう……」

既に勃《た》ち上がっていた性器は雫《しずく》に塗れており、はち切れそうなほどだ。

「は、入った…」

男性器を模した異物を咥える悦びと苦痛に鼓動が跳ね上がり、和貴は肩で息をする。

「結構、全部入りましたね？　では、動かして」

「できない…」

「私の手を煩わせますか？」

煩わせるという言葉に、胸が苦しくなった。

想像するだけならばここまで傷つかないのに、深沢に言われるとなると殺傷力が格段に違う。

「自分で、する……」

取っ手を摑んだ右手を動かして、肉に絡みつく淫具をひとまず前後に動かす。

「どうですか、ご感想は」

「硬くて、痛い…中の、ひだ…ごりごり抉《えぐ》って……」

深沢のそれとは違ってろくに快楽を得られないと、和貴は懸命に説明しようとする。

独り遊びよりも深沢の凍えた態度と台詞のほうが、よほど的確に和貴の情炎を煽ってくれる。

けれども、これ以上深沢を煩わせるのが怖くて、和貴はそのまやかしの快楽に溺れようとした。

「痛い？　気持ちよさそうですが」

「うん、きもちい…」

舌が縺《もつ》れる。

淫らすぎる肉体が恥ずかしくて厭わしいのに、深沢の冷えた視線で解剖されているのだと思うと昂奮《こうふん》してしまう。

このまなざしこそが、何よりも快楽をもたらすのだ。これまでにも深沢に隠れて何度も自慰をしたが、斯くも熱く昂った記憶はない。

「あん、あっ、いいとこ、当たる…」

「自分で当てているのでしょう？」

温度のない声が槍《やり》のように脳髄を刺し貫き、いっそう和貴を高揚させる。

「達って、いい？　達きたい……いきたい、も、いかせて…」

「達きなさい」

低い声で命じられた途端、和貴の中にある禁忌の箍が吹き飛んだ。

「あ……ーッ」

肉園に隠された秘部を刺激してしまった和貴は、上体を撓《たわ》ませ、震えながら絶頂に達する。

薄い精液を放ってもなお、燻《くすぶ》る劣情を吐き出しきれず、今度は仰向《あおむ》けになって性器と張り型の取っ手を弄り始めた。

どうせなら、見られたい。深沢の軽蔑の視線さえも、今の和貴には冷えた愛撫に等しかった。

「まだするんですか？」

呆れたような深沢の声に、已の業の深さを蔑まれているのだと悲しくなる。だが、今はその指摘すら、自虐的な快楽を煽る一因でしかなかった。

「ん…もの、たりない……」

自身の誇りを自らの手で傷つける遊戯は情けなくて惨めでたまらないのに、土足で踏み躙《にじ》られた心は、今や次々に生まれる被虐の快感に酔っている。

額に汗が浮かんで前髪が貼《は》りついていたが、それを除《よ》けることさえ今は億劫《おっくう》だった。

「以前よりも色深くなったようですね」

「…ちがう……」

説得力がないとわかっていながらも、和貴は涙声になって反論する。

この肉の淫蕩《いんとう》さを蔑まれているのだ。

でも、蔑まれることすら嬉《うれ》しい。

無関心こそが一番つらい。和貴から関心を失えば、この美しい男は自分を捨てるだろう。

「では、私があなたを満足させてないと？」

「そ…じゃない……けど、も、もう一度、いきたい…いいって、言って……」

「道具でそれだけよがるのであれば、私などいりませんね」

「や…ちがう……生が、いい……ほんとのが……」

「中出しされるのがいいというわけですか。つくづくあなたは孕みたがりの雌ですね」

反論できずに喘ぐ和貴を峻烈な目つきで睥睨し、深沢は漸く許してくれる。

「いいですよ。お好きになさい」

「はい、いきます……いく、いっちゃう……！」

喘ぎながら和貴は再び極め、腹部を波打たせながら色のない精液を吐き出した。

「ここまでしないと、満足できないのですか」

詰るような深沢の声音に、冷静さを取り戻した和貴は目を閉じた。

「ごめんなさい……」

それでもなお、足りないのだ。

爛《ただ》れたように熱い部分を、懸命に刺激する。

浅ましい自分に嫌気が差しつつも、和貴は惨めな遊戯に溺れた。

恋人のこんな姿態を目にしても、性欲を覚えない様子の深沢の反応に悲しさが倍加する。

もっとしたい。ずっとこうしていたい。

意識がなくなるまで、忘我の境地を彷徨《さまよ》っていたい。

いっそこの不浄な肉体が心ごと壊れてしまうくらいに、ひどく痛めつけてほしかった。


戦争が終わって三年も経てば、焼け野原でしかなかった街の様子はすっかり様変わりする。

次第に戦争の記憶は人々の脳裏から薄れつつあるが、街に所在なげに腰を下ろす傷痍《しょうい》軍人や、片づけられずに残った焼け跡に、その事実を留《とど》めていた。

荒川《あらかわ》には遊園地ができたのが記憶に新しく、各地でビルの新築も続いている。

様々なものが新しく小綺麗になり、この国は今、作り替えられようとしているのだ。

こうして休日に博物館に行く余裕ができたのも、人々が文化を求めるのも、復興の証《あかし》かもしれない。

秋物の外套に身を包んだ深沢は、先ほどの和貴とのやり取りを思い返して苦い顔になる。

自慰のあとにひどく傷ついた様子の和貴を慰めようとしたが、彼は布団を被《かぶ》ったまま泣き続け、深沢の言葉に耳を貸さなかった。さすがに気まずいのだろうと憐《あわ》れみ、一人で休ませてやるために自宅に置いてきたが、果たしてそれでよかったのかどうか。

「旦那様、靴磨きはいりませんか？」

上野《うえの》駅で電車を降りたところで、はしっこい少年が脇に道具箱を抱えて駆け寄ってくる。

「お願いしましょう」

「ありがとうございます！」

靴墨で顔を真っ黒にした少年は、箱の上に足を載せるように示した。

「わあ、いい靴だな。お金持ちなんでしょ」

「そうでもありません」

高級な服、靴、整髪料。それらは所詮《しょせん》は借り物で、自分の本質は常に飢えた浅ましい小作農のままなのかもしれない。

気を抜けば和貴を貪り尽くしてしまいそうな、そんな衝動に駆られるからだ。

関東《かんとう》大震災、満州《まんしゅう》事変、太平洋《たいへいよう》戦争、敗戦——様様なできごとを乗り越えた今となっては、長いようで短い日々だった。

こうして漸く安息を得られる時代がやって来たのに、和貴との関係はまた不安定になりつつある。

華族制度が廃止されて、一年近く。

清澗寺家を呪縛から解放した和貴と、これでやっと落ち着けると思ったのだが、華族制度に関わる大仕事による疲労は和貴の心身を明らかに蝕んでいた。

おまけに、貴郁の妻である秋穂《あきほ》が身籠もり、和貴にとっての孫ができてから、和貴の心身は変調を来《きた》している。表向きは赤子の誕生を喜んでいたものの、清潤寺家の血族が増えたことに不安を覚えているのは、まず間違いがなかった。

かつての自分は選択を誤ったのかもしれない、と深沢は険しい表情になった。

和貴を手に入れるために彼自身の鎧《よろい》を剝ぎ取り、そのか弱い本性を露《あらわ》にさせた。しかし、そのせいで和貴の肉体は常になまなましい神経を剝《む》き出しにしているも同然で、それが和貴自身を今尚ひどく苦しめている。おまけに和貴は肉体経験だけは豊富なくせに、中身は潔癖で純粋なままだ。

尤《もっと》も、和貴の内面と外面はある種の相関関係にあり、美しい恋人が手の内にいることを望んだ深沢は、和貴には大きな変化を求めてこなかった。

そのうえ、ともに生きることを望んでくれた和貴が愛おしく、彼にはある程度の自由を与えてきた。

しかし、方針を転換する時期が来たのではないか。

清潤寺一族の長《おさ》、財閥の総帥、そして自分の恋人。その三つの役割を果たすために和貴は心身を磨《す》り減らし、傍目《はため》にも健全とは言い難い。

和貴は、きっともう長くは保たない。

あの美しい肉の器は壊れる寸前で、限界が近いのだろう。

己の中に燃える情炎を隠しきれないのが、何よりの証拠だった。

朝晩のキスをやめるよう要求してきたのはそれで火が点いてつらいためだろうが、さしたる効果も得られていないようだ。

和貴が自身の欲深さに苦しんでいるのを知っていても、深沢が手を差し伸べて底なしの淫欲につき合い続ければ、早晩破綻《はたん》するのは目に見えている。

かといって、伏見のように情人に若い男を宛《あて》がうのは、深沢の独占欲が許さない。

それを知っているからこそ、和貴は欲望を自慰で昇華せざるを得ないのだろう。

「……」

常に悠然と構えているように見える深沢であったが、密《ひそ》やかな焦りを覚えていた。

早くあの無垢《むく》な魂に鎖をつけなくては、この地上からも失われかねない。

それを避ける方法はただ一つ、和貴がすべてを諦《あきら》めて自分のものになることだ。三つの顔を持つことは、和貴にとっては負担以外の何ものでもない。

重荷はすべて深沢に手渡せと再三再四言っているのに、和貴はまるで言うことを聞かない。頑是無い子供のように自分の役割に固執《こしつ》し、ぼろぼろになっても意志を貫こうとする。

こちらから強く求めない限りは抗い続ける和貴は、究極的なエゴイストなのだ。

思いやり深く慈愛に満ちているように見え、その実、和貴は自分のことしか考えていない。

和貴を失ったあとの深沢のことなど、まるで思いやってくれようとはしない。

その理由は彼自身が自分の価値に無頓着《むとんちゃく》である点に由来しており、何にしても厄介な話だ。

そして何よりも、和貴のあの壊れそうな魂を誰よりも深沢自身が愛しており、今にも崩れんとする至高の姿を愛でずにはいられないことが、この危うい蜜月が続いている一因でもあった。

「面倒なことだ」

小さく呟《つぶや》いた深沢の声を聞き咎めたらしく、少年は「へ？」と上目遣いでこちらを見やる。

「すみません、独り言です」

「なーんだ」

腐敗しきった清澗寺一族という錘《おもり》は、彼を苦しめる桎梏《しっこく》にほかならない。

そうでなくとも和貴自身がぎりぎりの均衡を保っている今、彼が行方不明だと信じている兄の清澗寺国貴《くにたか》が戻ってきたら？

和貴はまたしても面倒を背負い込み、神経を消耗させるに決まっていた。

彼の華奢《きゃしゃ》な双肩に家族などという大それたものが担えるわけがない。それが大きな負荷となってあの繊細な心を傷つけるのは、目に見えていた。

本人がどう思おうと、和貴は誰かに飼われている状態が、一番安定するのだ。

たとえ彼自身がそう自覚していなかったとしても、深沢だけはそれを知っている。

だから、もう二度と逃がしたりしない。

どれだけ和貴が抵抗しようが、容赦するものか。

和貴の逃げ道は全部塞《ふさ》ぎ、抵抗は全部封じ込めてやる。

自分の心中で沸々と煮え滾《たぎ》る情念の存在に気づき、深沢は一人笑んだ。

そう、変わらないのは和貴だけではない。

深沢もまた同じだ。

幾歳《いくとせ》経《へ》ようと、深沢自身の執着は薄れはしない。

寧ろ、和貴が往生際悪く逃げ回っていた分だけ、その思いは深く濃密になり、深沢自身の内側に沈着し、こびりついているのだろう。

このなまなましい愛執が和貴の心を蝕んだとしても、頓着してやるつもりはない。

いいや。

深沢は確かに、常に悦びを覚えているのだ。

愛を識《し》らぬ無辜《むこ》の魂を、この邪《よこしま》な愛で穢す愉悦。

あの美しい人を、私の汚れた愛で穢す悦楽。

今度こそ、深沢は己の願いを叶《かな》える番だ。

和貴は自分にとって唯一無二の存在であるからこそ、絶対に手放すつもりはない。

美しく孤独な男を愛してしまったときから、深沢もまた破滅への道を辿《たど》っていたのかもしれない。

あとはこの望みの成就のため、どのきっかけで行動に移すかだけが問題だった。

2

遠くから、潮騒《しおさい》の音が聞こえる。

裸のまま躰を起こした和貴《かずたか》の目に、カーテンの隙間から零れる朝陽《あさひ》が映る。

波音がするから、ここは麻布の清澗寺《せいかんじ》邸ではない。

今日は何月何日だろう。兄の国貴《くにたか》が神戸で事故死し、その葬儀を終えて何日経った……？

考えようとしても倦怠《けんたい》感に躰が支配され、指一本たりとも動かしたくない。瞬きをするのも労力が必要なように思われ、和貴は瞼《まぶた》を下ろすと、そのまま思考を遮断しようとした。

「和貴君、おはよう」

やわらかな声をかけてきたのは、父親の愛人である伏見義康《ふしみよしやす》だった。年上の男は再び目を開けた和貴を見下ろして穏やかに微笑し、寝台に腰を下ろす。

「返事がないとは、ご機嫌斜めかな。朝食は？」

身を屈《かが》めた伏見は和貴の髪に触れ、掻き上げてくれる。くすぐったさに目を細めると、そのまま頬に唇を押し当てられる。

「……小父様……」

囁きながら誘うように唇を開けたところ、待ちかねていたように伏見の舌が滑り込んできた。

舌を絡ませ、互いの唾液を交換するほどの濃いくちづけであっても、伏見のやり方はあくまで紳士的だ。

「ん…ふ……」

欲望を煽るような濃厚なキスだったが、生憎、和貴のこの肉体は快楽を識らない。

どれほど激しく抱き合ったとしても、和貴の肉体は絶頂を得られない。

初めて伏見に躰を開かれたときからそれは変わらず、情交は虚《うつ》ろな独り遊びと大差なかった。

けれども、そのほうがいい。

欲望に溺れられないからこそ、和貴は自分の肉体に群がる男どもを軽蔑できる。この無価値でつまらない躰に拘泥する連中を、何の躊躇《ちゅうちょ》もなく破滅に導けるからだ。

「どうする？」

「いただきます」

「では、持ってこよう」

「嫌」

和貴は艶めいた声でねだり、素気《すげ》なく立ち上がろうとする伏見の腕を摑む。

「小父様が、僕の朝食です」

「おや、君のために腕を振るった料理には、魅力はないのかい？」

「そんなことのために僕を連れてきたわけではないのでしょう」

「そんなこと、とは言ってくれる」

漸く意識がはっきりし、葬儀から十日は経ったと思い出す。

久々に夜会に顔を出した和貴は、同じように夜会に出席した伏見に連れられ、連れ込み宿で躰を重ねた。それきりで逢瀬《おうせ》は終わるはずだったが、伏見は和貴を鎌倉《かまくら》にある伏見家の別邸へと誘ったのだ。

最近では彼の兄の家族がよく使っていると聞く小体な洋館は、和貴が初めて訪れた場所だった。

あれ以来表向きはいつもどおりに振る舞っているつもりだったが、伏見だけは心身の疲労を見抜いていたのかもしれない。

ならば、ただそばにいてくれればいい
それに、伏見は自分の肉体の扱い方を心得ている。快楽を得られぬこの躰を多少なりとも酔わせ、強引な眠りに引き込むのも可能だった。

「小父様をいつまでもお借りしていれば、父に怒られますね」

「冬貴《ふゆき》は他人に怒ったりしないよ」

伏見はそう言ってから、「それに、君は他人ではなく家族だ」と些《いささ》か気まずそうにつけ加える。

「そう、でしたね」

和貴は皮肉な笑みを浮かべると、上目遣いに伏見を見やった。

「折角小父様をお借りしたのですから、もっと遊んでください」

「無理をしなくていい」

伏見の言葉は慈愛に満ちていたものの、長年の情人である父への遠慮が見え隠れし、和貴は鼻白んだ。

「無理なんて、していません」

「しているだろう」

伏見は微笑《ほほえ》んだまま、和貴のすべらかな裸の肩を撫でる。

「国貴君がいなくなった今、君が次期当主だ。これからは気を張った日々が続く。私にも手助けはできるが、君は独り立ちしなくてはいけない」

今更、言われるまでもない事実を羅列されたところで、和貴にはどうしようもない。

「僕一人でも、どうとでもなります」

冷ややかに述べた和貴は伏見に背を向け、寝台に再び潜り込んだ。和貴の放言を気にも留めていないのか、寝台に腰を下ろした伏見は優しく髪を梳《す》く。

「君の伴侶が早く見つかるといいのだが」

「それなら、小父様がなってくだされぱいい」

振り向いた和貴は身を起こすと、伏見に手を差し出す。

「残念ながら、重婚はできない性分だ」

穏やかに言った伏見の首に腕を巻きつけ、そのまま体重をかけて褥《しとね》に誘い込んだ。

「僕に魅力はありませんか?」

「ないわけがないだろう? 君と冬貴は、それぞれ違う魅力がある」

それは、伏見の逃げだ。

けれども、ほんのわずかな時間であっても和貴を選んでくれた事実が嬉しいし、大人のずるさには目を瞑《つぶ》るべきだろう。

「伴侶がいれば……逃れられるのでしょうか」

「逃れることはできないが、重荷をともに背負う相手がいるのは幸福だろう」

「ともに、背負う……」

「難しい顔をしなくていい。必要とするもしないも、君が決めることだ」

伏見はいつも、そうだ。

大切な決断を和貴に委《ゆだ》ね、彼から手を差し伸べてくれることはない。

「父も、この部屋に泊まったのですか?」

和貴が唐突に尋ねると、伏見はわずかに目を瞠《みは》り、それから首を横に振った。

「こちらは新館だ。冬貴が泊まったのは旧館だよ」

「……そうでしたか」

いずれにしても、父と伏見がここで蜜月を過ごしたのであれば、和貴とてそうする権利があるはずだ。

身を起こした和貴は伏見の顎を舐め、甘い声でねだった。

「もういいでしょう? 焦らさないでください」

「君に無理をさせるつもりはないのだが」

「あなたとこうするのは、無理でも何でもない……僕にはとっておきのご褒美です」

忍び込んできた指先が蕾を探り当て、昨晩の行為のせいで少し腫れた部分を撫でる。

「ん」

伏見が相手であれば感じる演技をする必要などなかったし、何より、彼の手慣れた愛撫によって和貴はわずかな慰めを得られる。

「小父様……昨日はしなかったから、僕にご奉仕させてください」

「してごらん。ここ二日で、前よりもずっと上手くなったかもしれない」

「ふふ……」

和貴は寝台に腰を下ろした伏見の前に跪《ひざまず》き、男の肉茎《にくけい》を易々《やすやす》と引き出す。

「小父様のかたち、すっかり思い出して……覚えてしまいました……僕のこと、夜までずうっと可愛がってくださいね?」

気持ちの籠もっていない誘惑の台詞は、伏見を酔わせることができるかどうか。

案の定、彼の答えは駆け引きと同義だった。

「君次第だな」

口を開けて隆々たる肉茎を咥えると、伏見が冷徹な目で自分を観察しているのを感じた。

血が滾る。

この男を早く、自分のものにしてしまいたい。

誰よりも穢らわしい、己の父親。

冬貴の情人である伏見を寝取れれば、それに勝る悦びはない。

「ん、ン……んむぅ…ん…」

唾液が顎に零れても拭《ぬぐ》いもせず、和貴は顔を前後に動かして淡々と伏見に快楽を与えようとする。

滑稽だ。

兄を失ったばかりだというのに、こうして、父の情夫と情事を繰り広げているのだ。

「おじさま……きもちい、ですか……？」

わざと甘ったるい発音で問いかけると、伏見はそれを鼻先で笑った。

「勿論」

「挿れたくなったら、いつでもおっしゃってください……」

それを聞いた伏見は、「では、来てごらん」とこともなげに告げた。

伏見の腿《もも》を跨《また》いだ和貴は、自分の両手で小さな蕾を拡げ、そこに男根を押し当てる。

「は…あっ……」

細腰を落としてめり込ませた肉塊は太く大きく、和貴を歪《いびつ》な悦びで満たした。

僕のものだ。

この男は、今だけ、僕のもの。

父に勝ちたい。

常に自分を苦しめ、惑わせ、傷つけてくる存在に。

「小父様、今日も逞しくて…とても素敵です……」

「感想を言えるとは、随分余裕があるな」

「あっ！」

下からぐんと突き上げられ、和貴は悲鳴を漏らす。

何もかも忘れられるような、そんな悦楽が欲しい。

今まで手にしたことのない、麻薬のような快感が。

それは伏見には与えられぬものだと、知っていても。

「ふ……ふふ、あ、あっ、あん、あ……」

ただ揺すぶられているだけで襞肉を抉られる衝動

に声が漏れ、和貴は伏見の背中に爪を立てた。

この背中に残る爪痕《つめあと》を、冬貴が見ることを祈りながら。

冴《さ》え冴《ざ》えとした思考が残る中、考えれば考えるほどわからなくなる。

こんなに自暴自棄になるとは、自分は兄の出奔をどう思っているのだろう。

生き延びてくれて嬉しいと思っているのか、それとも、無責任だと憤るべきなのか。あるいはいっそ死んでくれたほうがいいとでも思ったのか。

どの答えも自分の心情には相応《ふさわ》しくないように思える。

ただ、自分は捨てられたのだ。

その事実だけを受け止めたほうがいい。

誰もが、和貴をいらないものとして置き去りにする。うち捨てる。

表向きはどんなに美しくとも、優秀だとしても、それでも和貴は誰からも必要とされない。

あの冷たく静かな水の中、一人、最後の時を待つ。

破滅を、待っている。

自分が静かに永久《とこしえ》の睡《ねむ》りに就くときを。


「和貴様」

唐突に追憶を破られ、和貴ははっとする。目線を上げると、すぐそばには和貴を覗き込む、不審げな深沢《ふかざわ》の顔があった。

「…何だ？」

「ぼんやりとして、お食事はもういいのですか？」

「うん」

懐かしい記憶は、もう二十年近く前の話だ。

自分が深沢に出会ったのはあのあとだ。

いや、出会ったという表現は不正確で、和貴が初めて同僚の深沢を個体として『認識』したと表現すべきだろう。

あの頃からまるで変わらず、深沢は和貴に重苦しい愛慕の念を与え、その重みで縛りつけてくれる。

外界から来たのに、深沢はこの一族の腐敗を造作もなく受け容れ、和貴の破滅を防いでくれた。

深沢がいたからこそ、和貴の心は壊れるぎりぎりのところで踏み留まれたのだ。

とはいえ、彼は和貴とは生まれた世界が違う。伏見のように、冬貴と寄り添ってすべてを理解してきた男とは違うのだ。

それを肝に銘じなくてはならない。

「でしたら、小応接室《サロン》へどうぞ。お茶を用意させます」

「話でもあるのか?」

「ええ」

珍しく改まった素振りなので、和貴は仕方なく場所を移すのに同意した。

和貴のために手ずから紅茶を注いでカップを手渡すと、目の前の椅子に腰を下ろし、深沢はすぐさま本題を切り出した。

「近頃のあなたは、随分お疲れのようです。以前にも増して簡単に体調を崩す」

「それは……」

深沢があまりにも手荒に自分を抱くからだと言いたかったが、その理由は和貴自身に起因している。そこを責めるのは我ながら理不尽であり、反論はできなかった。

「少し家で養生なさっていたほうがいい」

「医者でもないおまえにそんなことを言われたくない。それに、この家は淋しすぎると言っただろう。家で養生するなんて、辛気くさくて御免だ」

「辛気くさいとはお言葉ですね。私とこうして二人で暮らすことの、どこが嫌なのですか」

「嫌なわけじゃ……ない……」

図星を指されて、怯えに声が上擦る。

「でも、どうせ休むなら大磯《おおいそ》に行きたい」

「確かに大磯は静かであたたかいですし、東京よりは人目も少ない。あなたの体調が少しはよくなるかもしれません」

その地名が出てくるのは問題がなかったのか、深沢はあっさりと頷いた。

「え……いいのか!?」

深沢らしくない寛容さを示され、驚いて彼の顔にまじまじと見入ってしまう。

大磯が特別な土地なのは、そこに父の冬貴と伏見、それから妹の鞠子《まりこ》たちが隠棲《いんせい》しているからだ。

だが、独占欲の強い深沢は和貴が家族と関係を持つのを嫌がり、特に、昔から肉体関係を持っている伏見と会うのを厭っていた。

「勿論。私とて鬼ではありません。その代わり、あなたには別のものを捨てていただきます」

「……何を？」

「会社です」

こともなげに述べられた台詞は理解に能わず、和貴はかたちのよい眉根を寄せる。

「つまり、会社を売却しろと言うのか？」

「違います。会社を辞めていただきます」

「どうして……？」

混乱しつつも何とか疑問符を差し挟むと、深沢はティーカップを口許に運び、唇を湿らせてから悠然と言葉を紡いだ。

「会社に行きつつ大磯に滞在しては、私と過ごす時間が減りますから」

「夜はおまえと過ごしているし、大磯に行くとしても月に何日かだ。今の仕事は曾祖父から受け継いだ大事な事業だし、僕が辞めたら、一族の手から離れてしまう」

和貴は深沢に論破されるのを恐れ、できるだけ理路整然と述べようと試みた。

「あなたは各企業の大株主でもあります。辞めたところで、実質的にはあなたのものでは？」

「詭弁《きべん》はよせ。僕にだって生業《なりわい》は必要だ」

「あなたのことくらい、私が養います。株の配当もあるでしょう」

「それじゃ、ただの愛人じゃないか」

和貴は怒りに蒼褪め、深沢をきつく睨《にら》んだ。

囲われ者の妾《めかけ》では、世間的には冬貴とまったく同じ立場ではないか。

それ以前に、恋人の機嫌を取るために会社を放り出すなんて、そんな公私混同な真似はできない。

「財閥解体を乗り越えたとはいえ、大企業に対する世間の目は厳しいままです。ここでグループ企業が清潤寺家のものでなくなると示すいいチャンスではありませんか？」

「それはおまえの口実だろう。今は服飾業界が……ファッション産業が伸びる時期だ。やっと皆が戦争を忘れて、着飾りたくなってきたんだ。これからは世の中を服が明るく彩れる。僕が舵取《かじと》りをしても、これまでどおり業績を伸ばせるはずだ」

滔々と述べる和貴を正眼し、深沢は質問の角度を変えてきた。

「私と生きることとの、何が嫌なんです？」

「個人の事情を仕事と同列にするのはおかしいだろう。僕はおまえのものだけど……でも、自分のものでもある」

「ですから、最終的な判断はあなたに委ねているでしょう」

深沢らしからぬ意外な発言に、和貴は戸惑った。

「だったら会社を辞めなくてもいいのか？」

「その場合は、この家と会社の往復以外は外出を禁じます。取引先との会食も、私の許可なしではさせません」

堂々と不条理な宣告をされて、和貴は膝に置いた手に力を込める。

いくら恋人であっても、そこまでは束縛しすぎだ。

「不満そうですね」

「本当におまえは、そんなことがしたいのか？」

「したいわけがないでしょう」

さらりと言われた言葉に、胸がきりきりと痛む。

やはり、和貴のせいだ。

恋人としての役割を果たせぬ和貴に深沢が不満を抱いているのは、その言葉からも窺《うかが》い知れた。

「この屋敷はあなたの棺《ひつぎ》です。そろそろ閉じ籠もってもいい頃合いだ」

「……そうは言っても、まだ早い。死ぬまでのあいだ、どれだけあると思う？」

我ながら往生際の悪いことだが、まだ、深沢の愛で閉ざされるには早すぎる。

「私は気の長いたちだとご存知《ぞんじ》でしょう。それこそ何十年でも飼ってあげますよ」

和貴はこれまで深沢と寄り添うように生きてきたが、ずっと二人きりだったわけではない。時に道貴《みちたか》や鞠子がおり、貴郁《たかふみ》や弘貴《ひろたか》が家族として同じ時間を歩んでくれた。

だから、いざ、深沢と二人きりで暮らすようになるとその日々は想像もつかない。

ただ、容易に予想がつく部分もある。

二人きりでいれば張り詰めたものがなくなり、彼に甘えて寄りかかってしまうはずだ。そうして恣《ほしいまま》に深沢の肉体を貪っているうちに、彼を破滅に導いてしまうかもしれない。

それでは、和貴が常に恐れていたあの人と同じだ。

淫欲に突き動かされた、ただの獣。

そんなものには、絶対になりたくない。

和貴が外へ出かけるのは、自分の気持ちを紛らわせるためにも必要な行為であり、深沢の要求は決して呑めない。


「おまえとでは話にならない」

あからさまに気分を害した和貴は会話を中座し、自分の部屋へ向かう。

ふて腐れた心情でベッドに横たわろうとした和貴は、デスクの上の並べられた郵便物に目を留めた。

そのうちの一通の差出人は『日本芸術家連盟』となっており、覚えがない名前だ。

封を切ると、中身はチラシとデッサン用紙だった。

チラシは美術展の案内で、生憎、和貴には興味がない。

同封されていたデッサン用紙に流麗なタッチで描かれたものは、和貴の面差しだとすぐに知れた。

特に一筆添えられているわけでもなく、どういう謂《い》われかわからない。

少し気味悪かったが、愁いを含んだ表情はどこかで和貴の内面を見つめているような、寄り添っているような、不可思議なものを覚えた。

絵の中にいる自分自身でさえも年齢不詳で、年相応にはまるで見えない。

捨てるのも悪い気がして、和貴はとりあえず折り畳んだそれを引き出しにしまい込んだ。

寝台に腰を下ろし、身を倒して横になる。

そうしているうちにすぐに眠りに引き込まれていき、次に目を覚ましたのはドアがノックされたためだった。

「……誰？」

静かにドアを開けた深沢は和貴を一瞥し、冷ややかな面持ちで告げた。

「まだ、寝ないのですか」

「今日はこちらで寝る」

普段は深沢の部屋で共寝することが多く、深沢の問いは別段おかしくもなかった。

しかし、先刻のような言い争いをしたあとでは、一緒に眠る気持ちなど起きない。

生欠伸《あくび》をしながら和貴が答えると、深沢は特に感慨もない様子で「そうですか」と答えた。

「でしたら、そこに座って自慰をなさい」

「……は？」

「これからは毎日させますよ。私を巻き込みたくはないようですから、処理を見ていて差し上げます」

あまりにも非常識な言いぐさに呆然《ぼうぜん》としたが、深沢は本気らしく、腕組みをしたままドアの前に立ちはだかった。

「ふざけるのもいい加減にしろ！」

むっとした和貴は立ち上がると、深沢の肩を右手で押す。

「絶対に御免だ」

強気に言い張った和貴の顎を摑み、深沢が至近で双眸を凝視する。

「つまらない意地を張るものですね。それであなたが耐えられるのですか？」

低い声は何よりも冷たく感じられて恐ろしかったけれども、ここで屈するわけにはいかない。

耐えることさえも、和貴にとっては大事な試練の一つだ。その積み重ねがあってこそ、深沢との生活が守られるのだ。

「……耐えられる。これまでだって耐えてきたんだ。

おまえを煩わすまでもない」

「わかりました」

了承を示した深沢はふいと身を翻し、和貴を置き去りにした。


久方ぶりに顔を合わせる久保寺孝一《くぼでらこういち》は、小料理屋で待ち受ける和貴を見て「変わらないな」と第一声を発する。

「ほかにおっしゃることはないのですか?」

誰もが同じ反応をすると半ばむくれた和貴が抗議の声を上げると、久保寺は小さく笑った。

彼は昔よりもだいぶ貫禄が出てきたし、少し太ったようだ。口髭《くちひげ》を生やし、このご時世でも洒落《しゃれ》た服装をしていて伊達《だて》男なのは変わりがなかった。

「いや、すまない。こういう反応は飽きているだろう?」

「ええ、飽き飽きです」

物資不足でも何とか営業している久保寺の馴染みの店は、ひどく混み合っていた。

「あらま、別嬪《べっぴん》さんが来たと思ったら、旦那のお連れさん?」

「ああ、古い馴染みだ」

元気のいい女将《おかみ》に声をかけられて、久保寺は陽気に受け答えする。そして、少ない品数でも和貴には料理を選ぶ才覚がないと見て取ったらしく、さっさと注文をまとめてしまう。

「ほら、君たちの一族はいつまでも若くて美しいだろ? お父上もいつまでも美しい人だったが、君はそれに勝るとも劣らないな」

父の冬貴と比較されたことに、一瞬、胸を衝かれたような気持ちになった。

つき合いの長い彼でさえも、和貴を父と重ねて見ているのだ。父と子のあいだは不可分であり、切り分けてはもらえないわけか。

「褒めてくださってありがとうございます」

それでも、けなされているわけではないのだから、褒め言葉は素直に頂戴すべきだと気を取り直し、和貴は額面どおりに受け取ることにする。

冬貴のことは、ただ比喩として持ち出しただけなのだから、深く追及してはいけない。

努めて彼の名前を脳裏から追いやり、和貴は相手をじっと見つめて笑みを浮かべる。

「それで、俺を呼び出すとはどういう魂胆だ？」

「魂胆とは失礼ですね。あなたと旧交をあたためたかったのです」

「俺としては、君には何度も袖にされた苦い思い出しかないんだが」

冗談めかして言われて、和貴は羞恥に頬を染める。

和貴にとっては楽しい思い出であっても、久保寺にとっては違うとは、そこまで思い至らなかった。

「すみません……でも、ほかに話をできる人を思いつかなくて」

「冗談だよ。君が俺を選んでくれて、光栄だ。まあ、大方ほかに友達がいないせいだろう？」

久保寺は小さく笑うと、酒をくっと飲む。

「失礼なことをおっしゃる」

「君の周りにいるのはおべんちゃらばかりの取り巻きか、その美貌と躰目当ての不逞《ふてい》の輩ばかりだろう。俺もそのうちの一人だったし、まともな友人の一人もいないのは無理もない」

さすがに長く友誼《ゆうぎ》を保つだけあり、久保寺の分析はあながち間違いとも言い難かった。

いざ、自分の身の振り方を相談してみたくても、和貴には友人と呼べる存在がいない。

父であり、兄であり、恋人でもあった伏見のことはもう煩わせたくはないし、かといって、当の深沢には深沢自身については相談できはしない。

財界の知人となると相手が限られ、自分の人生はつくづく貧しいものだと恥ずかしくもなる。

「友達がいないのは認めます。でも、今から作るのは難しいでしょう」

「いいや、そうでもないさ。君が何もしていないから、できないと思い込んでいるだけだ」

「そういうもの、でしょうか」

「確かに、財界のパーティなどで一日に百人と挨拶したところで、気が合う相手がいるとは限らない。でも、かといって引き籠もっていれば、きっかけさえなくなってしまうぞ」

確かに、深沢と二人きりで生きることに怯えるのは、和貴自身の問題でしかない。それを自分一人で捏ねくり回しているから、悶々《もんもん》と悩んでしまうのだ。

和貴の抱える問題を俯瞰《ふかん》し、まったく別の視点から相談に乗ってくれる人がいたら、深沢ともっと上手くつき合えるのかもしれない。

このまま自分の中で折り合いをつけられなくては、深沢との関係が暗礁に乗り上げるのは目に見えていた。

かといって、彼に仕事まで取り上げられてしまうのは、自分のためにも深沢のためにもならない。

そう思って懸命に抗《あらが》ったのに、深沢と抱き合わない夜は、目の前で自慰をしろと迫られる始末だ。

深沢の提案は毅然と却下したので、今のところ実行はされていないが、深沢の本気がわかるだけに心胆が冷える。皮肉なことに、彼の与える重圧のおかげで自身の欲望を抑え込めているのが現状で、その効果がいつ切れるかと思うと気が気ではない。

「確かに、いろいろ気軽に話せる相手がいれば、嬉しいとは思いますけど」

和貴は曖昧に言葉をぼかした。

「俺では役者不足か？」

「そうではないのですが、あなたは僕のことを半端に知りすぎていますし」

「なるほど、君の躰のことはよく覚えているよ」

久保寺が包み隠さずにそう言ったため、和貴はかっと頰に朱を上らせた。幸い店は他の酔客の声も大きく、今し方の問題発言はほかの連中には聞こえていないようだった。

「そういう冗談はやめてください」

「冷静に考えると、俺と君のあいだでは友情が成り立つかは大きな疑問があるな。実際、俺はまだ君とは寝てみたいと思っているし」

「そうなのですか!?」

驚きに和貴は声を上擦らせて、小芋の煮付けを箸《はし》で摘んだまま相手を凝視してしまう。

「当たり前だろう。今だって触れれば落ちなんとという風情で、何を言ってるんだ。君は相変わらず、自分自身に無頓着だな」

「だって、そろそろお互いに落ち着く頃かと」

自分のことを棚に上げるわけではないが、久保寺がまだそういうなまなましい欲望を和貴に抱いているとは、想定外だった。

「生憎、欲望がなくなると創作意欲にも影響が出る」

「あなたが創作をやめるまでは距離を取ったほうがいいと、覚えておきますよ」

ため息交じりに和貴が言うのを耳にし、杯《さかずき》を干した久保寺はいきなり真顔で問うた。

「それなら君は、深沢君の許しがあれば俺と寝るのかい？」

「………」

答えられないのは、深沢がそんなことを許すわけがないと知っているからだ。

一方で、仮に深沢がほかの男と欲望の解消のために抱き合っていいと言ってくれれば、自分は誰とでも寝るかもしれない。

そうでなくては、破綻は早晩訪れる。

けれども、深沢からその許しを得た瞬間に、自分の心は絶望に壊れてしまうだろう。

独占欲の強い男にとって、許しは訣別《けつべつ》と同義だからだ。

「そんな顔をされると、君を連れ帰りたくなるからやめてくれ」

「……すみません」

「ともかく、友達が欲しいのなら、新しい趣味を持つのは？　そこをきっかけに仲間は増えるものだ」

「趣味を？」

これもまた意外な発想で、和貴は鸚鵡《おうむ》返しに繰り返してしまう。

「うん。君の今の趣味は何だい？」

「そうですね……前はよく演奏会や舞台を見ましたけど、最近はこれといって……」

口許に手を当てて考え込んでみたものの、指摘されてみると、特に趣味らしい趣味はない。

「趣味の一つもないのは、つまらない人間でしょうか」

「向上心のない人間は馬鹿だとまでは思わないが、あったほうがいいだろうな。何かと支えになる」

「確かに」

そこで久保寺は、ぽんと手を打つ。

「そうだ、美術展に行かないか？」

「あなたと？」

和貴が小首を傾《かし》げると、久保寺は眩《まぶ》しげに瞬きをして笑った。

「いや、それはやめておくよ。君にぴったりの美術展があるから、どうかと思ってね」

久保寺は彼なりに深沢に気を遣っているらしく、和貴と出かけるつもりはないようだった。

「僕にぴったり？」

「うん。なかなかの大作が出品されるんだ。きっと君も気に入るはずだよ」

「……はあ」

絵画ならば深沢の趣味とも近そうだし、和貴だってかつては仙崎《せんざき》のもとでモデルを務めていた。GHQの将校相手に日本美術についてレクチャーしたくらいだから、多少は心得もあった。

「自宅に招待券を送るから、週末に深沢君とでも行くといい」

「ありがとうございます」

微笑んだ和貴は、肩先に降りかかる小さな懸念を振り払うように酒食に没頭する。

新しい友達を、趣味を作る、か。

確かに捌《は》け口は必要だ。

何か一つのことに没頭し、執着できれば、和貴の気持ちも紛れて肉欲を忘れられるかもしれない。

そうすることで深沢と適切な距離を取れるのであれば、彼との関係も改善されるはずだ。

趣味に打ち込むような人物なら、和貴の放つ腐臭にも惑わされず、健全なつき合いができるだろう。

このところ愁いに沈むばかりだった和貴の心に、漸く明るい光が兆した。

「深沢、ちょっと出かけてくる」

和貴にそう切り出されて、婦人室で読書をしていた深沢はページを捲《めく》る手を止めた。

「どこへ？」

週末に和貴が出かけるのは、近頃では珍しい。

先日貴郁の第一子の誕生の祝いで泰貴《やすたか》を交えて黒田《くろだ》邸に集まったから、それ以来かもしれない。

「上野で『復興美術展』があるそうだ。招待券を二枚もらっていて……」

上野、という言葉に深沢は小さく肩を動かしてしまったが、和貴は気づかなかったようだ。

「私もご一緒してよろしいですか」

「うん！　すぐに出られるか？」

嬉しげに答える和貴の髪が陽射《ひざ》しに透《す》け、儚《はかな》げな印象が一段と強くなった。

「ええ、支度をして参ります。十分ほど待っていていただけますか」

「わかった、ここにいるよ」

会社を辞めるようにと勧告した一件は、二人のあいだではすっかり棚上げになっていた。

和貴は大磯に行かない代わりに、会社を辞めようともしない。

もう少し反抗するのであれば再度話し合いの機会を設けるが、一気に追い詰めるのは逆効果だ。

美術館に行くのも、休戦したいのに深沢を誘えない彼の奥ゆかしさが透け、寧ろ愛おしいものを覚えた。

着替えを終えて婦人室に向かうと、和貴は椅子に腰を下ろして深沢が読んでいた本を所在なげに眺めていた。

「お待たせしました。その本、読むなら一巻からお貸ししますよ」

「…うん、そのうちに」

車を出す手もあったが、和貴が天気がいいから歩きたいと言うので、上野までは都電で出かけた。

道中、和貴は相変わらず面倒になるくらいに衆目を集めており、やはり自動車にすべきだったと後悔してでも後の祭りだった。

「あなたが美術展に興味があるとは思ってもみませんでした。復興美術展なんて、近頃の日本の芸術家の作品展でしょう」

「心境の変化だ」

微かに頰を赤らめて薄地のマフラーで口許を覆う和貴のういういしい艶やかさに、深沢は心中でため息をつきたくもなった。

常日頃から恋人の学習能力のなさには困っているのだが、それを差し引いてもなお彼が魅力的だと思うのは、和貴のその乙女のようなあどけなさのせいだろう。

どんなに穢しても穢しきれない稚《いとけな》さがあるから、よけいに惹かれざるを得ないのだ。

いっそ壊してしまえれば互いに楽だと思う瞬間であっても、そのいじらしさに打たれて手を緩めてしまう。肝心のところで生ぬるいとの自覚はあったが、踏ん切りをつけられない。

しかし、その衝動をいつまで胸の内に押し留めておけるだろう。

自分はこの馨《かぐわ》しいご馳走を前に、我慢ができなくなっているのではないか。

御しきれぬ淫欲に苦悶《くもん》し、夜中に一人で肩を震わせて泣いている和貴を見ていると、壊してやったほうがいっそ彼を楽にしてやれるのではないかと、そんな欺瞞《ぎまん》に満ちた選択をして己の欲望を遂げそうになる。

それが己の欲望ゆえか、彼のためという大義名分ゆえか、最早見分けがつかなくなっているのだ。

自分もまた、清澗寺家の底知れぬ毒に酔わされているということか。

上野の恩賜公園の前で和貴が一度足を止めたので、深沢はふと手を伸ばして彼の腕を摑む。

「……な、何？」

「どうせ誰も見ていないのだから、これくらい……いいでしょう？」

堂々と和貴の手を握ると彼は化学反応を起こした

如く真っ赤になり、それから俯《うつむ》く。

「おまえがしたいならかまわないが、珍しいな」

「ええ」

和貴は深沢のなすがままで、頬を染めつつも満更でもない様子だ。

自《おの》ずと彼の指に力が籠もり、彼が自分と手を繋ぐのを喜んでいるのだと知る。

「今日はあたたかい」

「ええ」

久しぶりに垣間《かいま》見る和貴の穏やかな表情は、何よりも貴重だった。

目的地の東京都美術館は広大な公園の中にあり、休日の今日は園内を多くの人々が思い思いに散策をしたり、目的の美術館や動物園へ向かう。

関東大震災のあと、和貴はこうした公園を嫌うようになり、一頃はまるで寄りつかなくなった。

震災のせいで身動きが取れず、三日間日比谷《ひびや》公園に足止めされたつらい記憶が甦《よみがえ》るためだろう。

そこで何があったのかを、和貴は頑《かたく》なに語ろうとせず、深沢も薄々想像がついていながらも、問い質《ただ》したことはない。ただ、和貴がこういう場所を嫌うようになったことが、何よりも雄弁な回答だと思っていた。

それでも彼が公園に再度足を向けるようになったのは、幼かった子供たちのためだ。和貴は深沢の手を借りずとも、痛みを乗り越える力は持ち合わせている。だが、そのためにどれほど苦しんだのか、深沢は重々理解していた。

自分の手を借りれば少しは楽になるだろうに、和貴はそれさえよしとしないのだ。

今にして思えば、震災後に何も尋ねなかったのは失敗だったかもしれない。和貴は深沢の『信頼』を裏切れないと、たいていのことは一人で抱え込むようになってしまったような気がするからだ。

その証左に、和貴は華族令廃止を画策していると きでさえ、深沢に相談したことは一度たりともなかった。

和貴も意地を張らずに、自分にすべてを見せればいい。深沢がどんな姿の和貴であろうと受け容れると理性ではわかっていても、彼の感情はまだ喪失を恐れている。

和貴を欲しがるあまりに、息子たちをさっさと家から追い出したのは、失敗だったかもしれない。果てのない孤独に陥った和貴の生来の臆病《おくびょう》さが頭を擡《もた》げ、深沢に決死の思いで反発してかかるようになったからだ。

いつもより速度を落としてゆっくり歩いても、和貴は文句を言おうとはしない。

それでも、名残惜しい二人の時間はそろそろおしまいだった。

「ここだ」

和貴から受け取った招待券で入場すると、最終日が近いせいか想像以上の人混みだ。

新進芸術家の作品が多いだけに未熟なものもあり面白《おもしろ》くもなかったが、新しい時代の息吹を感じる。日本画よりも洋画が多いのは、時代のせいか。

外套を脱いで手に持った和貴と少し離れたところで展示を見ていた深沢は、八十号ほどの大きさの洋画の前で足を止めた。

油彩で八十号といえば一片が一・五メートル近くになるので、かなりの迫力がある。

『半神』と題されたその絵は、湖のほとりで微睡《まどろ》む半裸の人物を描いていた。主体の背中には薄衣《うすぎぬ》がかけられ、その下半身は叢《くさむら》に隠れていたため、その人物の性別はわからない。

白い膚、淡い茶色の髪、ほっそりとした少年じみた肢体。

夢見るように眠る横顔は、なぜだろう、ひどく和貴に似ているような気がした。

深沢はちらりと和貴を見やったが、彼は特に感想もない様子でその絵を一瞥し、あっさりとその視線は次の展示に移っていった。

考えすぎだろうか。

鴉川月虹《あがわげっこう》なる画家の名も、まったく覚えはない。

雅号かもしれないが、あまり見ない字面の苗字《みょうじ》で、やけに印象に残った。

「おや、鴉川氏の新作じゃないか」

「相変わらず見事だな」

どうやら最近では人気の画家らしく、絵を凝視する深沢の周囲にすぐに人だかりができた。

画題としての和貴は、どうもある一定の人間の関心をそそるらしい。

実際、和貴を絵のモデルにしたがる人物にはこれまでにも何人か会った。陸軍省の仙崎老人などは最たるもので、和貴をモデルに様々な絵を描いた。その中には春画もあるとまことしやかに囁かれており、それが和貴の肉体に人々が関心を寄せる一因にもなっていた。

とはいえ、和貴は今やモデルなどしていないのだから、これもまた他人のそら似なのだろう。

それにしても、この蒼の深さ。

深い色合いを湛えた湖はあたかも海のようで、和貴と目にした故郷の溟海《めいかい》を思い出す。

ほかにもトルソーや版画など、戦時中の鬱憤を晴らすかのように、芸術家たちが思い思いの感性を作品にぶつけているのが感じ取れた。

そうした感情の爆発に当てられたせいか、和貴はすっかり疲れてしまったようだ。

血の気がなくなるとその陶磁器のように白い膚がよけいに目立ち、美貌を際立たせてしまう。そうでなくとも、美術館は芸術を愛でる連中のいる場所だ。事実、和貴が衆目を集めているのを意識した深沢は、これでは、美術品ではなく和貴本人が品定めされてしまいかねないと、退散することにした。

「どこかで休みましょう」

「え?」

蒼褪めた顔つきの和貴は、意外そうに首を傾げる。

「お疲れのようだ」

「まだ大丈夫だ」

「いいえ。具合が悪くなってからでは困ります」

自分で体調管理もできないくせに、変なところで意地を張るのだから子供っぽい。

「平気だ。今日は、まだ我慢できる」

目を潤ませた和貴が小声で言ったことの何を意味

を察し、深沢は今度こそため息をつきたくもなった。

「そちらではなく、何か召し上がったほうがいい。近くに、ちょうどいい店がありますよ」

強引に和貴に出るように促すと、彼は渋々それに従った。公園の中にある料亭は老舗として知られ、美術館からも目と鼻の先だ。

店は不忍池《しのばずのいけ》にほど近い坂の下にあり、木立に隠れるように佇《たたず》んでいる。

入り口で女給に聞いたところ幸い二人で入れるそうで、そこで遅い昼食を摂ろうと決めた。

「絵はどうでしたか？」

座敷に上がって向かい合わせに腰を下ろすと、和貴は恥ずかしそうな様子で首を横に振った。

「その……よくわからなかった」

「そうですか」

「おまえは？　気に入った絵はあったか？」

先ほど目にした大作が脳裏を掠《かす》めたが、深沢は「いえ」と短く首を振った。

「そうか……それなら、つき合わせて悪かったな」

和貴が淋しげに目を伏せたので、同意もできずに深沢は「かまいません」と言うに留めた。


指先に残る、恋人の手のぬくもり。

寝台に潜り込んだ和貴は、自分に背を向けて眠る深沢を見つめる。

昼間の外出でだいぶ疲れただけに、今夜は深沢を欲しがらなくて済んだ。

それとも、あのとき、深沢の手に触れたからだろうか。

とてもあたたかくて、優しかった……。

あまりにも子供じみて恥ずかしいし人目もあるので、もっと長く握っていてほしいとはねだれなかったけれど、まだ、この膚の上には深沢の体温が残っている。

それがとても愛おしくて、逃したくなくて、和貴は右手をきゅっと握る。

「眠れないのですか」

背を向けたままの深沢が急に質問をしてきたため、和貴は「ううん」と急いで否定をした。

よもや、起きているとは思わず、焦りから声が上擦ってしまう。

「では、どうしたのです?」

「あ…あの……」

手を、握ってほしい。

そう言えば深沢は、どんな反応を示すだろうか。

かつて和貴が眠るあの冷たい水の中から引き上げてくれたように、また、手を伸ばしてほしい。

けれども、そう言えば聡《さと》い深沢は和貴が思い悩んでいる原因を探り、今度こそ会社を辞めろと迫りかねない。

それでは、何の解決にもならないのだ。

言い淀《よど》む和貴に何を思ったのか、深沢は躰を反転させてこちらを見つめた。

「慰めてほしいのであれば、手伝いますが」

「……平気だ」

手伝う、か。

途端に昼間生まれたあの幸福な気持ちは消え失《う》せてしまい、和貴は惨めな心境になって唇を嚙む。

深沢にとって二人の営みは互いのためのものではなく、和貴の欲望を吐き出すための義務でしかないのだと言外に示される。

自分は深沢の負担になってしまっている。

歳を重ねれば誰もが淡泊になっていくのに、和貴だけは違うからだ。

「寝るよ。疲れているんだ」

「おやすみなさい」

そんな自分に優しくしてほしいと願うのは、分不相応だ。

瞼の奥がじわりと疼き、目頭が熱くなってくる。

泣いてしまうと深沢に気づかれそうだったし、彼にはゆっくり休んでほしかったため、和貴はさりげなく深沢に背を向けた。

一刻も早くこの肉体を何とかしなくては、深沢に軽蔑されたままで関係が冷え切ってしまう。

好きだ。好き。好き。

深沢のことが、好きだ。

まるで初恋に落ちた乙女のように、和貴の心は永遠に深沢のものだ。

稚い恋心は変わることなく彼に捧げられ、それが尽きることは絶対にない。

けれども、深沢が和貴の年齢に相応しからぬ幼さを疎んじているのは、普段の彼の発言からも明白だ。

深沢と一緒にいたいのであれば、その資格は自らの手で勝ち得なくてはならない。

そのためにも、厭わしいほどに浅ましいこの肉体を押さえ込み、深沢のそばにいられるような高潔な人間になるのだ。

ただ好意だけで繋がれた日々は、既に遠く彼方《かなた》のものだ。

いっそ、冬貴のように開き直れればいいのに、和貴にはそれだけの強さはなかった。

3

「……急にどうしたのですか、父さん」

清澗寺《せいかんじ》貴郁《たかふみ》の不安げな声に、我に返った和貴《かずたか》は眉を顰《ひそ》めた。

「え？」

慌てて貴郁の端整な面差しに視線を向けると、彼は困ったように首を傾げる。

「突然、うちに遊びにいらしたから、びっくりしました」

貴郁は和貴の顔をじっと凝視し、何かを探るような眼光を感じて少々ばつが悪くなった。

「すまない、迷惑だったか？」

「まさか。ただ、僕から家に行くことはあっても、父さんがいらっしゃることはないから、何か変わったことがあったのかと思って」

貴郁がさりげなく『行く』という言葉を使ったことに、和貴は違和感を覚えていた。

清澗寺家は紛《まご》うことなく貴郁の実家で、彼がこれからも戻るべき場所だ。

なのに、どうしてそんな言葉を使って和貴を惑わせるのだろう。

「直巳《なおみ》さんと、喧嘩《けんか》でもしたのですか？」

和貴と深沢《ふかざわ》の関係をよく知るだけに、貴郁は遠慮のない質問をぶつけてきた。

尤も、実家にいるあいだはそんな踏み込んだ内容はかえって口にしなかったので、それもまた、結婚してからの貴郁の変化の一つなのかもしれない。

そう考えると、可愛い長男が遠くに行ってしまったようで、ますます落ち着かなくなった。

「特に喧嘩はしていないよ」

「では、ほかに何か困ったことでもありましたか」

「そう聞いてくれるなんて、やっぱりおまえは頼りになるね」

和貴は微笑を浮かべ、このところとみに美しさを増した貴郁の顔を見やった。

「褒めても何も出ませんよ」

勤務先の黒田《くろだ》商事でも業績を着々と伸ばしているらしい貴郁は澄まし顔で答え、その表情には余裕と成長が見受けられる。

「そうか。でも、大丈夫だよ、何があったわけでもなくて……この近くの美術館に寄ったから、その帰り道だったんだ」

あれから何枚も和貴を描いたと思しきスケッチは届いたが、取り立てて手紙は添えられていなかった。何となく気にかかって画家について調べようと思っているうちに、現代美術を展示しているほかの美術館も回ろうと思いついた。

けれども、いずれも和貴にとっては好みではなく、自分の感性が古くなったのだと痛感した。

思い知らされる。

自分は所詮、新しい時代には生きる場所がない、古き時代の眷属《けんぞく》なのだ。

これまでは和貴なりに懸命に時代を切り開き、一族の血の因縁と呪縛《じゅばく》から逃れたつもりだった。

けれども、やって来た輝かしい『戦後』に、和貴の居場所はなかった。

美術館通いは和貴を鬱《ふさ》ぎ込ませるばかりで何の気分転換にもならないと判明し、ほかの趣味を見つけるべきではないかと悶々と考える羽目になった。こんな自分では、新しい友達どころか新しい趣味を作るのも難しいのかもしれない。

考えているうちに次第に気持ちが落ち込んでしまい、藁《わら》にでも縋る思いで心優しい長男の家を訪れた。

こういうこともあるから、和貴にとって会社や外出は必要なのだ。

「美術館とはいいですね。少し、自分のことをする余裕が出てきたのですか？」

「………」

優しく尋ねる貴郁の顔つきに、何とも言えぬ濃艶なものを拾い上げて和貴は不意に口を噤《つぐ》む。

かつて伏見《ふしみ》が貴郁の整った容姿に懸念を示した理由が、今になってわかるような気がする。

妻を娶ったせいだろうか、なぜか貴郁は以前は決して感じられなかった強烈な色香を醸し出しているようだ。

黒目がちの目はこうして話をしている今も濡れているようだし、膚も透けるように白い。

まるで綺麗な日本人形のようだった貴郁がこんな色香を漂わせるとは想定外で、和貴はついつい彼をじっと見つめてしまう。

「――父さん？」

容赦のない和貴の視線に照れてしまったらしく、貴郁が頬を赤らめている。

「ああ、すまない。何となくおまえの印象が変わった気がして……」

「僕の？」

貴郁はきょとんとし、それから恥ずかしそうに俯いた。

「うん。親としての自覚が出てきたせいだろうね。貴臣《たかおみ》はどうしている？」

「さっきまで秋穂《あきほ》があやしてましたが、静かになったから昼寝中でしょう」

貴臣は生まれたばかりの貴郁の子供で、和貴には待望の初孫にあたる。厳密な血の繋がりでいえば甥《おい》となるが、心境的には孫で正しい。

「大変なのか？」

「体力的にはきついようですね」

「そうか……生憎、僕には大変さがわからないな」

申し訳ない気分で和貴が言うと、貴郁はくすりと笑った。

「今にして思えば、父さんが子育てをしたなんて信じられませんよ」

貴郁は冗談めかして遠慮のない言葉を口にするので、和貴は眉根を寄せた。

「ミルクとおしめ替えくらいはできる。何でも聞いてくれ」

「すごいですね。でも、手のかかる時期は直巳さんが面倒を見ていたのでしょう？」

「………」

図星を指されて答えられなくなった和貴を見て、貴郁が小さく吹き出す。

肩を震わせて笑い続ける様子を眺めていると、彼が何となく明るくなったというか——何かしらその心に抱えていた鬱屈を吹っ切ったのかもしれないと、勝手に想像した。

それはそれでいいことなのだが、子供が自立してしまうのはひどく淋しい。

「本当に僕にもできるんだ」

「むきになるなんて、父さんは可愛いところがあるんですね」

貴郁は澄まし顔で述べる。

「親をからかうものじゃない」

和貴がむくれかけたところで、ドアがノックされた。

「はい」

入ってきたのは、淡い水色のドレスを身に纏った清潤寺秋穂と、白いおくるみに包まれた貴臣だった。

「お義父様《とうさま》、いらしていたんですね」

にこやかに笑う秋穂の華やかな美貌は、今日も輝いている。

「秋穂、起きていいのか？」

「ええ、大丈夫よ。ご挨拶くらいしたいわ」

仲睦《なかむつ》まじい二人の様子に、和貴はほっとする。

「さ、抱っこしてあげてください」

「うん」

手を差し伸べた秋穂に促され、和貴は赤子を両腕でそっと抱いた。

「どうですか？」

「前に抱っこしたときよりもずっと重くなった。あたたかくて、とても……いい匂いがする」

赤ん坊の目は黒く艶やかで、貴郁によく似ている。頬は薔薇《ばら》色で、栄養状態はいいようだ。ぷにぷにした手で和貴の頬に触れ、珍しそうな顔をしている。

このか弱くて小さな存在は、自分のようにならないでほしい。

けれども、一方で思うのだ。

この子も自分と『違う』のであれば、和貴は今度こそたった一人になってしまう。

己にはままならぬ欲望に突き動かされる、清澗寺家の末裔《まつえい》。

それは和貴こそが最後の一人だという、逆説的な証明にもなるのだ。

「毎日、私のお乳を飲んでいますのよ。どんどん重くなって、腕が痺《しび》れてしまうくらい」

「頼もしいお母さんだね」

「秋穂がしっかりしているので、助かっています」

貴郁が手放しで褒めるのを耳にし、秋穂は悪戯《いたずら》っぽく笑った。

「あら、バイオリン以外で褒めてくださるのは珍しいわね」

「君が妊娠していたことに気づけば、もっと褒めていたよ」

「またそのことを持ち出すのね」

腕の中にいる貴臣は、和貴を凝視したままだ。

「物怖《ものお》じしない子だな」

「かなり人懐っこくて、誰に抱かれても喜ぶのよ。そういうところは貴郁さんに似ているのかしら？」

「僕はもうちょっとおとなしかったよ」

貴郁はますます頬を染め、なぜだか羞じらうように目を伏せた。

すらりとして美しい秋穂はヴァイオリニストとして活躍しており、臨月になるまでその体型を保っていた。というよりも、彼女は自分が妊娠していることにずっと気づかず、和貴に連絡があったのも臨月になってからだった。

貴郁はひどく慌てており、夫婦なのだからいつ子供が生まれてもおかしくないだろう、と結婚したこともないくせに和貴が忠告したものだ。

あのときの狼狽《ろうばい》した様子の貴郁はとても可愛かったのに、今はすっかり落ち着いてしまっている。

「お義父様、私、これで失礼いたします。おしめを替えなくては」

和貴に挨拶をするいとまも与えず、秋穂は嵐のように姿を消してしまう。

ぬるくなった紅茶を口許に運び、和貴は改めて貴郁に向き直った。

「おまえは清潤寺家に戻るつもりはないのか？」

「え？」

目を丸くする貴郁を真っ向から見据え、和貴は真《しん》摯《し》な表情で告げる。

「僕はおまえを婿にやったつもりはない。いつか、あの家に戻ってきてほしいんだ。僕たちがいなくなれば、あの家はおまえのものだ」

「――無理です」

そこだけ強く貴郁がはっきりと断言したため、和貴は目を瞠る。

「無理って？」

「僕はもう、この家で新しい生活を始めているんですよ。秋穂だって、子育てをするなら慣れた環境がいいはずです」

「でも」

反論しようとする和貴を、貴郁は意外なほどの強さで押し切った。

「父さんには直巳さんがいます。息子夫婦が戻ってきたら、直巳さんだってのんびりできないでしょう。

そろそろ二人でゆっくりしてもいいのではないですか」

まさか子供にまで、知ったようなことを言われるとは思ってもみなかった。

「だから、僕がいなくなったら……」

「そんなときのことまで考えなくていいでしょう。大磯のお祖父様《じいさま》だって長生きなのですから、父さんもきっと長生きしますよ」

貴郁は深沢と仲がよくなかったはずなのに、いったいどうして彼の思いを代弁するのか。

そう思ったけれど、口には出せなかった。

子供を責めたところで何にもならないのは、和貴自身が一番よくわかっている。

「もうすぐお義父さんが出先から戻られるから、食事をしていきませんか？」

「いや、さすがにそれは悪い。もう退散するよ」

この心境で貴郁の義父にあたる黒田宗晃《くろだもとあき》と相対するのは、ひどく気後れしてしまう。

和貴は慌てて腰を浮かせたが、一歩遅かった。


重厚なドアが開き、話題になったばかりの宗晃が顔を見せたのだ。

空気さえ重くなるような異様な迫力に、場数を踏んだ和貴でさえたじろいだ。

「和貴さん、お久しぶりですね」

「すみません、急に押しかけてしまって」

迫力のある美貌の持ち主は、和貴と同年代とは到底思えなかった。

財界で『氷の皇帝《ツァーリ》』とまで呼ばれる彼は、ロシア貴族の血を引き端麗な容姿の持ち主だった。身長も高くがっしりとしており、華奢な和貴とは対照的な父親像だろう。

斯くも頼り甲斐のある義父がそばにいるのだ。貴郁がこの家で安心して暮らしているのが、手に取るようにわかった。

和貴は、父親失格ではないのか。

心の奥底で、常にそう思っていた。

懸命に親であるふりをしてきたが、結局の所、和貴は父である前にただの獣でしかない。

深沢の差し金とはいえ、幼い貴郁に男同士の情交を見せてしまったことが、和貴の心に大きく影響を及ぼしていた。

あのときの情景が彼の精神に影を落としてはいないかと不安だったが、彼は常に和貴の望みどおり、父親を支える良き息子として振る舞ってくれた。

だが、和貴が良き父であることを放棄したがゆえに、逆に貴郁が良き息子を演じる羽目になり、結果的に思春期の彼が伸びやかさを失う原因になってしまったのかもしれない。

それゆえに、時々考えてしまうのだ。

貴郁にとって本当に必要だったのは、宗晃のように頼もしく、息子を力強く導ける逞しい父親ではないのかと。

ついに理想的な父親を得たからこそ、貴郁は清澗寺家に戻りたがらないのではないか。

つまりはこれも、身から出た錆《さび》だ。

「和貴さん？」

「ああ、すみません。もう、帰ります」

「折角ですから、食事をしていきませんか。すぐに準備をさせますよ」

このところ意図して食事を控えているせいで、食欲も落ちている。食事に招待されても殆ど食べられないのは目に見えていたし、何よりも、貴郁に宗晃と比べられそうで怖かった。

「いいえ、家族に……深沢にも何も言わずにここに立ち寄ってしまったものですから、きっと僕の分も準備されていると思います」

車を出すという宗晃の申し出を丁重に断り、逃げるように黒田邸を出る。

都電の停留場まで歩いていこうと考えているうちに、自然とため息が零れてしまう。

結局何も解決されず、貴郁を手放したのだと実感し、なおかつ、宗晃に劣等感を刺激されただけで終わってしまった。

頭上にはどんよりとした曇り空が広がり、星は一つも見えなかった。

腕組みをして玄関で待ち構えていた深沢は「遅かったですね」と不機嫌に言い放ち、逃れられないようにという意図なのか、和貴の腕をきつく摑んだ。

「すまない。貴郁のところに寄っていたから……」

悄然《しょうぜん》と俯いた和貴が小声でぼそぼそと言うと、ぴくりと深沢の手に力が籠もった気がする。

「貴郁様は子育てでお疲れでしょう。いくら休日とはいえ、煩わせてはなりません」

「……反省してる」

貴郁にもあまり相手にされなかったことを思い出し、和貴は更に身を小さくした。

「食事は？　済ませてきましたか？」

「食欲がない」

時々、鬱憤が溜まると食事をして発散する者もいるが、和貴は精神状態が不安定になると、ますます食が細くなるたちだった。そのうえ、近頃は性欲を抑えるために意図して食事量を減らしているので、食事を受け付けないことも増えた。

おかげで以前ほどの量を食べられなくなり、そのせいで和貴の健康管理をしている深沢が苛々《いらいら》しているのも気づいている。

けれども、こうでもしないと過剰すぎる欲望が深沢を苦しめてしまうはずだ。

「また、ですか。少しは食べないと躰に障ります。今朝も紅茶しか召し上がらなかったでしょう」

「わかっている。でも……食べたくない」

頑是なく言った和貴が話を打ち切ろうとすると、深沢が肩を竦めた。

「——仕方ないですね」

低い声で告げた深沢は和貴の腕を摑んだまま、階段を強引に上がらせる。家族用の小食堂に連れていかれるのかと思っていたので、その行為は意外だった。

「深沢？」

転びそうになりながら、和貴は慌てて深沢の歩調に合わせて階段を上がっていく。

引き摺《ず》るような荒々しさの理由がわからずに、和貴は困惑していた。

「少し食欲が出るようにしてあげます」

「どういう、意味だ」

「大方、あなたの考えていることはわかっています。食事をしなければ体力がなくなる。そうすれば、際限なく私を欲しがることもなくなるとでも思っているのでしょう？」

見透かされているのだと察した和貴は深沢の腕を振り解《ほど》こうとしたが、無理だった。

そのまま深沢の部屋に連れ込まれ、鍵《かぎ》をかけられてしまう。

「するのか？」

「ええ」

彼はあっさりと答え、決死の思いで後退《あとずさ》る和貴に詰め寄ると背広に手をかける。

「僕はしたくない」

「このあいだだって、食欲がなかったくせに自慰をしていたでしょう。体力があろうがなかろうが、あなたは欲情せずにはいられないんです。諦めなさい」

深沢の言い分は逃れようのない正論だったが、それを是認できるわけがなかった。

「嫌だ。明日は会社だし、それに……」

「会社は辞めるという話をしたはずです」

「辞めたくない」

会社は和貴と社会の接点であり、それを失えば自分は他者との繋がりまでも失ってしまう気がした。

「どうせ今までだって、お飾りの社長だったんです。あなたが社長であろうとなかろうと、業績に大差はない」

「ふざけるな！」

和貴は深沢を押し退《の》けようとしたが、器用な手つきで衣服を剝ぎ取られ、抵抗は呆気なく封じられた。

腕に巻きつけられたワイシャツはかたちばかりの拘束だとわかっていたが、本気の深沢を前にして逃れるのは難しい。

「わかりますか」

「なにが……」

唐突な質問に視線を上げて深沢を見ると、彼は前方にあるものを見据えていた。

鏡、だ。

かつて伏見が深沢に贈った大きな鏡は、月日を経ても変わらず、この部屋で重ねられる営みを映し続けている。

「ご覧なさい。あなたの躰は相変わらずみずみずしい。変わらずに人目を惹き、雄を誘っている」

顎を摑まれ、鏡を見るよう強要された和貴は、仕方なく正面に視線を向ける。深沢の胸に抱き込まれた自分はかつての父のように匂やかで、年齢不詳の色香を纏った肉体は輝いていた。

「少し窶《やつ》れたせいで、よけい色っぽく見えるんですよ。食事を多少控えたくらいでは、この浅ましい肉から雌の匂いまでは消えない」

深沢の言葉の一つ一つが、まるで硝子《ガラス》の破片のように和貴の胸に突き刺さる。

深沢まで、久保寺と同じことを言うのか。

だけど、和貴は深沢と一緒に歳を取りたい。

彼とともに時を重ね、日々を歩みたい。

だから、自分だけが特別だとは言わないでほしい。

突き放さないでほしいだけなのだ。

「美しい……男に触れられるとよけいに輝きを増す、絖《ぬめ》のような膚ですね」

舌先で耳殻《じかく》をぬめぬめと舐められて、躰の奥底にある神経が刺激され始めるのがわかる。

「僕に触れるのはおまえだけだし、おまえが怒るようなことは、何もしてない」

疚しいことは何もないのに、誤解を受けるのは御免だと、和貴は懸命に主張を重ねた。

「盛り場にも行かずに真面目に過ごしているから、ですか？」

「そうだ。それに、どうせ出かけたとしても、今時は気の合うような連中もいない。夜会だって今はないし……」

透けるような白い膚に続けざまにくちづけられ、淡い感覚が次々と生じてくる。

「当たり前です。あなたに友人がいるわけがないでしょう」

深沢はいきなり、酷《ひど》い言葉を言ってのけた。

「な……」

このところ悩んでいた事実を見透かされた気もして、和貴は顕著に反応してしまう。

「あなたの周りにいるのは、その肉体を狙《ねら》うハイエナのような連中です。あなたの心を求めているものなどいない」

怒りと屈辱に和貴は頬を更に紅潮させたが、深沢は手厳しかった。

「現実を見て、これからはおとなしく私に飼われなさい」

「なに、言って……」

「外に出せば妙な男を引っかけるし、厄介ごとを招く。ならば、この家でおとなしくしてくれていたほうがよほどいい」

「そんなのは嫌だ」

咄嗟《とっさ》に脳裏に浮かんだのは、離れで一人、所在なげに誰かを待つ冬貴の姿だった。

「嘘ですね」

深沢は言い捨てるなり、和貴の首の付け根にきつく噛みついた。

「あうっ」

痛い。

血が出るかと思うほどに強く歯を立てられ、和貴の唇から悲鳴が迸る。

「あなただって知っているのでしょう？　これが雌としての幸福だと」

荒々しく髪を摑まれ、常になく乱暴に上向かされた和貴は深沢を炯々《けいけい》と光る目で睨んだ。

「そんな幸福、知らない」

掠れた声で訴える和貴をレンズ越しに睥睨し、深沢は冷たく突っぱねた。

「どのみち、こうして抱かれていれば何もかも忘れてしまうくせに？　あなたは自分が誰かも思い出せなくなって、快楽に溺れる。それを証明してあげますよ」

和貴から手を離した深沢に、今度は露になった性器を撫でられて、ぴくっと躰が震えてしまう。

だめ……。

流されてはいけないと掌に爪を立てても、そのまま手慣れた愛撫を加えられ、躰には呆気なく火が点されていく。

燻る小さな火はやがて大きな情火になり、和貴の神経を焼き尽くすだろう。特に、近頃は行為そのものがお預けだっただけに、一つ一つの刺激がより大きなものに感じられた。

こうなると、もう、自分でも止められない。

「…僕の、せいじゃ…ない……」

性器を弄られて喘ぐ和貴に深沢は何も答えてはくれず、身を倒した彼は抵抗もなくそれにくちづける。

「あっ！　や、や…だめ…それ、するな…ッ」

「媚びる声を出すのはお得意だ」

どうしてこんなに深沢は立腹しているのか。

ほかの男には触れさせないし、自慰でこまめに欲望は解消している。その何が悪いのだろう。

「だって……それしたら、なにも……」

「ええ、あなたは何も考えられなくなるでしょう？　雌になって腰を振って、誰にでも脚を開く」

「しない…おまえ、だけ……」

「あなたの嘘にはうんざりする」

先走りが止めどなく湧出《ゆうしゅつ》する部分を指先でぐりぐりと押され、痛みに和貴は小さな声を上げた。

「……だめ…だめ……だめ……」

「この期に及んで、感じるのが怖いんでしょう。底なしの欲望を抱えているくせに、あなたはいつまでも処女のようですね」

「ひぅっ」

今度は強く花茎を握られ、和貴は息が止まりそうなほどの衝撃を覚えた。

「や、だ……こんなの…」

「最初は意地を張るくせに、どうせすぐにぐちゃぐちゃになって泣き喚《わめ》く。端《はな》から折れていたほうが身のためだ」

根元を締めつけられたまま亀頭を舐られ、和貴は悲鳴を上げる。それが涙声に変わり、もどかしさから せつなげな悶え泣きに変化するまで、大して時間は必要なかった。

「あ…あん、…ふ……や……」

いつしか和貴は甘ったるく鼻を鳴らし、足で敷布を掻き混ぜ、阿《おもね》るような声で深沢に快感をおねだりし始めていた。

「ん、ん…もう…イキたい……」

どうしてこうなってしまうのかがわからない。

深沢に長い時間をかけて躾《しつ》けられてきたとはいえ、ここまで容易く陥落してしまうのが情けなかった。

「今日もあっさりと落ちてきましたね」

それでも、深沢が自分に関心を持ってくれるのが嬉しい。こうやって、道具のように弄んでもらえるだけでも幸せだった。

それに、こうすれば父親失格な自分の弱さも忘れられる。

「だって、きもちいいの、すき…だから……」

唇を戦《おのの》かせながら、和貴は懸命に言葉を紡ぐ。

焦らされてどれほど感じているかを口にすると、深沢は愉《たの》しんでくれる。そして、それゆえに和貴の性感もより煽られ、深い酩酊《めいてい》に導かれるのだ。

「好きだからといって、ただで達かせてもらえるとは思っていないでしょう?」

「ええと……」

何か引き換えにしなくては、快楽を与えてもらえないのだろうか。

では、何を?

深沢は何を求めている?

頭がぼうっとして、きちんと思い出せない。

そのあいだも優しく性器にくちづけられ、撫でられ、腰から蕩けてしまいそうだった。

「なに、すれば…いい……?」

「会社を辞めて、家に入ると言いなさい。私のものとして生きると」

「嫌だ」

考えるよりも先に、短い拒絶が飛び出す。

「そう言うと思っていました。まだ、手ぬるかったですね」

深沢は低く笑って、今度は指先で尖端《せんたん》の孔《あな》を擽《くすぐ》ってかかる。舌先で意地悪く表皮を舐り、右手で表面を辿るくせに、左手は根元を押さえ込んだままだ。

「ひ…ん…ッ…」

全身を走る快感の大きさに、舌先が痺れる。

蜜孔を弄られるのはどちらかといえば不得手で、触れられたことで躰がぴくぴくと震える。

達けずに和貴が悶えていると、深沢はふくろを丁寧に揉《も》みしだく。彼の手で執拗《しつよう》にそこを押さえたまま刺激され、だんだん頭が真っ白になってきた。

「いきたい…だしたい……」

それ以上撫で回されたくないがゆえにあえかな声で訴えたが、深沢はまるで頓着しなかった。

「ええ。ここがぱんぱんになって可哀想《かわいそう》なくらいだ。でも、まだだめですよ。ちゃんと私の命令を聞きなさい」

「めいれい…」

呂律が回らず、和貴はゆるゆると問い返す。

「これから先は外に出ないで、家の中だけで暮らすと誓えばいい。外出したければ、私が許可を差し上げます。それで如何ですか」

深沢に飼われて、手ずから快楽だけを施されてそれを貪りながら暮らす。

あたかも夢の如き話だ。

「首輪をつけて毎日可愛がってあげますよ。それこそ舐めるように」

鼓膜を擽る甘い台詞を注ぎ込まれ、次々に新しい愉楽が込み上げてくる。

「ん、ん、いきたい……いきたい、はやく……」

深沢の提案を受け容れ、心よりも肉体が隷従を示しているかのようでぞくりとした。

なのに、その危惧《きぐ》さえも愉悦の波が彼方へと押し流してしまうのだ。

「毎日たっぷり精液をかけて、私専用の苗床にしてあげます。あなただって嬉しいでしょう?」

「…や…いかせて…もう……っ…」

きっと、それほど素晴らしい生活はないだろう。

難しいことは何一つ考えず、深沢の与える甘い毒に溺れる毎日。脳も思考もどろどろに溶けて、昼となく夜となく抱いてもらえるのだ。

「嬉しいんですね。ほら、もう欲しがっていますよ」

歓喜に襞がいやらしく蠢《うごめ》きだし、入り口に押しつけられた指にうっとりと吸いつく。

「ちがう……」

「強情を張らなくていい。何も考えなくても、難しいことは全部私がしてあげます」

「おまえの、負担が…増える……」

それに、自分は冬貴のようにはなりたくない。

彼と自分が違う人間であると、和貴は和貴なのだと、深沢は嫌というほど丁寧に教えてくれた。

だからこそ、父の真似をしたくはないのだ。

「まだそんなことを心配しているんですか。あなたと私は一蓮托生《いちれんたくしょう》です」

「ひっ！」

一方の手で押さえつけたまま、今度は遠慮なく指が入り込んで、ぐちゅぐちゅとそこを掻き混ぜ始めた。何とかやめさせたくて、下腹にぐっと力を込める。だが、それは深沢を図に乗らせるだけだった。


「一本挿れただけなのに、哀れなものですね……必死で食い締めてくる」

「あ、あっ……あー……」

いけない、のに。

なのに、熟れた襞を擦られるのは気持ちよくて、尾を引くようなよがり声が次々に零れていく。

「強情なくせに、躰だけは素直ですね。男に隷属するのを悦びと識っているわけだ」

「ん、そこ……だめ、ぐりってしたら……」

「してほしいくせに？」

低い声でからかわれ、和貴はぐずぐずと泣きじゃくる。深沢の麗しい低音が羽毛のように優しく神経を撫で、和貴を聴覚からだめにしてしまう。

「ここを虐められるとあなたはすぐ泣いてしまう。このあいだは意識が飛ぶほど感じていましたが……でも、いいのですか？」

長い指でわざと感じる場所を刺激されると、細かい刺激が泡のように湧き起こって和貴を酔わせた。

「なに…が……」

「指では届きませんよ。奥まで嵌《は》めて突いてほしいのであれば、ちゃんと誓いなさい」

「やだ…できない……」

喘ぐように歔欷《きょき》し、和貴は拒絶を示す。

意思に反して流れ落ちる涙を拭きたくても、縛られた腕のせいでそれも叶わない。

「哀れっぽく泣いても無駄です。暫《しばら》く張り型で我慢するならいいですが」

張り型はだめだ。一時的な快感は得られるけれど、終わったあとの虚しさが昏《くら》く心を浸蝕する。

生身じゃないと、嫌だ。

深沢に中で射精されて、腸《はらわた》まで精液でいっぱいにされなくては満たされない。

「おねがい……達かせて……」

和貴はしゃくり上げながら、そう訴えかけた。

「達きたいのですか」

「決まって…るだろう……こ、こんなの……」

「今日は容赦しないのはわかっているでしょう？　申し訳ありませんが、あなたから望みどおりの答えを引き出すまでは達かせませんし、これも嵌めてあげませんよ」

指を抜いた深沢に隆々とそそり立つ雄蘂《ゆうずい》を示され、自然と唾液を呑み込んでしまって喉がみっともなく鳴る。

「ひどい……」

「どちらが酷いんです？　相変わらず覚悟が決まらずにふらふらしているあなたと、私とでは」

そんなもの、わかるわけがない。

でも、わかるのは。

快感が欲しいということ。

熱く疼く躰を満たしてほしいということだ。

「い、挿れて……」

唇を戦慄かせて和貴は訴えると、膝を立てて脚を開いた。

深沢によく見えるように腰を浮かせ、手が使えないので必死で足を拡げて秘裂《ひれつ》を示す。

「深沢の…嵌めてください……おねがい……」

「誘い方はいいですが、条件を満たしていませんよ」

「わかった、から……おまえのに、なるから…」

誓った途端に、自らの発した甘い毒が脳髄を痺れさせていく。

「専用…直巳専用の、苗床です……精液でびしょびしょになるまで、お腹《なか》に種付けして…っ…」

一言発するごとに心臓が強く脈打って耳鳴りし、燃えるように躰が火照る。

こんな風にみっともない誓約をしてまで愉悦をねだることほど、和貴のプライドを踏み躙ることはない。

法悦のために自尊心さえ捨ててしまう自分自身が誰よりも許せないのに、そうすることで得た惨めな愉楽が和貴を陶酔させるのだ。

「本当にあなたは、惨めで可愛い人だ」

感心したように深沢が呟き、和貴から慎重に手を離すと、背中を抱き込むようにして鏡を向かせる。

「!」

そこに映っている自分の姿にぞっとして目を逸らそうとしたが、深沢は和貴の顎を摑んでそれを許さない。

なんて、酷い顔だろう。

目を潤ませて口許は唾液塗れになり、何もされないのに乳首はぴんと尖ってしまっている。

そのうえ手を離されたくらいでは絶頂に達することはできず、放置された花茎からは先走りの蜜が零れるばかりだ。

「この顔、おわかりですか？　犯してくださいと言っているようなものでしょう。おまけに、一瞬の快楽のために、あなたは自分の矜持《きょうじ》を踏み躙ることも躊躇わない」

耳打ちをしながら、深沢は和貴の腕を拘束しているシャツを外す。

「う…るさい……」

漸く自由になった手で深沢の腰を抓《つね》ったが、彼は和貴の小さな意地悪など歯牙にもかけなかった。

「こういうあなただから、外に出せないんですよ。第一、おわかりになりますか？」

「え……？」

ばさりとシャツを床に落とし、深沢は身を起こして和貴を俯瞰する。濃い陰影がついたせいで、彼の表情がまるで見えないのが恐ろしい。

「快楽を楯《たて》にされれば、どんな真似でも許すでしょう。あなたはそういう弱さを持っている」

「し、ない……そんな、おまえだけ……」

「嘘ばかりですね」

放置されていることに耐えられなくなり、和貴は自分のものを握って手を繊細に動かした。

途端に目が眩むような快感に襲われ、何も考えられなくなる。

「ひん、んっんあっ、いく、いく……」

「自慰の許しは出していませんが、不問にしましょう。達きなさい」

「いく、いい、いいっ！」

深沢は小さく息をつき、自身の白濁に塗れて脱力する和貴を見下ろした。

「では、仕上げといきましょう」

「仕上げ？」

「ええ。まだ全部を誓ってもらっていませんから」

「……ッ」

逃げるいとまも与えられずに、獣のように寝台に這わされる。

それから、とろとろに解された秘所に、猛る雄槍《ゆうそう》を力強く突き込まれた。

「やだあっ」

とどめの一撃は、凄まじいものだった。

最奥まで一気に到達するような激しい挿入で、和貴は軽く極めてしまい、思考が途切れる。

苦しかったのは一瞬だった。

逞しい雄の出現にすぐに肉体は隷従し、媚態《びたい》を示して包み込む。

「はあ……ああ…」

ずぶずぶと割り広げるように、それが体内へと侵入してくる。

腸の奥のほうに疼痛が起き、そこに早く精液を浴びせてほしいと躰が求めていることを自覚した。

けれども、考えられるのはそこまでだ。

焦らすように深沢が腰を揺すったので、刹那のうちに思考は霧散し、かたちを失った。

「尻が緩んできましたね。こうなるとあと一息だ」

「ふえ…？」

こんなことをされたら、保たない。

媚肉にぴっちりと熱く雄々しいものを包むのが心地よくて、こうなると躰に力が入らなかった。

「あなたがすぐに何でも誓うという意味ですよ。可哀想ですが、それを利用させていただきます」

「や…やだ……」

「たくさん抗ってくださってかまいませんよ。そのほうがきつくて、私も愉しめる」

唐突に抜き差しを始められ、和貴の躰が震える。

「ひ、あ、あん、や、だめ、だめ、あ、いや、」

すごい。

いつもよりも遥《はる》かに鋭敏に躰が反応している気がする。

猛々しい楔に、自分の内壁が喜々として嚙みついているのがわかる。襞と襞の狭間《はざま》に埋もれている快楽の芽を、深沢が無造作に押していくたびに、和貴はたまらなくなって総身を戦かせた。

「ええ、お嫌でしょう。男にただの雌穴扱いされて、プライドも何もかも剝ぎ取られて……あなたらしい惨めな姿だ」

「う、っく……よして、だめ…やだ……」

自尊心を踏みつけにされる痛みに胸が疼き、その痺れがよけいに躰を酔わせていく。

「種付けした男には逆らえないくせに？」

「ちが……」

深沢だけだ。ほかの男なんて、誰もいらない。誰の言いなりにもならない。

なのにどうして深沢はいつも疑うのか。

「嘘はつかなくていい。ここを虐められると、どのみちすぐに、私の言いなりになるんですよ」

「嫌だ、いや、いや…やだ…あっ」

男根を蜜壺に深々と埋められただけでもつらいのに、尖端だけでこつこつと臓腑《ぞうふ》を叩かれる。

受精を促すような動きに喜悦を覚え、肉の隅々までもが普段よりもずっと過敏になっていた。

その証拠に和貴自身の花茎はまったく萎えることなく、とろとろと蜜を零し続けている。

「今日は先に出してあげましょうね。そのほうがあなたも逆らわない」

耳朶《じだ》を甘く嚙まれることさえもせつない快楽に変換され、全身を愉悦に染め上げられる歓喜を受け止めかね、和貴は泣きじゃくった。

「ん、だめ、や、や、やめて……」

やめてほしいのに、いやらしい声しか出ない。

唇には和貴が零した蜜を塗りつけられ、五感のすべてを法悦で満たされて窒息してしまいそうだ。

「たまには、素直に欲しがりなさい」

だめだ。

体内に精液を浴びせられると、深沢の言うとおりになぜだか彼に逆らえなくなってしまうのだ。

おそらく、射精された悦びで感極まってしまい、秘肉が激しく反応するためだと思う。

「…いや、やだ、出しちゃだめ、出すな、や、やだ…っ……」

「ふ」

躰の中で、何かが弾けた。

「あ…熱い、でてる……熱いの…やだ……だめ、だめ……だめっ、達きたくない…っ」

息をついた深沢が笑みを浮かべ、和貴の中に熱い体液を送り込む。

それでも和貴は何とか堪え、達かずに済んだ。

「往生際の悪い人ですね」

呟いた深沢が精液でぬかるんだ湿地帯をしつこく掻き混ぜ、和貴を達かせようとする。

「あう、まぜちゃだめ、だめ、だめ……」

深沢のものになる悦楽を識った躰は、そんな刺激に耐えられるわけがない。

「やだ、やだ…や、や、だめ、だめ、や、やなのに、…いく、いく、直巳の精液でいくっ…」

一頻《ひとしき》りせつなげな声を上げて達した和貴は、虚脱状態になって褥に身を投げ出す。

繫がったままの状態で彼が身を倒して唇を塞いで

きたので、顔を曲げて薄くそれを開くと舌が入り込んできた。

「んむぅ……」

深沢のキス……きもちいい……。

「気持ちよかったですか？」

「うん……」

口の周りを唾液でべとべとにしたまま、和貴は目許を朱に染めて頷いた。

「種付けは好きでしょう？」

「すき」

和貴は何の疑問もなく同意する。

こうされているあいだは、深沢が可愛がってくれる。和貴を尽きせぬ愉楽でどろどろに溶かして、繋がったままでいてくれるから。

「本当に、あなたは可愛い苗床だ」

「ン」

深沢が身を離すと、そこからどろりと精液が溢れ出す。零れてしまうのが惜しくて下腹部に力を込め、媚びるように深沢を見上げる。


「ぬいちゃだめ……」

このままでは、現実に引き戻されてしまう。

自分は、彼には敵《かな》わないのだ。

深沢の言うとおりにして隷属しなくては、この心が引き裂かれてばらばらになってしまう。

汗ばんだ髪を撫でながら、漸く眼鏡を外した深沢が低い声で睦言を紡ぐ。

「これがあなたの幸せなんです。私の雌として生きることが。あなたは私の手の中から出ていけば、生きてはいけない」

「うん…わかったから、して……？」

仰向《あおむ》けになった和貴は男の腰に自分の脚を巻きつけ、ぐっと己へ向けて引き寄せる。

「我慢が足りませんよ」

深沢の声が、少し優しくなった気がする。

「辛抱できない、我《わ》が儘《まま》で、意地汚い雌でごめんなさい……でも、足りない……もっとしたい……」

和貴は泣きながらそう訴える。

もう、雌になってしまったほうが楽だ。

「いずれ、私でないと達けない躰に作り替えてあげましょうね」

何を言われているのか、もう、理解できなかった。

「お願い…お代わりほしい……お腹にあついのちょうだい…おまえの全部、ちょうだい……」

気持ちいいことしか考えられない、いやらしい雌でごめんなさい。

こんなに欲深くはしたない自分を好きでいてくれる物好きは、きっと、深沢以外にいない。

「――いいでしょう。では、誓いなさい」

深沢の言葉尻がほんのわずかだけ甘さを帯び、和貴はその事実を拾い上げて安堵《あんど》する。

「何を……？」

深沢が鼓膜に注ぎ込んだのは、束縛を意味する甘い台詞だ。

「…おまえのに、なる……なるから……」

愉悦に蕩《と》けて堕落しきった脳でこれ以上何かを考えるのは難しく、和貴は舌足らずに男の望みどおりの言葉を繰り返す。

「ご褒美ですよ」

もう一度深沢が身を倒し、唇を押しつけてくる。

「ん、ん、んっ」

厚くて器用な舌が、和貴の口腔の感じやすい部分までも舐め尽くす。

これが一番好き。こうされているのが幸せで、もう何も考えたくない。

ずっとキスしていてほしい。

またくちづけてほしくて、和貴はねだるように躰をくっつける。躰を繋げているあいだは深沢がキスをしてくれるのだと、和貴は本能的に既に学んでいたからだ。

顔を離した深沢が、和貴をじっと見つめている。

そのまなざしから何か意味を読み取りたくとも、今の自分にはそんな力はなかった。

「キス、して……もっと、吸って……」

「ええ」

深沢の漆黒の瞳が、微かに和む。

和貴の呼吸が困難になるほどに長く強くくちづけ

られ、そのあまりの甘美さに陶然とする。

「ご褒美におしゃぶりさせてあげますよ。お口で搾るのもお好きでしょう?」

「ん…はい…お掃除します…」

こくんと頷いた和貴は、目許を仄かに染めて口淫《こういん》を始めた。


寝間着を身につけた和貴は寝息を立てており、その表情は苦悶《くもん》の色すら滲む。

白い滑らかな膚には、執拗なまでに接吻の痕が残されている。

和貴を背中から抱き込むようにして躰を拭いていた深沢だったが、これ以上は難しいとわかり、そのあたりで断念することにした。

あれだけ酷く責め立てたのだから、熱を出したりしてもおかしくはない。そっと額に手を載せてやると、和貴は苦しげに眉を顰めたけれど、起きられないほどに疲労しているようだった。

まさか、もう一度こんな真似をする羽目になるとは思ってもみなかった。

暗示と刷り込みに弱いのは、和貴自身の肉体の特質であり、清澗寺家の家系にはそういう資質を持つ者も出るらしい。

無論、深沢とてこの程度の躾《しつけ》で和貴を操れるとまでは思っていなかったが、和貴には仕置きと束縛が必要だ。そのうえで隷属こそが雌の悦びであり、和貴が真の快楽を得られる数少ない手段であると、再度学習したに違いない。仮に覚えられないというのなら、何度でも肉体を責めるだけだ。

なにゆえに和貴は、いつも同じことを繰り返すのだろうか。

つらいことが起きるたびに伏見のところへ行かなくなった点には一定の成長も見受けられるが、その代わりに貴郁のところを駆け込み寺にするとは、愚かしいにもほどがある。

貴郁はかつて父親である和貴に懸想していたのに、それすら気づかず脳天気に弱さを晒《さら》すなど、正気の沙汰とは思えなかった。

いくら深沢が貴郁に罪悪感を抱いているといっても、和貴絡みのできごとを見過ごせるわけがない。

何もかも、深沢に打ち明けてくれればいい。重荷は全部、深沢に押しつけてしまえばいい。

この館《やかた》で二人きり沈んでいくと決めた覚悟は、偽りだったとでもいうのか。

「あなたは何も……わかっていない」

うつらうつらする和貴の手を摑み、そのほっそりした指の背に唇を押しつける。

労働を知らない、美しい指。

「……なおみ……」

寝言で呼んだ和貴の眦には涙が宿っており、深沢は唇を押しつけてそれを吸い取る。

「ゆっくり寝てください。嫌なことは、すべて忘れて」

囁きに応じてか和貴が目を開け、唇を震わせた。

「キス……」

寝惚けているのだろう、美しい瞳は焦点を失っている。彼を壊したときはこんなにやわらかな顔をするのだろうかと夢想し、深沢の心は歓喜に震えた。

「いつもこう素直ならいいのですが」

呟いた深沢が和貴の唇を塞ぐと、夢現《ゆめうつつ》の境地にいる彼は積極的に舌を絡めてくる。

「すき……すき、直巳……」

何度も何度も繰り返される告白が、ひどく痛々しいものとして響く。

「わかっています。愛しています、和貴様」

正気を失わなければキスを求めることさえできない和貴が哀れで、さすがに胸が痛くなった。

彼が眠っているあいだだけこうして愛情を込めて抱き締めるのではなく、起きているときだって優しくしてやりたい。

けれども、今の和貴には慈愛に満ちた穏やかな性交は罰でしかない。嵐のように苛烈な行為をもって欲望を根こそぎ浄化してやらないと、人として正気を保てないのだろう。

無論、虐め抜くような媾合は、そういうやり方が性に合わないのであれば、いくら深沢でもできはしない。けれども、脆弱《ぜいじゃく》な和貴の心身を、やわらかな真綿で包み込むように慈しみたいときもある。

如何に和貴のためには必要なことであっても、こんなやり方をしていては、いつか彼を壊してしまいかねない。

次に目を覚ましたときも、和貴は和貴のままでいてくれるだろうか。

それゆえに、行為を終えたあとの深沢の心には虚しさとある種の畏怖、そして期待が去来するのだ。

和貴からすべてを奪おうと手を伸ばすたびに、彼は新しい支えを見つけてくる。

最愛の弟を失えば仕事に打ち込み、兄が去れば代わりに息子たちを手に入れた。

息子たちが巣立つのを前に華族制度廃止運動に血道を上げ、こうして何もかも失った今、彼はそれでも深沢だけのものにはなれないと全身全霊で拒む。

おそらく、和貴は本能的に深沢の内側にあるどろどろとした欲望を察知し、そこから逃れるために足《あ》掻《が》いているに違いない。

「………」

深沢の中にある、一種の深淵《しんえん》。

この深い虚《うろ》の中にこそ、深沢の欲望が睡る。

この飢渇こそが自分と和貴を引き合わせ、そして運命的なまでに深く結びつけた。

そう、自分は歪んでいる。

和貴を笑えないほどに、歪なものでできている。

脆くて儚い和貴自身を愛でる一方で、和貴をこの手で壊してしまいたいと願っている。常に後ろめたいほどの欲望を抱き、彼を粉々に砕く機会を窺っている。

和貴から家族や友人といったすべてを奪い尽くし、仕事や社会との接点を何もかも捨てさせ、彼の何もかもを深沢で満たしてやったそのときに、自分は彼をどうするのか。

決まっている。

全部、食らってしまうだろう。

愛する人を手に入れた悦びのあまり、和貴の心さえ貪ってしまうはずだ。絶望に震える愛しい人の魂を、この手で砕くに違いない。

もう後戻りはできないと知りながら、自分だけの美しい形代《かたしろ》を作るのだ。

けれどもそれは二人の辿り着く極北で、愛執の終着点だ。そこまで行けば、最早引き返せはしない。

深沢が愛しているのは、和貴の哀れな魂そのものだ。

深沢にすべてを奪われ、感覚さえ失ってしまった人形は、既に和貴ではないのかもしれない。

だからこそ、和貴が自らの重荷を下ろして深沢のそばにいることを選んでくれるのなら、まだ彼から自我までは奪わないと決めていた。

和貴に結論を委ねている自分は狡猾《こうかつ》で、彼を怒れた義理ではないのかもしれない。

和貴のその傷つきやすい繊細な魂は、苦悩という布で磨かれてこそ燦然《さんぜん》と輝く。

その輝きを見続けたいがゆえに、深沢は彼の儚い生を徒《いたずら》に長引かせているのかもしれなかった。


「哀れな人だ……」

美しい蝶《ちょう》。

冬を越せないか弱い生き物を、どう扱えばいいのか今更のように考えあぐねている。

しかし、自由を求める魂を、これ以上野放しにしておくことはできない。美しく病んだ蝶を求める蒐《しゅう》集《しゅう》者家は、深沢以外にもいるかもしれないのだ。


「それで、辞表はいつ出しますか？」

朝食時に突然切り出されて、倦怠感に支配されつつもティーカップに口をつけかけた和貴はその手を止める。

「え？」

「私と約束したでしょう。早めに会社を辞めると」

カトラリーを置いた深沢に何気なく追い打ちをかけられ、和貴は絶句する。

そうでなくとも不本意な責め立てられ方をした翌日で、和貴は先夜のやり取りに決して納得してはいなかった。

「そんなこと……」

「辞めるでしょう？」

「うん」

反論を考えるよりも先に無意識のうちに同意を示してしまい、和貴はぞっとした。

「結構です」

深沢は納得したらしく再び食事に戻ったが、その冷たさが許せない。

「待て……今のは、違う」

和貴は唇を戦慄かせ、右手を挙げて会話を止めようと試みた。

「何が？」

銀のカトラリーを置き、深沢は確かめるようにゆったりと尋ねた。

「辞めたくない」

「ご冗談を。先日から私の要望は伝えております」

「それはおまえが、勝手に進めているだけだ」

「今も辞めることに同意したくせに？」


深沢の嫌みな台詞に、和貴の感情はますます逆撫でされる。

「おまえが言わせたんだ」

「どうやって？」

「身に覚えがあるくせに」

それだけは何とか覚えていた和貴は吐き捨てるように言うと、テーブルを軽く掌で叩いた。その振動でテーブルの上にあった食器が揺れ、耳障りな音を立てる。

これでは和貴は、深沢の操り人形も同然ではないか。

深沢が欲しいのは、そんなものだというのか。

美しく、淫らで、意志を持たない形代。

そんなものが、和貴である意味はない。

和貴は和貴でいたいのだ。

「僕は会社は辞めない。辞めなくたっておまえのものなんだから、何が悪い？」

社会との接点を完全に失った自分は、おそらく何かの拍子に歯止めが利かなくなり、恥も外聞もない、肉欲の化け物になってしまうだろう。

深沢を貪り尽くし、彼を空っぽにしてしまうかもしれない。

和貴は何よりも、その事態を恐れているのだ。

自分のせいで、深沢を傷つけることなどあってはならない。

「聞き分けのないことを。また躾けられたくて、私を挑発しているのですか？」

和貴はテーブルクロスの端をぎゅっと摑んで、揺らぐ感情を御そうとした。

「躾では、嫌だ。こうやって今、折角同じテーブルに着いているんだ。僕たちには会話ができるはずだ」

しかし、深沢は取りつく島もなく肩を竦めた。

「話し合いにどんな意味があるのですか？　私の要求は一つしかない」

「誰にだって自分の人生を選ぶ権利はある。それは僕も同じだ」

「愚かな」

深沢は息をつき、和貴をその眼鏡のレンズ越しに射貫《いぬ》くように見据えた。

「あなたにそれは向いていません」

「じゃあ、おまえは僕を閉じ込めて、この家で自分の意のままに飼い馴らすつもりなのか？」

「言い得て妙ですね。そのとおりです」

悪びれない深沢の台詞に、怒りが込み上げてくる。

「有り難い話だな！　でも、おまえの地位は、僕が与えたものだ。おまえが自分の力で得たわけじゃない！　どちらが主人か弁《わきま》えたらどうだ」

和貴がそう言うと、深沢はこれ見よがしにため息をついた。

「そう、ですか。この期に及んで、そういうことをおっしゃるわけですか」

逆鱗《げきりん》に、触れてしまった。

ひやりとする。

深沢の静かな威圧を感じ、和貴は小さく身震いをした。

「では、伺いますが、あなたは何を選びたいんです？」

「それは……」

「どうせやりたいことなど何もないくせに、私のものになる覚悟が決まらずに反発し、拗ねているだけでしょう。あなたに自分の将来を選ばせたところで、他人の悪意に傷つけられて終わるだけですよ」

「うるさい！」

和貴は声を荒らげ、食事を中座して立ち上がった。子供っぽい真似をしている自覚はあったけれど、止められない。

「僕を傷つけているのは、おまえのほうだろう」

「――本当にそう思っているのですか？」

「当たり前だ」

和貴は身を翻し、自室へ向かうために急ぎ足で廊下に飛び出した。

深沢は追ってはこない。

自分に逃げ場などないくせに勢いで飛び出してしまったと後悔しつつ、和貴は唇を嚙み締めた。

これから深沢と出勤するのに、気まずくなる原因を作った自分が愚かだとしみじみ思う。

無論、深沢の望みどおりにしたほうが、楽なのはわかっている。深沢にどろどろに溶かされ、快楽の虜《とりこ》になって毎日可愛がってもらえたら、どれだけ幸せだろう。

それを選べないのは果たして和貴の我が儘なのか、自分でもよくわからない。

迷路に入り込んでしまったようで、和貴は内心で頭を抱えた。

4

「――それで私のところに来たのか」

大磯で暮らす伏見義康《ふしみよしやす》はすっかり落ち着き、今は悠々自適の生活を送っている。

粋な袷《あわせ》を着こなした伏見の髪は白いものが混じり、この隠居生活を楽しんでいる様子なのは表情からも窺《うかが》える。

長襦袢《ながじゅばん》の上に粋な女物の小紋を羽織り、火鉢を足《あし》許《もと》に置いた冬貴《ふゆき》は伏見の膝を枕にしていたが、和貴《かずたか》が世間話をしているあいだに、いつの間にかいなくなってしまっていた。

「そうです、小父様。迷惑でしたか？」

甘えた声音を作った和貴がにこやかに尋ねると、伏見は小さくため息をついた。

「君も相変わらず成長がないな」

「…………」

ぐさりと来る一言を放たれて、和貴は口を噤む。和貴が目に見えて落胆したのを見て取り、苦い笑みを浮かべた伏見は首を横に振った。

「悪かった。だが、今回ばかりは深沢《ふかざわ》君の言い分も納得できる。少しは彼の言うことを聞いたらどうだ？」

「僕はいつでも深沢のものです。会社を辞めたくはありません」

「彼はそう思ってはいないようだが」

湯呑《ゆの》みを口に運び、伏見はおっとりとした調子で指摘した。

「そうです。それが理解できません」

「――そのようだな」

伏見は一応は同意を示す。

「だが、それは君がそう思わせてあげていないだけでは？」

「僕は、男が自分のもとへ通うのを待っているような生活なんてできません」

「冬貴のようだからか？」

図星だった。

さすがに伏見は和貴自身をよくわかっていると、微かに唇を噛んだ。

結局、和貴の内側に今尚わだかまり、時として激しく心を蝕むのは、父への嫌悪感と劣等感だ。以前ほどの憎悪は感じなかったが、それでも、父の生き方を許せるのかと問われれば別の問題だ。

冬貴がいなければ、和貴はこんな人間にはならなかったはずだ。こんなにも浅ましく惨めで、卑屈な人間には。

深沢が自分は冬貴と違うと定義づけてくれたから、和貴はこの脆い心を抱えて生きていける。

けれども、当の深沢こそが、父のようであれと今更のように押しつけてきているのだ。

深沢は伏見に反発しているくせに、彼と同じ選択をしようとしている。

深沢にとっては、冬貴の姿こそが恋人の理想型なのだろうか。

他者からその役割を押しつけられるのは、自分が清澗寺《せいかんじ》の血統であるがゆえなのか？

たとえ深沢がどんな姿になっても愛してくれたとしても、肉欲の化生と成り果てれば、それは最早和貴ではない。

そんな自分を目の当たりにすれば、和貴はきっと壊れてしまう。

抜け殻のようになった、魂を失った器は、果たして和貴自身といえるのだろうか。

そんな和貴を、本当に深沢は欲しているのか。

もしそれが深沢の望みであるならば、彼の欲する愛のかたちはこの世の果て、世界でたった二人が生き残ったときにしか果たされ得ぬものだ。

だからこそ、和貴は彼に手を伸ばせない。

「いずれにしても、それは二人で話し合うべき問題だ」

「でも！」

「勿論、君の弱さを利用して会社を辞めるよう迫った深沢君も悪いところはある」

伏見はわずかばかり表情と声を和らげ、落ち着くようにと和貴を窘める。

「……ええ」

「だが、君も本心を彼に打ち明けてはいないね？　それではまともな話し合いになるわけがない。家出には賛成しかねる」

「まだ家出していません。根回しの段階です」

伏見に甘えた声を出してみても、彼の表情は変わらない。

「たとえ短期の逗留《とうりゅう》にしても、私の知っている宿も教えることはできないな。無論、鎌倉の別邸も君には貸せない」

伏見はいつになく厳しかった。

「どうして、ですか？」

あてが外れるかたちになり、困惑した和貴は眉を顰める。てっきり彼が自分を歓迎し、甘やかしてくれるものだと信じていたからだ。

「もういい加減に君も腹を括《くく》りなさい。だから、手助けはできないよ」

「……小父様、今回はとても冷たい……」

拗ねるような口ぶりになった和貴は、無意識のうちに上目遣いに伏見を見やる。けれども、彼は難しい顔をしたまま頤《おとがい》を解こうとしなかった。

「今までさんざん優しくしてきたからね。たまには厳しくするのも必要だろう？」

和貴は縋《すが》るように伏見を見つめたが、無駄だった。

「尤も、今夜は別だ。もう列車もないし、泊まっていくといい。だが、明日は朝一で帰りなさい」

「小父様」

「叩き出さないだけ、親切だと思うことだ」

「……はい」

予想外の展開に和貴は悄々《しおしお》と視線を落とし、しょんぼりと俯く。

「さて、お説教はここまでだ。鞠《まり》ちゃんが夜食を支度してくれている。久しぶりにゆっくり話していってはどうだ？」

「小父様は、相手をしてくれないんですか？」

伏見が何か言おうとしたそのとき、「義康？」と

いう甘い声が聞こえてくる。

すうっと襖《ふすま》が開き、ぺたぺたと歩いてきた冬貴が戻ってきて伏見の膝に頭を乗せた。

「退屈したのか？」

「ふふ」

冬貴はそう言って、手を伸ばして伏見の顎に触れる。伸びかけた短い髭を引っ張られて、伏見が「こら」と笑った。

「このとおりだ。大きな猫がうちにはいるからね」

「畜生と同じ扱いか？」

「悪かった。大きな……よせ」

身を起こした冬貴が伏見の首をぐっと引き寄せ、唇をねだる。冬貴が膝を立てると長襦袢の裾がはだけて白い膚が丸見えになり、和貴は頰を染めた。

「ん…子供の前で甘ったれるんじゃない」

反論するように、父が鼻を鳴らす。

「小父様……その、小父様はまだ……父と……」

「さて、どうかな」

伏見は悪戯《いたずら》っぽく笑うと、「行くぞ」と冬貴に促す。

「明日は私も都内で用事がある。午後でよければ送ろう」

「いえ……一人で帰れます」

毒気を抜かれた和貴がぼんやり座っていると、鞠子が「お兄様」と姿を現した。

「鞠子」

「お客様を置いていくなんて、悪い小父様ね」

割烹《かっぽう》着《ぎ》を身につけた和服姿の鞠子は、ころころとおかしげに笑う。

「僕は客扱いされていないようだからね」

「まあ、清澗寺紡績の社長さんのお出ましなのに」

鞠子の後をついて和貴が茶の間に行くと、卓袱台《ちゃぶだい》の上にはご飯と味噌汁《みそしる》、それに鯵《あじ》の開きが用意されていた。

「芳子《よしこ》ちゃんは？」

「先に寝かせました。お兄様は、明日の列車で帰るでしょう？」

「――帰りたくない」

弱々しく言い出した和貴を目の当たりにしても、

鞠子はあっさりと「だめよ」と却下した。

「直巳《なおみ》さんが心配します」

　押しつけがましさは欠片もなかったが、妹にまで説得されると複雑な気分だ。

「深沢には、僕がここにいるって書き置きを残してきた」

「でも、一日で帰ると思っているはずよ。小父様がお許しになるはずはないもの」

　自分よりも伏見のことはわかっている様子の妹に、和貴は少しばかり臍《へそ》を曲げたくなった。

「おまえは口うるさくなったな」

「ええ、そうよ。これでも母親ですから。直巳さんにとっては小姑《こじゅうと》かしらね」

　これではどちらが年上なのか、わからなくなってしまう。

「僕だって……」

「お兄様は当主や父である前に、直巳さんの恋人でしょ。優先順位を間違えてはいけないわ。子供はいつか巣立つけれど、恋人はずっと一緒にいてくれる相手なのよ。お兄様は淋しがりなんだから、直巳さんのことは大切にしなくちゃ」

　ぐずぐずしていて大人になりきれず、皆に諭される自分が情けない。

「……怖いんだ」

「何が？」

「——二人きりで生きたいと思ったのは僕のほうなのに、深沢にいざそれを突きつけられると、すっかり腰が引けてしまう」

　己の胸中にある何もかもを言葉にするのは難しかったが、鞠子になら、もう少し素直な気持ちを打ち明けられた。

「あら、二人きりなんていいじゃない」

　深刻な口調で打ち明けたのに、鞠子は軽々と和貴の葛藤《かっとう》を飛び越えてきた。

「そうか？」

「私、弘貴《ひろたか》をお兄様に預けたのは、単に生活が苦しかったからじゃないのよ」

　和貴は返す言葉に詰まり、目を丸くする。

「お兄様には、自分の人生を生きてほしかった。弘貴に愛情を注いでくれたら、変わるのではないかと思ったの」

鞠子の意外な思いを耳にした和貴は、茶化《ちゃか》すこともできずに黙り込んだ。

「お父様に……表向きはもらえなかったものを子供に与えることで、お兄様が解放されるのではないかと思ってしまって。それで子供を手放すなんて、私は悪い母親ね」

父親から、母親から、惜しみなく与えられる愛情。

早逝した母親の綾子《あやこ》はともかくとして、冬貴なりに自分に多少の情はあるのかもしれないが、和貴の飢えを満たす種類のものではない。

伏見は自分を満たしてくれたが、それは、父としての愛情ではなかった。屈折した恋人としての情愛であり、和貴はいつも、親の愛情に飢えていた。

「悪いことは、何もない。感謝しているんだ。あの子たちのおかげで、僕は愛情の注ぎ方を覚えたんだ。誰もおまえを責めたりはしないだろう」

全然、気づかなかった。

あの伸びやかで優しい弘貴に育て直されていたのは、自分のほうだったのか。

だとしたら、鞠子があえて双子を引き離して育てたのかも合点が行った。

この子ならお兄様を救ってくれる、と言った鞠子の悲愴《ひそう》なまでの決意も。

「ずっとそばにいて、そのための愛情をくれたのは、直巳さんでしょう？　お兄様は、ちゃんと直巳さんに返している？」

「……少しは」

「少しじゃだめよ」

呆れたように言った鞠子は、不意に真顔になって和貴の瞳を見つめる。

「間違えないで。お兄様はこれまで何年も直巳さんと一緒にいたけれど、それと同じ年数がこれからも残されているとは限らないのよ」

「………………」

唐突に突きつけられた現実に、和貴は愕然《がくぜん》とした。

「私もそうだった。駆け落ちしたときは、一生あの人と一緒にいられると信じていたわ。でも、違ったの。一緒にいられたのはほんの十年にも満たなくて、今は、一人で生きている時間のほうが長いのよ。私、すっかり奥さんではなくてお母さんになってしまったわ」

若くして夫を失った鞠子の表情に憂愁の昏い影を見出し、それが和貴の胸を締めつけた。

恋をまっとうするために駆け落ちした鞠子は双子と末娘の芳子を産んだが、夫はすぐに亡くなった。そして戦争で泰貴ともはぐれ、娘と二人でここまで落ち延びてきたのだ。

それまでどれほどの苦労があったのか、多くを鞠子が語らぬ以上は、和貴には知るよしもない。

「終わりが来てしまう前に、お兄様の精いっぱいの愛情を直巳さんに注いであげて。お兄様は、もう愛し方を知っているから大丈夫よ」

鞠子の言葉は、一つ一つが胸に染み込む穏やかな雨滴《あましだり》のようだ。

「ほんの少しだけ素直になればいいの。直巳さんのそばにいたいって言えばいいのよ。難しいことはあとから考えればいいわ」

「でも」

「お兄様は、直巳さんを好きなんでしょう？」

別離、か。

幸い、和貴は未《いま》だに肉親の明確な死に立ち会った経験がない。

母の綾子のときは覚えがあるものの、それだって物心がついたかつかないかのうちだ。

戦争で部下や友人を失いはしたが、最も近しい存在である家族を失わなかったせいで、自分から死の気配は常に遠かった。

殊に、父の冬貴は今尚絢爛たる美貌を誇り、おそらく若人《わこうど》を惑わせているのだろう。彼の寿命が余人よりも長かったとしても、何ら不思議はない。だからこそ和貴は、自分より先に深沢がいなくなってしまうのではないかと、言葉にはしなくともその事態を恐れていた。

その恐れを口にしなくては、当の深沢には伝わらないのかもしれない。

「——わかったよ。ありがとう、鞠子。明日の朝、ちゃんと家に帰ることにする」

和貴の真面目な顔を見て、鞠子は安心したように笑みを浮かべた。

「ふふ、お説教をしていたら、お味噌汁が冷めてしまったわね。あたため直す？」

「いや、このままで十分美味《おい》しいよ。おまえの手料理なんて、久しぶりだ」

和貴はそう言って、夜食に手をつける。

優しい味の味噌汁も、新鮮な魚で作った干物も、何もかもが美味だった。

お嬢さん育ちで家事など趣味程度にしかできなかった鞠子の成長が嬉しく、そして彼女に比べて自分は何も変わっていないのだとしみじみと思った。


翌朝。


大磯を発車した一番列車で東京に戻った和貴は、重いトランクを持て余しつつ帰路を辿る。

本来ならば駅前でタクシーを捕まえるつもりだったが、折悪《おりあ》しく運転手のストライキがあって都内ではタクシーはまるで走っていないのだという。

仕方なく、麻布の森までは都電を乗り継ぐことにした。

あれほど鞠子と伏見に諭されたにもかかわらず、家に向かう心情は軽いとは言い難かった。

寧ろ、気が重い。

ここで家に戻れば、深沢のあの重苦しい愛の鎖で雁字搦《がんじがら》めにされてしまうだろう。

それだけの覚悟が、今の自分にあるのか。

何もかも捨てて深沢と寄り添う決意が。

深沢の前にいると、自分は呑まれたように立ち竦む。ろくに説明もできなくなり、快楽と愛欲に流されてしまうのだ。

「……だめだ」

けれども、怯んでいては何も変わらない。

自分の思いを洗い浚《ざら》い、彼に打ち明けよう。

欲深い躰への恐怖と、深沢を貪り尽くす恐れ。それを伝えると彼が責任を感じ、よけいに和貴に尽くしてしまい、かえって逆効果になるのではないかと懸念していることも。

最寄りの駅で降りた和貴の足は鉛のように重かったが、ここまで戻ってきた以上は、帰らないわけにはいかない。

やがて、懐かしい麻布の森が見えてきた。

全身が怠く、重かった。

手にしたトランクが重い金属か何かに化けてしまったような、そんな心持ちすら覚えた。

「すみません」

唐突に声をかけられた和貴が振り返ると、長軀《ちょうく》の青年がはにかんだ笑いを浮かべていた。

一重の目許はすっきりとしており、どことなく鋭利な刃物のような印象を持ち合わせている。

袖や裾が擦り切れかけて白くなった黒い上着に身を包んでいたが、不潔さとは無縁だった。

「はい」

「少しお話があるんです」

いったいどういう誘いだろうと、和貴は怪訝な顔つきで相手のにこやかな面を見やった。

「あの…、どちら様ですか？」

記者だったら、一応は和貴本人かどうかを確かめてから話を聞こうとするから、そうではないだろう。

知人かもしれないが、まったく見覚えがない。

一本道を逸れただけなのに、細い路地はじめじめして陽当《ひあ》たりが悪く、朝方に雨でも降ったのか道路は濡れている。

「このあいだ、上野の復興美術展に行かれたでしょう」

「え？　ああ、はい」

そのときの関係者かと合点が行き、和貴は反射的に笑みを作ったが、相手が名乗らないのが理解できなかった。

「僕もそこにいたんです」

「そうでしたか」

どういう会話にすればいいのかわからず、和貴は考えあぐねていた。

「そのことで、お話があるのです。お時間をいただけませんか？」

「……ええ。でも、どこへ？」

真っ直《す》ぐ家に帰るのが嫌で、和貴は青年の誘いに乗ることにした。

昼日中であれば、和貴に危害を加えるような真似もしないだろう。

「場所は決めてあります。お荷物、お持ちしますよ」

案外力があるのか、青年は軽々と和貴のトランクを持ち上げる。

「ありがとう」

微笑む和貴を眩しげに見つめ、青年は「こちらです」と歩き始めた。

5

腹が痛い……。

腰と背中、なぜか口も。

和貴《かずたか》の腕に当たるのは、椅子の手摺《てす》りだろう。背もたれと座面は革張りか何かのようだが、快適とは言い難い。

書斎のものとも職場のものとも違う気がするけれど、自分はどこかで椅子に座ったまま、うたた寝をしてしまったのだろうか。

身動《みじろ》ぎをしようとした和貴は、自分の手足がまったく動かないのに気づいて驚いた。

とはいえ、腕から先の部分は動く。指の感覚はあるから、腕のところで固定されているようだ。

固定……どうして？

「ん…」

目を開けたのに、視界に何も映らない。声も出せない。

恐慌を来《きた》しかけて躰を揺すったが、それが視界を覆い隠すやわらかな布のせいだと気づく。声が出ないのは、きつく猿轡《さるぐつわ》を噛まされているせいだった。

何なんだ、これは。

こんな悪戯をする人物は、深沢《ふかざわ》くらいしか思いつかない。彼の新しい意地悪なのだろうか。

「起きましたか？」

吐息が触れるほどの間近で放たれたのは、聞き覚えのない声だった。

「…………」

驚愕《きょうがく》のあまり、和貴は雷《いかづち》に打たれたように背筋を伸ばした。

誰かがそばにいるのに気づかなかったせいもあるが、それ以前に、相手は深沢ではなかったのだ。

深沢よりも声が少し高く硬質なので、別人であるのはすぐにわかった。

いったい、誰の声なのか。

聞き覚えは全然なく、会社や周囲の人間ではないはずだ。

「ん……ぐ……」

「騒がれると困るので、口はきついかもしれませんが、そのままですよ。すみません」

しおらしい口ぶりとは裏腹に、相手は和貴の拘束を解くつもりはまるでない様子だった。

「んー…」

「僕は鴉川《あがわ》です。鴉川蒐《しゅう》。雅号は月虹《げっこう》です。さっき道で話をしたんですが、覚えていませんか？」

鴉川、というのは誰だろう。

わからない。

腹の痛みの原因すら判然とせず、頭がまだぼんやりとしている。

確か、昨日は家出をして大磯の伏見《ふしみ》の家に泊めてもらった。鞠子《まりこ》に説得されて朝一番の列車で大磯から戻った和貴は、家の近くで知らない男に声をかけられたのだ。

そうだ……それが鴉川だ。

相手の話を聞いてやろうと思って路地裏についていったところで、いきなり腹を殴られて――それからの記憶が、ない。

「殴ったりしてすみません。縛る前に確認したけれど、痣《あざ》も内出血もできてなくてほっとしました。あなたのこのすべすべの膚に、一つでも傷をつけるわけにはいきませんからね」

鴉川と名乗った男はどちらかといえば軽佻《けいちょう》で、極めて友好的な様子だった。

「軽いですね、和貴さん。僕一人でも運べるくらいでしたよ。きちんと食事をしていないんですか？」

だが、異常な事態であるのは、和貴が目隠しをされて猿轡をされていることからも明白だ。

人の気配は、おそらく一つ。

忙《せわ》しなく動き回る衣擦《きぬず》れと靴音が耳に届き、和貴の集中を阻害する。

靴音はするが、屋外ではないようだ。ということは、作業場とか教室とか、そういう場所だろうか。

口も目も使いものにならない以上は、嗅覚《きゅうかく》で何か手がかりを摑めないかと思ったが、嗅いだことのない薬剤か何かの臭いしかわからなかった。

「漸くあなたを手に入れられて、本当に嬉しいです」

手に入れるも何も、こうして自由を奪っておいてどういう論理なのか。

「やっと僕のものになった。あなたは僕のカミだ」

カミ……？

紙、髪、上――頭の中で同じ音の名詞を並べていった和貴は、神という一語で止まった。

――まさか。

いくら何でも馬鹿馬鹿しい発言だ。

今の発言が本心ならば、この男は誇大妄想狂か何かだろう。

これまでにも和貴に心酔して神だのミューズだのと言う輩は何度も出現したものの、一人としてこんな無礼な真似はしなかった。

「自己紹介をしないのもよくないですし、ちょっと、目隠しを外しますね」

男が後ろに回り込んだのに気づき、和貴は一度目を閉じる。目隠しを外されてからゆっくりと目を開け、やっと自分のいる場所を視認できた。

想像していたよりも、ずっと広い空間だった。

板張りの床と木製の壁、褪《あ》せたカーテンのかかった硝子窓は板が打ちつけられている。机に山と積まれたノートと雑誌。古ぼけた木製の椅子は、絵の具かペンキで汚れていた。

イーゼルがあるから、板張りの床に落ちているのはペンキではなく絵の具だろう。絵の具の零れた痕跡はそこかしこにあったが、床は清潔に保たれているようで、埃《ほこり》一つ落ちていない。

洋風建築を似せて作ったアトリエは、床の上に無造作に重ねられたカンバスや、トルソーの類いがちらりと見えた。つまりこの匂いは薬剤ではなく、油彩画に使う油が原因のようだ。

部屋の片隅にはストーブが置かれ、この時期に既に使っているかまではわからなかった。

木造の平屋らしく、首を動かすと燻《いぶ》されたような色味の立派な梁《はり》が渡された天井が見えた。

戦争の被害はなかったのか、古びてはいてもそれなりに清潔な空間であるのに少しだけほっとした。

「うー……」

想像どおりに和貴の手と足は大きめな木製の椅子に麻縄で縛りつけられていて、身動きが取れない。縄が直に皮膚に当たらないよう、腕と足にはやわらかい布が巻きつけてあった。

「最初に僕とあなたの馴《な》れ初《そ》めをお話ししますね」

今度は背後からそう声が聞こえ、鴉川とやらが前に回り込んできて、恭しく頭を下げた。

そのまま彼は和貴の前に騎士の如く流麗に跪《ひざまず》き、視線を合わせてくる。

鴉川の一重の目は眼光も鋭く、何を考えているのかわからない考え深げな色を宿していた。

年齢は貴郁《たかふみ》と同じくらいだから、二十代半ばくらいだろうか。

長身で躰にほどよく筋肉がつき、絵描きという言葉から受ける想像よりもがっしりしており、年齢的にも戦争帰りなのかもしれない。和貴を連れ込めるほどなのだから、それなりに体力はあるのだろう。

黒髪で黒いとっくりのセーターに黒いズボン。黒ずくめの服装は威圧的で、印象的な目つきと国籍不詳の顔立ちが相まってあたかも死神のようだ。

「僕は画家で……彫刻や文章も手がけるんですが、最近は専ら絵を描いていて、あなたの熱狂的なファンでもあるんですよ。何度か手紙を送りましたが、見ていただけましたか？」

首を振ろうとした和貴は、自分をスケッチした絵があれからも何通か送られていたのを咄嗟に思い出し、曖昧に首肯した。

「よかった！　このあいだの復興美術展にも僕の絵を見に来てくれたでしょう。あなたを描いた『半神』は如何でしたか？」

明確には覚えていないものの、久保寺《くぼでら》に切符をもらった催しがそんな名前だったと思い当たる。

しかし、そこに鴉川の絵があったかどうか。

「招待する勇気がなくてチラシだけ入れたんですよ。わざわざ来てもらえて、本当に嬉しかったです」

口ぶりは熱っぽく、素直に和貴に感謝しているようだ。しでかしたことは短絡的だが、危惧するほどには悪い男ではないのかもしれない。

「あれで確信したんです。あなたは僕の芸術を理解し、僕と出会うことを望んでいてくれるのだと。それで準備を整えて朝一番にあなたを迎えに来たら、あなたも荷物をまとめて僕を待っていてくれた。感激しましたよ。僕と一緒に暮らすつもりで、もう準備していてくれたんですね」

昂奮気味に早口で一方的に捲《まく》し立てられ、男に対する好感は、あえなく危機感に反転した。

何を言っているのか、この男は。

「ああ、脱線しちゃいましたね。僕たちの馴れ初めでしたっけ」

鴉川は自分のルールに従って話しているのか、和貴のことなどまるで考慮していなかった。

「僕が初めてあなたを見たのは、十の春……二十年近く前です。あなたは社交界を騒がせていて、僕は新聞で初めてあなたの顔写真を見た。そのときに、僕は地上の美というのはここにあるのだと知りました。そこから僕の信仰は始まったのです」

熱狂的といえるほどに情熱的に言い切られ、和貴は男の思い込みの激しさに言い知れぬ違和感を抱いた。けれども、それを顔に出せば相手を刺激してまずい展開になりそうなので、ぐっと堪える。

「そのあと、僕はたまたま出かけた劇場であなたを見たんです。あなたは、写真などよりもずっと美しかった……」

鴉川は爛々《らんらん》と光る野獣の如き目で和貴を見据え、熱く言葉を繋げた。

この、目。

狂気すら感じさせる男の眼光の強さに、和貴はぞくりと身震いをする。

「以来、ずっとあなたを追っていました。残念ながら新聞のゴシップ欄を切り抜くときりがなかったので、見目のいい写真が載っているものだけですが。……ほら、これです」

彼はそう言って、手近な机の上に積み上げてあった数冊の分厚いノートを叩いた。

確かに、何かの切り抜きを貼りつけているらしく、ノートは不格好な厚みができている。

和貴を殴り、こうして自由を奪っておきながら、いっそ陽気なほどににこやかに笑う鴉川が不気味で、和貴は口を噤む。

「何年も何年も、僕はあなたという美の化身を追いかけ続けた。あなたは僕の考える美そのものです」

相手を刺激すると何をされるかわからなかったので、和貴はとにかく鴉川の言い分に耳を傾けた。

「あなたは何も変わらない。この国が戦争になる前も、なったあとも。華族がなくなる前も、あとも。一つとして変わらず美しいままだ。それで僕は知ったのです。あなたの身の内にあるのは、永遠だと。いえ、違う。あなたこそが永遠の体現者、すなわち、この世に唯一おわす神なのだと」

それは褒め言葉かもしれないが、和貴にとっては呪詛のように忌々しい言葉の羅列だった。

「あなたの中には永遠がある。この不変の肉体は、美の真理を表しているのですよ」

　鴉川はそれを、和貴に聞かせるために紡いでいるのかどうかはわからない。最早、自分の言葉に酔い痴れているのかもしれなかった。

「僕はあなたをモデルにして芸術作品を描いていましたが、写真や盗み見ただけで写し取るだけでは足りません。時を超えたあなたの美しさを、僕の技量では伝えきれない。だから、描いたとしても不完全な半神になってしまう」

　男は小さく笑って、手を伸ばす。和貴の肌理《きめ》の細かい膚に触れて、うっとりと息を吐き出した。

「それで、決意したんです。本物を手に入れて調べようと。あなたはこの地上に落ちた神。人が手を触れることのできる唯一無二の聖性の持ち主で、その神性を探るのが僕の使命なのです。そうしたら、あなたのほうもそれを願って、僕の手の内に飛び込んできてくれた。僕とあなたは結ばれているんです」

　頭がくらくらしてきて、理解を拒んでいる。

　どうやら、自分はとんでもない男に捕まったようだ。

　こういう手合いは冬貴《ふゆき》を追いかけるとばかり思っていたので、理解のできない気味の悪い執着を向けられた点に、和貴は心底動揺していた。

　誘拐されるのは、恥ずかしいことに初めてではなかった。こういうところが深沢に学習能力がないと詰られる一因なのだが、致し方ない。

　とはいえ、一度目は和貴自身の意思もあって連れ去られたので、こうしてわけもわからずに攫われるのは初めてだった。心の準備もできておらず、予期し得ぬ事態に狼狽《ろうばい》して蒼白《そうはく》になる和貴に、鴉川はにこやかに笑った。

「そう怖がらなくていい。あなたを傷つけるつもりはないのですから」

「う……ぅう……」

「ただ、あなたのことを教えてほしいだけなんです。その不変の美の在処《ありか》を」

　莞爾《かんじ》と笑った鴉川の目は、それでいて笑ってはいなかった。

「おわかりですか？」

——わからない。わかるわけがなかった。彼のおぞましすぎる発言の趣旨を理解したくない。

「安心してください。最後にはちゃんと、あなたを帰してあげますすよ」

「………」

「まずは、あなたをじっくり描きたいな。僕が怖くて怯えているんですね。そのせいで蒼褪めていて、とても魅力的だ」

鴉川はそう言うと、和貴の前にずるずると木製の椅子を引っ張ってくる。そして、スケッチブックと鉛筆を手に、デッサンを始めた。

どうやら鴉川は風変わりではあるが、和貴を傷つける意思はないらしく、そのことにはほっとした。

鴉川がデッサンを始めて、どれだけ時間が経ったことか。

椅子に座ったまま同じ姿勢でいることを強要されるのは、ひどく疲れる。

今頃、深沢は心配しているだろうか。

こんな目に遭ったと知られたら、今度こそ外に出してもらえなくなるかもしれない。それを避けるためにも、早くここから抜け出さなくてはいけない。

鴉川が鉛筆を走らせるのを見ながら、和貴はこの事態を如何にして切り抜け、逃げ出すかを必死で思い巡らせていた。

何枚か絵を描くだけで気が済むのであれば、暫くはつき合ってやれるとはいえ、顔を見た以上は危害を加えるなどと言われては厄介だ。

鴉川が自分の『神』と目した相手を殺すとは思えなかったが、神を殴る覚悟があるならば、大胆な行為に出てもおかしくはない。

和貴のような大人の男性を連れ込めるのだから、先ほどの一人で運んだという発言は偽りで、共犯者がいるのではないか。いや、そもそもこんな偏った思考に共鳴する人間がいるだろうか。

鴉川の単独での兇行《きょうこう》だとすれば、上手く丸め込めば逃げ出せるかもしれない。

いずれにしても意思の疎通の必要があるし、猿轡を外すよう仕向けなくては。

そうこうしているうちに、和貴は自分の躰に起きた異変を自覚し、そわそわとし始めた。

意識を失っているあいだは我慢できた生理的な衝動が、そろそろ切迫してきたのだ。

「う…ッ……」

和貴は唸《うな》ることで鴉川の注意を惹き、己の置かれた窮状を訴えようと試みた。

「あれ、どうしたんですか？」

「……っく……」

和貴は目を伏せて下腹部を見、何とか自分の状態を知らせようとする。

「ああ、もしかして便所に行きたいんですか？」

動きを制限された中でも懸命に頷く和貴を見下ろして、鴉川は「気づかなくてすみません」とさも申し訳なさそうな顔を作った。

「準備してありますから、安心してください」

鴉川はそう言い残し、一旦和貴の視界から消える。

これで縄を切ってもらえるだろうと思いきや、鴉川はまったく想定外の行動に出た。

「今、お手伝いしますからね」

歌うように朗らかに言ってのけた鴉川の手にあったものは、硝子《ガラス》でできた溲瓶《しびん》だった。

信じられない。

啞然《あぜん》とした和貴は慌てて首を振り、男を睨む。

「あれ？　もしかして、嫌なんですか？　折角買ってきたのになあ……」

「うーっ」

絶対に、絶対に嫌だ。病人でもないのにそんな真似をされるのは、あり得ない。

和貴は断固として拒むつもりで、何度も首を横に振った。

「髪が乱れてしまいましたよ。それも美しいですが」

彼は至極残念そうに呟いて、そして「うん」と首を諦めたようにつけ足す。

「なら、使いたくなるまで待ちましょう」

鴉川は本気で待つつもりなのか、いきなり、分厚いスケッチブックを和貴の前に差し出した。

「あなたの絵を描いてみました。如何ですか？」

白い画面の中に閉じ込められた和貴は、どこか怯えたような面持ちで椅子に腰を下ろしている。

「生のあなたの表情を描けるなんて最高です。怖がっているところも、悲しんでいるところも、悦んでいるところも、ちゃんと描いてあげますからね」

鴉川は浮き浮きと言ってのけ、二枚目の作品に取りかかる。それを目の当たりにし、和貴は眩暈《めまい》がしそうだった。

生理的な欲求は相変わらず続くだけでなく、喉が渇いてきている。水を頼みたかったが、水分を摂取すれば必然的に尿意を催してしまい、結局は鴉川の手を借りる羽目になるはずだ。

それだけは御免だ。

最悪だと事態を罵《ののし》ることは可能だったが、まずは、ここから逃げ出す算段をつけなくてはいけない。

暑苦しいくらいに和貴を束縛してくる深沢が、おめおめと自分を誘拐させるとは思えない。

これは和貴に外界の恐ろしさを知らしめるための、深沢の謀《はかりごと》ではないか。そう心のどこかで疑っていたが、鴉川が溲瓶を出したことで、その可能性は限りなく零《ゼロ》に近くなった。

恋人の心を砕くのは己だと自負するほどの独占欲を持ち合わせた歪な男が、計略のためとはいえ、溲瓶まで使わせるわけがない。

つまり、和貴は本当に拐《かどわ》かされてしまったのだ。

「――本日も、和貴様が戻っていない？」

玄関ホールで出迎えを受けた深沢は、執事の箕輪《みのわ》による報告に眉を寄せる。

「如何いたしましょうか」

「大磯に行くと言っていたのでしょう」

「はい」

「でしたら、心配はいりません。どうせ居心地がよくて長逗留を決め込んだのでしょう」

「しかし、差し出がましいことですが会社は……」

深沢が辞めろと迫ったのに反発し、あえて会社を休み、社内が回らなくなるのを見せつけたいのかもしれない。周囲にとっては傍迷惑な話で、和貴がそんな真似をするかどうか疑わしいし、手は打っているはずだ。

「一日、二日の留守なら昔はよくありました。心配せずに放っておきなさい」

「かしこまりました」

和貴の筆蹟《ひっせき》での書き置きが部屋に残され、書面には大磯に行くと簡潔に記されていた。

この歳になっても和貴を甘やかしている伏見だから、気の済むまで手元に置くだろう。

そういうところが、腹が立つのだ。

伏見は和貴を好きなだけ甘やかして、その無責任な愛着が彼をだめにしていることへの自覚が欠如している。和貴の愛慕を恣に受け取り、責任を取ろうとはしない。

深沢は小さく息をついて、自室へと向かう。

上着を脱いでベスト姿になってから、もう一度和貴の置き手紙を読み返してみた。

『暫く考えたいことがあるので、大磯へ行く。三、四日で戻るので心配はいらない』

どうせ行き先など伏見のところしかないくせに、あえて行き先を明確にせず、日数もぼかしているところに和貴のささやかな意地が見える。

多少は成長したと思ったが、貴郁のみならず伏見のところへ向かうとは、和貴は深沢を怒らせたがっているとしか思えなかった。

あるいは、自ら好んで墓穴を掘っているのか。

棺に閉じ込められる骸《むくろ》になるのは時期尚早と和貴なりに足掻いているようで、意外なほどの反発の強さに深沢も手を焼いてしまう。

まったく、あの小鳥は愛くるしいくせに強情だ。

覚悟を決めるのは、深沢の番なのだろうか。

あまりにも抵抗をされるくらいなら——今度こそ、この手で。

深沢は沈鬱な面持ちで自分の両手を見やる。

ざわりと胸が騒いだ。

「………」

深呼吸を一つし、己の感情を宥めようとする。

まだ、早い。

まだ、そのときではないはずだ。

あれから幾歳も経たというのに、あのなまなましい感覚が未だに手に残っている。

郷里の断崖絶壁で、和貴と心中をしようと決めたあの日。

ほっそりとした和貴の首を、この手で絞めた。

深沢の手にかかることに和貴は幸福を感じているようで、その表情は歓喜に光り輝いていた。

己の手で愛する者を縊《くび》り殺す無上の恍惚《こうこつ》の中、それでも深沢が踏み留まれたのは、和貴がともに生きたいと言ってくれたからだ。

和貴がいない人生など、最早考えられない。

それゆえに、彼が折れてくれることを望んでいる。

でなければ、深沢を引き留める枷《かせ》はなくなってしまう。今度こそ、彼を殺《あや》めてしまいそうだった。

鴉川がカーテンを閉めたのでわからないが、おそらく夜が訪れたのだろう。

喉の渇きと尿意が極限に近づいてきた和貴は、先ほどから無心にスケッチを続ける鴉川が気づいてくれるよう、唸り声を上げた。

「うぅ……」

顔を上げた鴉川は和貴が脂汗を浮かべているのを見て取り、唇を綻ばせた。

「したくなりました？」

鉛筆を置いた鴉川はやけに爽やかに笑い、溲瓶を手に近づいてくる。

「く……」

「これが嫌なら僕が直接、口をつけて飲んであげますよ。どっちがいいですか？」

「！」

冗談じゃない。

「うーっうう……ッ」

和貴が混乱に襲われて躰を激しく揺すったので、鴉川は「そんなに嫌がらないで」と淋しげに言った。

「飲むのには抵抗ないんですよ。神の排泄物《はいせつ》は、僕にとっては神酒《ネクタル》も同然ですから」

我ながら哀れっぽい瞳で鴉川を見つめ、頼むから厠《かわや》へ行かせてほしいと視線で訴える。

「お口が嫌なら、やっぱり溲瓶ですね」

酷い、そんなことはあんまりだ。

そう訴えたいのに、きつい猿轡のせいで、言葉は出てこない。

目の前で足を止めた鴉川が和貴の前に膝を突き、とうとう衣服の前だけをくつろげる。

「!!」

性器を露出させられ、和貴は羞《は》じらいにこれ以上ないほど耳が熱くなるのを感じた。

「ここを見るのは、今まで楽しみに取っておいたんです。ああ、やっぱり和貴さんの躰はどこもかしこも美しい。まさに神の御業だ……」

まじまじとそこを他人に見られる情けなさに、和貴は泣きたいほどの羞恥を覚えていた。

無論、これまでに数え切れないほどの相手と交わってきたが、和貴のありとあらゆる部位を解剖しようとした人物は深沢以外にいなかった。

これが性交や医療のためならまだしも、単に相手が好奇心で和貴を観察しているだけというのが、和貴には耐え難い辛苦だった。

こんなことは、深沢にしか許さないのに。

和貴は目をぎゅっと閉じ、鴉川が性器を硝子瓶の中に収めてくれるのを待った。

「さあ、準備ができましたよ。あなたのお小水、たくさん出してくださいね」

「う……」

恥ずかしくて、情けなくて、苦しい。

でも、ここで失禁するわけにはいかない。

それこそ人間の尊厳を奪われる行為だ。

はじめはなかなか出せなかったが、「やっぱり口のほうがいいですか？」と聞かれて、破れかぶれになって腹に力を込める。

惨めだった。

「……終わりですか？　随分溜めてましたね」

真っ赤になった和貴は目を閉じ、ふるふると首を横に振る。

「うん、あたたかい。神とはいえ、体温は人とは変わらないんですね」

溲瓶の温度を確かめるように呟いてから、鴉川は和貴の性器を拭いてくれたものの、今度は服を着せようとはしなかった。

「!?」

薄目を開けて相手を見守っていた和貴は動揺に身動ぎをし、何とかしろと躰を揺すって訴える。

「折角だから、そのままにしておきましょう。今度はあなたの綺麗なペニスもスケッチしますね」

鴉川はにこやかに宣告したが、そこで気づいたように「あれ、喉が渇きましたか？」と尋ねる。

和貴はやっと気づいてくれたかと、こくりと頷いた。

「じゃあ、水をどうぞ」

用意されていたやかんに口をつけた鴉川はそれを傾けて中身を含み、和貴に顔を近づける。

どういうつもりだ？

身を屈めた鴉川は猿轡をしたままの和貴の口に唇を押しつけ、水を少しずつ吐き出す。

「！」

あまりのことに顔を背けようとしたが、それすらも能わなかった。

気持ち悪い……。

湿った手拭い越しに、ぬるい水分が少し入り込む。

それでも強引に顔を逸らすと、鴉川が顔を離す。

「水、いりませんか？　こうじゃないと絶対にあげませんよ」

本当は、我を忘れてこの手拭いを嚙み締めたかった。先ほど乾いた舌に触れた雫は、貴重な甘露のようで、たまらなかったからだ。

けれども、それを飲んだらおしまいだという自覚はあった。

「強情ですね。でも、溲瓶の件でもわかったでしょう？　あなたが僕に従うまで、放置するのは吝《やぶさ》かではないですからね」

顔を離した鴉川に堂々と言われ、和貴はおずおずと彼を見上げる。

「明日まで待ちましょうか。僕はどれだけ時間をかけてもかまいませんよ。あなたと暮らすのに苦労は付き物ですから」

明日まで放置されれば体調が悪くなるかもしれないし、そうしたら病院に運んでくれるのではないか。しかし、病んだところを絵に描きたいなどと言われる可能性もあった。

悩んだ末に和貴は渋々手拭いを歯列に挟み、噛み締めることで水気を絞り出そうと試みる。

「そう、素敵ですね。一生懸命になっている和貴さんは、とても可愛いです」

一度水の味を覚えた肉体は、すぐにその甘美さに屈服した。

もっと欲しい——もっと。

擦り切れそうなほどに激しく手拭いを噛み締めてみたが、それにも限度がある。

縋るように鴉川を見やると、彼はもう一度水を含み、和貴の猿轡に染み込ませた。

「ン…」

美味しい……。

一度他人の口腔を経た水など、おぞましいはずなのに、乾ききった身にはたまらなく美味だった。

何度かそれを繰り返されているうち、わずかに渇きが癒え、和貴はほっと息を吐いた。

本当に、自分は攫《さら》われてしまったのだ。

誘拐されたのだという恐怖と同時に、今はここにいない男への思慕の念が改めて募った。

深沢に会いたい。

彼の力強い腕に抱かれさえすれば、こんな苦い現実は忘れられる。

早く抱き締めて、接吻《せっぷん》をしてほしい。

この乾ききった唇で受け止めたいのは、彼がもたらす愛の雫だけだ。

まだ掌には、あの日の熱が残っている。

公園で手を繋いだ、やわらかな熱。

誰にも奪えない、深沢のぬくもりが。

飢餓感が強くなっていたが、猿轡をされていては解放の交渉どころか食べ物すらねだれない。

考えてみれば、朝食を大磯でご馳走になってから、今、水を飲むまで何も口にしていない計算になる。

強い心理的な負担を感じると食事が喉を通らなくなる気質とはいえ、空腹を感じないわけではないので、腹の虫が騒いで仕方がなかった。

深沢は和貴の不在を不審に思い、手を打ってくれているだろうか。

書き置きには数日留守をしていると書いてしまったが、大磯に電話をしてくれれば、和貴が今朝戻ったのはわかるはずだ。

そうすれば警察に届けるなり何なりして、和貴を探そうとしてくれるに違いない。

それだけが、今の和貴には救いだった。

和貴の前に腰を下ろした鴉川は鉛筆を握り、うっとりとした顔で和貴を見つめている。

「今は何を考えていますか？　誰かが助けにきてくれるかってこと？」

そのとおりだったが、和貴は相手を刺激しないよう、おくびにも出さないように努めた。

「僕の親はとっくに死にましたし、こうやって世捨て人みたいな暮らしをしているから、この家を訪ねる人もいませんよ。今は、親の農地を売った金で暮らしてますからね」

聞かれてもいないのにそう言い、鴉川は微笑んだ。

「だから、大声を出しても無駄ですよ。この家の周りは森で、民家なんて全然ありませんから」

牽制《けんせい》されたかたちになった和貴は、不安に戦いた。

「一つだけ、覚えておいたほうがいいことがあります」

「？」

「僕を傷つけたりすれば、あなたはここから出られませんよ。あなたがここにいるのを誰も知らないんですから、当然ですよね」

明るくつけ加えた鴉川は、和貴の不安を煽って楽しんでいるようだった。

こんなはしたない格好で放置された自分はとても間が抜けていて、惨めな姿だと思えた。

6

和貴《かずたか》にとっての二日目の朝は、ろくに眠れずに朦《もう》朧《ろう》としたままやって来た。

周囲はしんとして、物音一つしない。

鳥の囀りが聞こえてくることが、これが悪い夢ではないのだと示している。

じわりと頭痛がし、日常を忘れられないのがいいことなのか、悪いことなのかとぼんやりと思考を巡らせた。

深沢《ふかざわ》は伏見《ふしみ》に連絡を取り、警察に行ってくれただろうか。いつになったら、ここに来てくれるだろう。

救いの手があの扉を破って現れることを夢想し、心待ちにしているうちに、待てど暮らせど鴉川《あがわ》が現れないことに気づいた。どうやら、彼は夜のあいだはどこか別の場所で寝たようだ。

麻布の森にいるような静けさだが、ここはいったいどこなのだろう。

空腹で躰に力が入らないうえ、止めようもないほどの尿意を催している。

スケッチをしたあとに服を再び着せてくれたのは鴉川なりの親切のようだが、また今日も同じ真似をされるのだろうかと思うと、泣きたくもなる。

入浴もできずいっさい着替えもできない不潔さで、募る不快感が和貴を苛《さいな》んだ。

何よりも椅子に括りつけられたままでは、うつらうつらするばかりで寝た気がせず、疲労は倦怠感となって全身を冒した。

「…………」

どうして鴉川は現れないのだろう。

時間の感覚はあやふやだが、和貴が目を覚ましてからおそらく三十分近くは経過している。

目覚めたときには既に鴉川の姿がなかったので、いつ出ていったかすらわからない。

まるで世界に、自分一人だけが取り残されたようだ。もしかしたら、はじめからこの世には自分しかいなかったのかもしれない。

不安にぐるぐると思考が周回を始めたとき、かたりとドアが開く音が聞こえ、和貴は自分の心が安堵に満たされるのを感じた。

「おはようございます、和貴さん」

朗らかに挨拶をした鴉川は、口許に笑みを浮かべている。

こんな相手でさえも姿を見ると安心してしまい、あたかも飼育される獣のようだと和貴は自嘲する。

「僕が来るまで、いい子で我慢していましたね。朝の排泄《はいせつ》を済ませてから、お水をあげますね」

鴉川が姿を現した安心も束の間、いきなり不愉快なことを言われて和貴はむっとした。

顔を紅潮させて相手を睨みつけたのに、彼はどこ吹く風で和貴の怒りを受け流してしまう。

「そんな顔をしないでください。躰の中から綺麗にしないと、あなたの中に穢れが溜まってしまう」

病気でもないのに下の世話を他人にさせるのは、

和貴にとっては許し難い事実だった。以前誘拐されたときも、和貴にとって堪《こた》えた点の一つは、排泄の管理をされたことだ。

再びあんな真似をされるのかと思うと悔しくてならなかったが、かといって、漏らしてしまうのはさすがに自尊心が許さない。

「さ、今日も搾りましょうね」

新たな怒りと失意から涙で視界がぼやけるのを感じつつ、和貴は男が溲瓶を押し当てるのを待った。

「よかった、いっぱい出しましたね。じゃあ、お水をあげましょう」

昨日同様に猿轡をしたまま口移しに近い状態で水を与えられたあとで、鴉川はスケッチに取りかかる。

猿轡を外そうとしないから、鴉川は和貴との対話など求めていないのだろう。

そうしているうちに空腹を強く意識してしまい、和貴は項垂《うなだ》れて目を閉じる。

深沢の助けを待ってはいるが、自ら逃げ出せるならそのほうがいいに決まっている。

以前、冬貴《ふゆき》が同じように拉致監禁されたと聞く。伏見の話では、冬貴は複数いた犯人を籠絡してその場を支配したのだという。

相手が一人ならば、和貴にも同じ真似ができるのではないか。けれども、それでは今度こそ和貴は冬貴と同じになってしまう。

そんなことを思い悩んでいるうちに、何か甘い匂いがしたように思えて、和貴は目線を動かす。

いつの間に食べ始めていたのか、鴉川は手にチョコレートを持ってそれに囓《かじ》りついていた。

魅惑的な香りに、飢餓感が急速に刺激される。

呆れ果てた和貴が怒りと苛立ちの双方を込めて鴉川を睨んでいると、彼はふと視線に気づいた。

「お腹、空《す》きましたか？」

ごく当然の問いに、神経が逆撫でされるのをまざまざと感じる。

いつもならばもっと悠然としていられるのに、今は空腹による飢餓感が和貴を短気にしていた。

「一口あげましょうか」

首を横に振らなかったのは同意だと見なしたらしく、鴉川は近づいてきて和貴の猿轡に手をかける。

「一応言っておきますが、ここは本当に人里離れた場所です。叫んだり助けを求めたりするのは、体力を消耗するだけですよ。わかりましたか？」

念を押された和貴がおとなしく頷くと、鴉川は猿轡を解いた。

「いったい、どういう……」

長らくしゃべっていなかったせいで、声が掠れる。

「黙って」

鴉川は和貴の声を遮り、熱狂すら込めた目でこちらを見つめてくる。

「ああ、本当に声も綺麗だ……。このあいだはあまり話ができなかったのが、残念でならなかったんです。あなたの声はしっとりとして、僕の耳にとても馴染む」

「どういうつもりだ。僕を家に帰してくれ」

咳払《せきばら》いをした和貴は一応は下手に出て懇願してみたが、相手はまるで気に留めていなかった。

「暫くはつき合ってもらうつもりですよ。あなたはやっと手に入れた僕のミューズだ」

「僕は、誰かのものになったつもりはない」

反射的に言下に否定してしまってから、これでは相手の機嫌を損ねるのではないかとひやりとする。

「美しいあなたは、今や籠の鳥ですよ。どちらにしても食事は摂りたいでしょう？　ほら」

微笑んだ鴉川がチョコレートの欠片を掌に載せてわざとらしくちらつかせる。

急に空腹を意識した和貴が小さく息を呑んだのに気づいたのか、彼はそれをもう一口齧った。

割れたチョコレートを歯に軽く挟み、鴉川が顔を近づける。

鴉川の意図に気づいて、和貴は表情を曇らせ、嫌悪感を露にした。

和貴が顔を背けると、男はそれを口中に吸い込んだ。

カカオの塊は咀嚼《そしゃく》され、鴉川の口中に呑み込まれていく。

そうすると、急に、意地を張った自分自身が恨めしくなってきた。

今でも止めどなく唾液が湧くほど羨ましく、その甘い香りが漂ってこなければいいのにと和貴は忌々しさすら覚えた。

「……もっと普通に食べ物をくれないか」

下手に出て頼んでみたものの、青年には通用しなかった。

「そうはいきません」

彼はそう耳打ちすると身を屈め、もう一度チョコレートを歯に挟んで顔を寄せる。

目を閉じた和貴は仕方なく舌を出し、鴉川がチョコレートの欠片を落とすのを待った。

――あ。

微かに舌に重みがかかり、天恵を受け止めた和貴はうっとりとそれを舐る。

ふわりとした甘みが、口の中に広がった。

とはいえ、二センチ四方ほどの塊ではすぐに溶けてしまい、飢えを満たすのは叶わずに、ますます空腹感が込み上げてきた。

もっと欲しい。

そこにもう一つのチョコレートが与えられ、和貴は安堵する。

そして、三つ目。

三つ目はだいぶ小さな欠片で、和貴が舌を伸ばすと鴉川の唇に触れた。

甘い。

もっと甘みが欲しくて、和貴はつい鴉川の唇を舌先でなぞってしまう。

甘い――甘くて、たまらない……。

「ンン…」

気づくと和貴は鴉川の唇をねちっこく舐め、その甘みの残る口腔に舌を這わせていた。

止まらない。

「ふ…む……んん……」

甘くて美味しい……。

あちこちを舐め回して、糖分を補給したい。

唇も歯も舌も、全部を丹念に舐め尽くして。

甘いものが欲しい。

甘くて美味しいものが欲しい……。

「んく……ふ……」

男の舌に自分のそれを積極的に絡め、和貴は糖分と水分をねだる。

何度も何度も男の舌の上に自分のそれを滑らせ、残った甘みを味わい尽くそうとした。

深沢のそれとはまるで違う、もっと切実で不器用なキスに、躰が熱くなってくる。

「んぅう……」

甘えるような声を漏らした和貴は、漸く事態に気づいて顔を離す。いつしか和貴は、鴉川に深いくちづけを求めているも同然の行為に出ていたのだ。

——何をしているんだ、僕は……！

「情熱的な人ですね」

頬を上気させて陶然とした面持ちの鴉川に言われ、和貴は吐き気すら覚える。

「幻滅しただろう。それがわかったなら、さっさと解いてくれ」

「残念ながら、そうはいきません」

鴉川は笑っているものの、その言葉は冷酷だ。

「でも今のキスは嬉しかったな。悦ばせてくれたお礼に、僕も気持ちいいことをしてあげます」

「よせ！」

鋭い制止などまるで気にもかけず、鴉川は今度は和貴のシャツを緩めてきた。

「和貴さんの可愛い乳首、たっぷり弄らせてくださいね」

鴉川は恭しく釦《ボタン》を外し、肩のあたりまで大きく広げる。腕を縛られているため、くつろげられるのはそれが限度だった。

「……ほら、二つとも淡い桃色でいやらしい。舐めたくなっちゃうな」

「あっ」

言葉とは裏腹に指先で強く乳頭を弾かれ、和貴の唇から悲鳴が零れる。

「使い込んでいるはずだと思ってたけど、綺麗ですね。でも、この年齢の成人男性にしては、少し肥大しているかな」

男の自分勝手な論評を耳にして、とうとう怒りが込み上げてきた。

「いい加減にしろ！」

「この乳首を、いろんな男に吸わせたんでしょう。おしゃぶりしたら、どんな反応をするか見せてほしいですね」

さりげなく和貴の脚のあいだに収まった鴉川は座面に膝を突き、胸に顔を寄せてしゃぶりつく。

「…嫌だ……っぅう……よせ…ッ」

舌先でころころと乳首を転がされ、怒っていたはずなのに弱い声が出てしまう。

性的な刺激は自分のやり方とは勿論、深沢の手管ともまったく違っている。

信じられないことに、先ほどのキスで情欲が高められていたせいもあり、施される感覚のすべてを、躰が勝手に性的な信号として受け止めてしまう。

「ん……ん、っく……やだぁ……」

恐怖に竦んでいた躰に、快感の新たな火を点されるのはおぞましい話でしかなかった。

しかし、重ねられた恐怖を前に、理性よりも先に感情と肉体の橋梁《きょうりょう》が撓《たわ》みかけている。

「乳首、尖ってきましたね。感じやすいな、想像してたよりもずっと素敵だ」

嫌だ。達きたくない。

こんな男の手で快楽を与えられるなんて、死んでも御免だ。

「…あ、もう…やだ、やめて…おねがい……」

このまま玩弄《がんろう》され続けては、鴉川の前で絶頂を迎えてしまう。

今も、己が置かれた異常な事態から逃れたくて、心と躰が快感を欲しているからだ。

「いっちゃう……だめ、だめ…」

懸命に首を振りながら、ほんのわずかな理性を頼りに絶頂を拒む。

「すごいな、これだけで達くんですか？　本当にあなたは魅力的だ。見せてください、あなたが射精するところ」

鴉川は異様な熱を孕んだ声で促す。

「だめ…やだ……やだ、はなして……」

どうしよう。このままでは本当に達してしまう。排泄を見られただけでなく、射精するところまで暴かれてしまう。

でも、このままでいるよりいいのではないか。たくさん気持ちよくなって、全部忘れてしまったほうが。深沢のそばにいられない絶望を、快感で押し流してもらえたほうが。

心が揺らぐと、快楽も倍加する。

「いいえ。僕もあなたの精液を浴びたいんです。たっぷりかけてくださいね。そうだ、あなたの精液を混ぜて絵の具を作りましょうか」

おぞましさに脳が痺れ、恐怖がいっそう中枢を刺激する。色責めに脆くなってしまった肉体は、もう一秒たりとも保たなかった。

「……よして、もう…だめ…くる……っ」

断続的に喘いでいた和貴は小さく叫び、一瞬、何もかも忘れた。

「は…ッ……」

躰が間歇《かんけつ》的に震え、白濁は奔流となって噴出し、和貴は腰を突き上げるようにして射精してしまう。

気持ちいい……。

下腹部どころか胸のあたりまで精液を飛び散らせ、躰を戦かせた和貴は惨めな快楽を味わっていた。

「素敵ですね、和貴さん。折角出したミルクだから、自分で舐めてみましょうか」

昂奮の色を浮かべ、彼は目を輝かせている。

「ん、む……」

指先で拭われた精液を舐め取るよう強要され、和貴はぼやけた頭であっても鴉川の指に噛みついた。

「…痛ッ！」

鴉川は鋭い悲鳴を上げ、和貴を睨む。

「あなたは抵抗の仕方も上品なんですね。でも、人に怪我をさせるのはあまり感心しないな。僕たち画家にとって手は商売道具ですよ？」

打って変わって威圧的な声が鼓膜を擽り、和貴は小さく身を震わせる。

「だけど、今日は怒ったりしませんよ。だから、怖がらないで。誰にだって初めてはありますからね」

「………」

「僕の前で射精したご褒美をあげるのが先です。ほら、チョコレートをどうぞ」

鴉川は和貴の膚に飛び散った精液を、チョコレートの固い欠片で丹念に拭い、それを自分の掌の上に載せて差し出した。

「どうぞ」

自分自身の精液に塗れたチョコレートなど、食べたいわけがない。

無言になった和貴は、唇を噛み締めて食べたくないと意思表示をする。

「あれ、いりませんか？　これ以外にあなたのご飯は用意していませんよ」

確かに、鴉川ならそうする可能性は高い。

溲瓶を使われたときも極限まで放置され、粗相をしてしまうのではないかと思った。

「それとももっと精液が欲しいですか？　今度はそちらを弄ってあげましょうか」

男の目線が下腹部のあたりをなぞったので、和貴はひやりとして身を竦ませる。

これ以上弄ばれたら、自分の心がどうなってしまうかわからなかった。

既に和貴の反抗心はへし折られかけている。

和貴は仕方なく心を決め、首を倒して鴉川の手に乗ったチョコレートを舌先で掬《すく》おうとする。

だが、上手くいかずにまるで犬のように浅ましく鴉川の手を舐める羽目になった。

「ああ、とても可愛いなあ。あなたはいやらしくて素晴らしい誘い方を知っているんですね。神様のくせに、僕の手をべとべとにしてまるで犬みたいだ」

焦りと飢えから目に涙が滲み、和貴は必死になって食糧を求めた。

「ん……ん……とれない……」

「和貴さんは、本当に可愛い犬ですね」

何とかチョコレートを舌で口内に導くことに成功し、和貴はそれをゆっくりと舐め溶かして胃に収める。

充足感に駆られ、和貴は久しぶりに満足を覚えた。

「よくできましたね」

鴉川が立ち上がったので、彼が再びいなくなってしまうことを恐れた和貴は「あ」と頼りない声を漏らして相手の関心を引こうと試みた。

「どうしたのですか？」

「ま、まだ……舐めさせて」

それに、次にいつ鴉川が食べ物を持ってくるかわからない以上は、ねだっておくほかない。

いつ見捨てられるかわからないという恐怖が、和貴の心に立ち込め始めていた。

「え？」

「手に残ってる……チョコレート」

和貴が訴えると、鴉川はにこやかに笑った。

「舐めたいのはチョコレートですか？」

「……あなたの手も……」

和貴が阿るようにねだると、鴉川は上機嫌で大きく頷いた。

「気の済むまで、どうぞ。あなたは神々しさも獣らしさも兼ね備えているんですね」

鴉川はうっとりと言う。

「んぶ……」

押しつけられた男の手に口をつけて、力強く舌を這わせる。皮膚さえ刮《こそ》ぎ取ろうとするかのように、和貴は必死だった。

「そんなに熱心に舐めるなんて、あなたの精液は本当に美味しいんですね」

「ふ……？」

「次はチョコレートはなくても大丈夫そうですね。僕とあなたの精液だけで生活させてあげましょう」

恐ろしいことを宣告し、鴉川は和貴を俯瞰して爽やかに笑む。

「さ、ご褒美にお口を舐めてあげますよ」

唇を押しつけられた和貴は、拒むこともできずにキスを受け容れる羽目になった。

もう、嫌だ……。

こんな拷問《ごうもん》のような時間が、あとどれくらい続くのだろう。

このままでは、頭がおかしくなる。

——深沢……。

深沢のことを思い出した途端に、胸が疼くように痛んだ。

深沢と離れたから、こんなことになったのだろうか。彼といるのが息苦しいと嫌がったから、罰が当たったのか。

こんなことになるとわかっていたため、深沢は自分が外に出ていくことを嫌がったのだろうか。それならば、どうして十数年前のあの日、深沢は自分を能登の海に沈めてくれなかったのだろう……。

深沢があのとき息を止めてくれれば、こんなことにはならなかったのに。

わかっている。

ともに生きることを選んだのは自分だからこそ、この理不尽な状況に耐えなくてはいけないのも。

深沢のことだから、自分を助けようと動いてくれているはずだ。

——でも。

でも、怖い。

もう深沢に二度と会えないのではないかと思うと、怖くてたまらない。

深沢に会いたい。深沢に触れたい。深沢に抱かれたい。キスをしたい。

深沢。深沢、深沢……。

頭の中が、ここにはいない愛しい人のことでいっぱいになってしまっている。

昨日からずっと、折に触れて思い出すのは深沢のことばかりだ。

自分には彼しかいないのに、どうしてそんな大切なことを忘れていたのだろう。

気づくと人生の半分以上を彼と過ごしていたくせに、和貴はいつの間にか、一番大切なことを見失っていたのだ。

胸が苦しくなり、和貴は自分の右手を握り締める。

ぞっとする。

最後に深沢に触れたのがいつか、もう思い出せない。この人生の最後のキスの相手が、深沢でない男だなんて許せなかった。

　涙が溢れ出す。

「どうしましたか、綺麗な顔が曇っていますよ」

「もう……やだ……帰りたい……」

　哀れっぽく啜り泣きながら和貴が訴えても、鴉川はまるで取り合おうとしなかった。

「嫌だと言っても、誰も来ませんよ。あなたと僕には接点がない。誰も、僕たちのこの蜜月を阻めないんです」

　朗らかに告げる鴉川が恐ろしく、打ちのめされた和貴はただただ泣き続けるほかなかった。

薔薇色の生活

フランスとの国境近くに位置するスイスの都市である、バーゼル。古くから学問都市として知られ、かつてはエラスムスも学んだと言われるこの街は長い歴史を有している。

市庁舎の赤い壁は見事で、通りかかるたびに目を引かれるこの町のシンボルだ。

そんな美しい街並みを通り抜け、清澗寺《せいかんじ》道貴《みちたか》は鼻歌を口ずさみながら帰宅する最中だった。

道貴と恋人のクラウディオ・アルフィエーリが暮らすのは、中心地から少し離れた一角で、狭いが庭もある一軒家だ。

庭に見事な薔薇《ばら》が植えられているのが、クラウディオがこの家に心を動かされた理由の一つらしい。

事務所がある金融街までは徒歩で十分に往き来《ゆき》できるし、狭い集合住宅で暮らすよりは気が楽だ。

「クラウディオ？」

門を潜ってから一応呼びかけると、案の定、庭の片隅から「こちらだ」という声が聞こえた。

「お帰り、ちょうど咲いたところだよ」

クラウディオが誇らしげに示した薔薇は、赤からピンクのグラデーションが見事で、顔を近づけるといい香りがする。

「すごく綺麗《きれい》ですね」

「仕事を引退したら、薔薇を交配して、君の名を冠した花を作ろう」

こちらに来るまでは薔薇を育てる趣味などなかったくせに、クラウディオは真顔で言ってのける。

「こんなに華やかな花、僕には似合いませんよ」

「謙遜《けんそん》は君たち日本人の悪い癖だ。今を盛りと咲き誇るその美しさは、どんな艶《あで》やかな薔薇にも引けを取らない。誇っていいことだ」

クラウディオはさらりと告げ、道貴を見やった。

「ところで、何か用事があったのか？」

「ええ。夕食なんですけど、銀行の紹介で急に約束が入ってしまって。たぶん、ちょっと遅れます」

「私も行かなくていいのか？」

そう聞かれるのは想定していたので、道貴はきっぱりと首を横に振る。

「あなたがこれまでどれほど働きづめだったか知っています。大口の案件がまとまって、やっと取れた休みじゃないですか」

「怠惰なイタリア人にしてはよく働いただろう？」

冗談めかして告げたクラウディオは片眼《かため》を瞑《つぶ》り、道貴の黒髪を愛《いと》おしげに撫《な》でた。

「だが、君がいないとなると、アペリティフを飲み過ぎそうだ」

「では、そのあとのワインは全部僕がもらってしまいますよ」

「勿論《もちろん》。我が家で存分にデセールを味わわせてくれるのなら、ワインはいくらでも進呈しよう」

言外に今夜は抱きたいと匂《にお》わされ、道貴は頬《ほお》を赤らめる。

「今日のお祝いはあなたが主役だから……」

「嬉《うれ》しいことを言ってくれる。しかし、伝言のために一度戻ってくるなんて律儀だな」

「待ち合わせた場所がこの近くで、電話より早いと思ったんです」

道貴が唇を綻《ほころ》ばせると、「そうか」とクラウディオは納得した面持ちになった。

「わざわざありがとう」

優しく告げたクラウディオが顔を近づけ、唇の横のあたりにキスをする。

てっきり唇を啄《ついば》まれると思ったので拍子抜けしてしまった道貴に再び顔を寄せ、今度は反対側にくちづけてきた。

「……ねえ」

「ん？」

「こっちは、だめですか？」

道貴はクラウディオの唇にそっと自分のそれを押しつけ、少し長めに吸う。

甘いキスを存分に堪能《たんのう》してから顔を離すと、クラウディオは微《かす》かに笑った。

「こうすれば、君のほうからキスしてくれるんじゃないかと思ったんだ」

「じゃあ、僕は見事に乗せられたってこと？　あなたの作戦勝ちですね」

「意外と策士だろう？」

クラウディオと二人でスイスに移住してから、既に二年が経過した。

ニューヨークでは仮住まいだったため、ここではできる限り長く暮らすつもりだった。道貴自身はクラウディオの母国であるイタリアで暮らすのも厭《いと》わないが、彼はファシズムに席巻された祖国の現状に嫌気が差しているらしく、短い旅行さえ気乗りしない様子だった。

バーゼルは昔から様々な宗教に寛容で、それゆえに迫害された商工業者が多く移り住んだ歴史を持つ。東洋《とうよう》系で目立ちやすい道貴が気兼ねなく過ごせるよう、クラウディオがあえてここを選んでくれたであろうことは、まず間違いがなかった。

けれども、いくらこの土地であっても静かに暮らすのは無理な話だ。

クラウディオには、『あの世界大恐慌を乗り越えた強運の持ち主』という派手な看板があるうえ、彼はどこにいても目立つ存在だった。

そうでなくとも、フィレンツェで有数の名家出身で、仕事に関しても素晴らしい才能を持ち、なおかつ男女を魅了する華麗な容貌《ようぼう》の紳士——そんなクラウディオが衆目を集めないわけがなかった。

だからこそ、道貴はクラウディオのパートナーとして自分の責任を果たさねばならない。

「それにしても、投資の説明にこんな片田舎まで来るとは……」

「あなたはここでも有名人なんですよ」

人に騒がれるのに辟易《へきえき》としているらしいクラウディオは肩を竦《すく》め、「誰と会うんだ？」と尋ねた。

「フランスのバイヨンヌ市立信用金庫って……僕は初めて聞いた地名だったけど、知ってます？」

「バイヨンヌ？　確かスペインとの国境のコミューンだったたな」

彼は顎《あご》に手を当て、考えながら言葉を紡ぐ。

「ええ。街の歴史自体は、紀元前のローマ時代まで遡《さかのぼ》るそうですよ」

昨日図書館で調べたばかりの知識を披露すると、

クラウディオは感心したように頷《うなず》いた。

「そんな遠くから、わざわざ君に会いに？　さすがに私の恋人は優秀だな」

「時代の寵児《ちょうじ》であるクラウディオ・アルフィエーリのバックアップが欲しいからでしょう。外堀を埋めていくのはよくある手です」

　取引の話を出されて舞い上がったりしないのは、道貴が冷静に自己分析をしているからだ。

「私の名を宣伝に使いたいのだろう。契約は君に任せるが、熟慮してほしい」

「そうします」

　クラウディオのパートナーとして、迂闊《うかつ》な真似《まね》はできないと道貴は表情を引き締めた。

「頼もしいな」

「任せておいてください。じゃあ、行ってきますね」

「気をつけて」

　時間を確かめた道貴は、急ぎ足で家を出る。

　重要な交渉を任される緊張感が込み上げてきて、途中で覗《のぞ》き込んだショーウインドウでタイを直し、道貴は顔の強張《こわば》りを取ろうと試みた。

　ホテルのラウンジは混み合っており、道貴は給仕に「マルタンさんはいますか」と尋ねる。

「ご案内いたします」

「ありがとう」

　きびきびとした動きの給仕とは、何度か顔を合わせているので名乗らなくても済む。

「お連れ様がお見えになりました」

　流暢《りゅうちょう》なフランス語で話しかけた給仕に対し、待ち受けていた金髪の男性が顔を上げた。

「セイカンジさん、ですか？」

「はい。はじめまして、マルタンさんですね。清澗寺道貴です」

「はじめまして」

　男は年若い道貴を見て反応に迷っているようだったが、すぐに己を取り戻した。

「お呼び立てしてしまい、恐縮です」

「いえ、このような機会を作っていただけて光栄です。よろしくお願いいたします」

道貴は右手を差し出し、マルタンの手を握った。

「いやぁ……その、率直な話ですが、あまりにお若いので驚きました。学生さんですか？」

マルタンの言葉に目を瞠《みは》り、それから、道貴は苦笑する。

「東洋人は概して若く見えるものなんです。でも、僕はもうすぐ三十ですよ」

信用されないのが悔しかったのでだいぶさばを読んだため、よけいに彼は驚いたらしい。

「ええっ…」

絶句してしまってから、マルタンは失敗したと言いたげにこほんと咳払《せきばら》いをし、表情を引き締める。

「本日は投資のご相談とか」

「我々バイヨンヌ市立信用金庫は、近頃は非常に利率のよい債券を取り扱っております」

こうした説明には慣れているらしく、マルタンが滔々《とうとう》と話を始める。

「担保は革命時から保有している宝飾品……それはこちらのリストですね。このほかに多くの金塊など、資産は潤沢で何の心配もありません」

通り一遍の説明ならば書類を送ってくれればそれで済むが、積極的に業務を拡大したいらしくマルタンの説明は熱心だった。

クラウディオのパートナーとして、この案件の本質を慎重に見極めなくてはならないと、道貴は表情を引き締めた。


スイスとドイツ、そしてフランスに近い土地柄から、バーゼルではその三国の影響を受けた地方料理を楽しめるのも利点の一つだ。行きつけとなった郷土料理のレストランに顔を出し、クラウディオはアペリティフを楽しんでいた。

「遅れてごめんなさい」

明るい声とともに、道貴が姿を見せた。

艶やかな黒髪に美しい黒瑪瑙《めのう》のような瞳。すらりとしたしなやかな体軀《たいく》。本人に自覚が薄いのは問題だが、その麗容はいつでも人目を惹《ひ》く。

「商談が長引いたのか？」

「ええ、ちょっとしつこくて」

道貴は困ったように笑みを浮かべる。

「しつこいとは聞き捨てならないな。君に個人的に興味を持ったのか？」

危機感を覚えてつい深追いしたのは冗談ではなく、当然、本心だった。

「まさか」

道貴は一笑に付し、ナプキンを膝《ひざ》の上に広げる。

「あなたのことを知りたがって大変だったんです。今日も、下手をすると食事についてきたいと言いかねないくらいでした」

「そうか、それは疲れただろう」

ほっとしつつも労《ねぎら》ったところ、道貴はまるで堪《こた》えていない様子で首を横に振った。

「でも、勉強になりました。フランスの情勢もあれこれ教えてもらえましたし」

「それで、投資はどうするんだ？」

「あとで改めて話します。先に乾杯しましょう」

一仕事終えた充実感からか、恋人は朗らかにグラスを持ち上げた。

「何に乾杯をしようか」

「勿論、あなたの幸せを祈って」

屈託なく言った道貴は、二つのグラスをかちんと合わせると、鮮やかな色合いのミモザを美味《おい》しそうに口に運ぶ。その華奢《きゃしゃ》な喉が動くところに思わぬ色香を感じ、クラウディオは見惚《みほ》れてしまう。

道貴の父親と二人の兄もそれぞれに美形だったが、比べるのは馬鹿馬鹿しいことだ。

人の容姿は、当人の心が反映される鏡のようなものだ。道貴の澄み切った純粋な心が反映されたその美貌ほど輝くものはない。

楽しく食事を続けているうちに、客がちらちらとこちらを窺《うかが》っているのに気づいた。

また、だ。

美しい東洋人への好奇の視線か、男同士で食事を楽しむことへの無言の咎《とが》め立てか。

どこに行ってもこの手の視線を受けるが、道貴は見事なまでにそれを無視している。

可愛《かわい》らしいだけでなく、クラウディオの自慢の恋人は誰よりも強い心を持っているのだ。

前菜を食べ終えたクラウディオは、先ほどから道貴が黙り込んでいる恋人に声をかける。

「道貴？」

「あ……ごめんなさい」

フォークを置いた道貴の面持ちは微酔から頬が桜色に染まり、何とも匂やかだった。

「店を変えようか？」

さすがに視線が不快ではないかと気遣ったが、そういうことではないようだった。

「いえ、さっきの商談を思い出していただけです」

「君はどうしたい？」

恋人である贔屓《ひいき》目を差し引いても、道貴には投資の素養があった。いずれは大きな事業を任せることもできるだろうし、その日を楽しみにしている。

道貴はフォークを置き、考えながら口を開いた。

「何だか、熱心すぎる気がしたんです。債券の売り込みに必死なのはわかります。でも、それにしても熱を入れすぎというか……こんなところまで来るのがその証拠じゃないでしょうか」

「君と取引ができるのなら、熱心になるのでは？」

つい、クラウディオは冗談とも本心ともつかぬことを口走ってしまうが、道貴は怒らなかった。

「条件はかなりいいので、投資する人はほかにもいるはずです」

「君に任せると言ったはずだよ。迷ったなら……確か、日本語では『勘』というのだろう？　それに従うのもいい」

考え顔になった道貴はワインをもう一口飲んでから、決然と口を開いた。

「そうですね……では、やめておきます」

「そうか」

意外だった。

道貴が果敢に冒険に出るかと思ったが、彼の勘は真逆を示しているようだ。自分だったら投資をしたかもしれないなと言おうとしたが、給仕が近寄ってきたので口を閉じる。

道貴は、運ばれてきた熱々のラクレットを目にして小さく歓声を上げた。

この料理はヴァレー州名産のラクレットチーズを暖炉などで溶かし、茹《ゆ》でた馬鈴薯《じゃがいも》に搦《から》めて食べるスイスの郷土料理の一つである。

あたたかいうちに食べないと固まってしまうため、これが運ばれると二人とも食事に夢中になってしまうのだった。

◇◇◇

季節は流れ、バーゼルで三度目の冬が訪れた。

夏にはアルフィエーリ家の生け垣の蔓薔薇《つるばら》は見事に花を咲かせ、主《あるじ》の腕が上がったことを示していた。

仕事帰りに買い物をしてきた道貴は、剪定《せんてい》を済ませた生け垣越しに中を窺う子供たちに目を留める。

いったい何をしているのだろう。

生け垣に顔を突っ込むようにしているのは、男の子と女の子が二人ずつ。背格好からいって、小学校に上がる前くらいか。

「見えた？」

「ううん、全然」

「昨日は薔薇を切ってたよ」

「使用人にやらせないの？　あの黒髪の人に」

ひそひそとそんなことを話しており、背後に立つ道貴の気配にはまるで気づかないらしい。

「どうしたの？」

「わああっ」

道貴が声をかけると彼らは一斉に悲鳴を上げ、何も答えずに傍らを駆け抜けていった。

その場にぽつんと残された道貴は、それこそ腑《ふ》に落ちない。けれども子らが戻ってこなかったので、首を傾《かし》げた道貴が家に入ると、クラウディオは一足早く帰宅し、帽子を片づけていた。

「ただいま」

「お帰り。難しい顔でどうしたんだ？」

すぐに道貴の表情を読み、気遣ってくれるクラウディオの優しさがしみじみと愛おしい。

「じつは、子供たちがこの家を覗いていたんです」

「この界隈《かいわい》にスパイがいるとは聞き捨てならないな」

冗談めかした言葉を聞かされ、道貴は笑顔で首を横に振った。

「いえ、そんな大袈裟《おおげさ》なものじゃないと思います」

道貴の拙《つたな》い説明を聞きながら、クラウディオは「そうか」と穏やかな表情で頷く。

「この街の住人は寛容なはずだが……」

クラウディオの言葉の言外に込められた意味に気づき、道貴の心は重くなる。

東洋系である道貴を見世物のように珍しがっている、あるいは面白《おもしろ》がっているのではないか、クラウディオはそれを案じているのだろう。

小さな違和感が差別の種となり大きく育てば、どれほど厄介かは道貴も熟知している。

殊に、子供がそういう反応をするときは、たいてい親に原因があるものだ。周囲に差別主義者の大人がいることは、道貴には望ましくはなかった。

「覚えがないから、新参者ではないか？」

「じゃあ、ちゃんと挨拶すればよかった」

道貴がため息をつくと、クラウディオは逞《たくま》しい肩を竦めた。

「覗き見をするような無礼な子たちでは、挨拶をしたところで逃げられるのがおちだろう」

クラウディオはどこか突き放した態度で、行儀の悪い子供たちには好感を持てないようだ。

「もし自分が子供だったら気になりませんか？　見たこともない外国の人が近所に住んでいるのって」

「ヨーロッパは移民は珍しくはないからね。そこまで気にならないよ」

だとしたら、彼らが気にしているのは、やはり道貴の存在なのだろうか。雰囲気からいうと違うように思えたが、子供の好奇心の中身は大人には概してわからないものだ。仮に自分が子供だったら、どんな考えで動いただろう。

「………」

ふと。

鞠子《まりこ》と二人、あの麻布《あざぶ》の森を探検し尽くした日々が脳裏に甦《よみがえ》ってくる。

道貴が上海《シャンハイ》に渡ったあと、鞠子は駆け落ちをして家を出ていってしまったと聞く。鞠子は双子の片方を預けにきたと和貴《かずたか》の手紙には書いてあったが、和貴に子育てができるかもわからない。

お侠《きゃん》でしっかり者の妹は、果たして元気なのか。

遠く離れた家族を思うと、道貴の心は揺らぐ。

「道貴？」

穏やかな声にはっとし、道貴は自然と浮かんでいた目尻の涙を拭った。

「ごめんなさい。突然、鞠《まり》ちゃんのこと、思い出しちゃって……」

無言になったクラウディオは道貴の腕をそっと引き、膝の上に座らせる。

「クラウディオ……？」

「可愛いよ、道貴」

耳を掠《かす》めるような、甘いくちづけ。

「……子供扱いしないでください」

「恋人扱いしているんだ」

混ぜっ返しながら、クラウディオは続ける。

「残念ながら鞠子のことはよく知らないが、君も、そして君の兄上もそれぞれに素晴らしい人物であることは理解しているつもりだ」

ごく間近でクラウディオが微笑《ほほえ》むと、長い睫毛《まつげ》に覆われた深い色味の瞳が和む。

「そんな君たちが可愛がっている妹なんだ。きっと、誰にも恥じない幸せな日々を送っているはずだ」

じわりと涙が滲《にじ》んできて、道貴はクラウディオの首にしがみついた。

「ありがとう……ございます」

「私は本当のことを言っただけだ」

「でも、すごく嬉《うれ》しくて、僕、勇気づけられました」

にこっと笑った道貴の言葉を聞きながら、クラウディオはその長い指で髪を梳《す》いてくれる。

あたたかくて、とても、気持ちいい。

「では、麗しの姫君を勇気づけた騎士にご褒美をくれないか」

「……何でもします」

頬を染めて答えた道貴の服を脱がせ、クラウディオは楽しげに耳朶《じだ》を嚙んだ。


それから数日後のことである。

……また、見られている。

葉の落ちた木々の狭間《はざま》からはっきりと視線を感じ、メイドに料理を習っていた道貴は顔を上げる。

「また見ていますよ。追い払いましょうかね」

「いや、僕が行くよ」

エプロンを外した道貴がドアを開けて外に出ていくと、いつものように子供たちが慌てて走り去る。

しかし、今日に限って幼女が一人、ぽつんと取り残されていた。必死で踠《もが》いているが、蔓薔薇の棘《とげ》に袖《そで》を引っかけてしまって逃げそびれたようだ。

「待って、おとなしくして。取ってあげるよ」

できるだけ優しい口調で言うと、道貴はその場にしゃがみ込んだ。

泣きそうな幼女から視線を転じると、少し離れた曲がり角にほかの子供たちが隠れていた。

「どうして僕たちの家を見ているの？」

「………」

「怒らないから、教えてくれないかな」

「……あのね」

か細い声が、その小さな唇から零《こぼ》れる。

「うん」

「この家に王様が住んでるんでしょ？」

「王様……？」

「大人が隠したって、私たち、知っているのよ」

おしゃまな口調で言われた道貴は暫《しば》し目を見開き、それからぽんと手を叩《たた》いた。

王様とは、きっと――いや、どう考えてもクラウディオのことだろう。彼の容姿を考えると、そんな誤解をされるのは無理もない。

「そうか、気づかれちゃったんだね。それで？」

「あのね、私たち、王様って初めて会うのよ。どこの国の王様だったの？」

頬を紅潮させた彼女の目は、好奇心に煌《きら》めく。矢継ぎ早の質問は怯《おび》えている調子は欠片《かけら》もなく、彼女が純粋な好奇心を抱いているのを感じた。

「さあ、それは本人に聞いてみないとね」

「どうやって？」

「――ええと……ああ、そうだ！　僕が伝言を預かっておくよ。だから、また遊びにおいで」

「うん！」

悪戯《いたずら》っぽく笑った道貴はひらひらと手を振って彼女を見送る。

それから、メイドに料理の続きを教わりながら恋人の帰りを待つことにした。家事の大半は彼女に任せているが、料理ができるに越したことはないため、時間があればこうして習っていたからだ。

本日は牛肉の煮込み料理で、ツーリッヒャー・ゲシュネッツェルテスというのが正式名称らしい。まともに発言すると舌を噛《か》んでしまいそうで、覚えるまでかなり苦労した。

メイドが帰宅したので、道貴は食卓で頬杖《ほおづえ》を突きながらクラウディオを待つ。

「ただいま」

戻ってきたクラウディオに抱きついて「お帰りなさい」と告げ、道貴は彼の頬にキスをした。

「熱烈な歓迎だな」

「お腹空《なかす》いちゃったから」

「おや、これでお腹いっぱいになるのかい？」

「あなたの顔を見たら、嬉しくて胸がいっぱいになってきました」

道貴は頬を染め、クラウディオの男らしい美貌にうっとりと見入る。

「私もだ。食事ではなく君を味わいたいところだが、とてもいい匂いがするね」

「わかります？　今日は僕が作ったんです」

「君が？　それはすごいな」

得意げに胸を張った道貴は、クラウディオが外套《がいとう》を置いてワインを選ぶあいだに、料理の温度と味を確かめた。

「今日はいいことがあったようだね」

「どうしてわかるんですか？」

乾杯の前に言われ、道貴はそんなに自分が単純だろうかと目を見開いた。

「それは、私の美しい薔薇の表情が、いつもにも増して輝いているからだよ。こんな顔をしている君を皆に見せなくてよいのは、有り難いことだ」

「それは僕に外食をしないでほしいってこと？」

「いいや、私が心配で食事が喉を通らなくなるかもしれないという意味だ」

グラスを掲げたクラウディオはにこりと笑い、「美しい私の宝物《ミオ・テゾーロ》に」と言って乾杯をする。

「そういえば、あなたには秘密があるでしょう？」

前菜は当地の名物である乾燥させた牛肉で、風味の良さがたまらなく美味で、あっという間に二枚、三枚と口に運んでしまう。

「私に？　どんな？」

「子供たちが話していました」

クラウディオは子供たちというのが覗き見していた子らだと気づいたらしいが、それでも合点が行かぬ様子で首を傾げた。

「どういうことかい？」

「あなたが王様だって」

「……何だって？」

意味を摑《つか》みかねたようで、クラウディオはすっかり面食らっている。

「ええ。どこの国の王様か聞かれましたよ」

笑いながら道貴が上目遣いに問うと、クラウディオは小さく笑った。

「さて、どこだろう。私はもう爵位を失ってしまったし、フィレンツェの王様でないことは確かだ」

ふと、道貴は自分が触れてはいけないことに触れたのではないかと思い、ひやりとした。

おまけに、そうなる原因を作ったのは、道貴の父親である清澗寺冬貴《ふゆき》なのだ。

「そんな顔をしないでくれたまえ」

「でも……」

「互いの父親同士が出会ったからこそ、今の私がある。失ったものもあるが、得たもののほうが遥《はる》かに大きい」

「……はい」

その美声で紡がれる言葉を疑う余地はなく、道貴は潤んだ目でクラウディオを見つめた。

「それよりも、彼らが私を王様だと思っているのなら、差し詰め君は美しい姫君かな」

「せいぜい、東洋人の小間使いでしょう」

「そう思われぬよう、君も着飾ればいい」

「馬子にも衣装ですか？」

くすくすと笑う道貴を見つめ、クラウディオは破顔する。

「しかし、王子様でないところは、さすがに私も歳《とし》を取ったということだな」

「あなたはいつも、僕にとって王様です。この世界の中心ですから」

「では、その空腹な王にそろそろ君の手料理を振る舞ってもらえないか？」

「かしこまりました、陛下」

ツーリッヒャー・ゲシュネッツェルテスはその名のとおり、チューリッヒの郷土料理である。薄切りにした牛肉をクリームと白ワインで煮込んだものが、昔からの伝統的なレシピだという。

「どうぞ」

真っ白な皿に盛りつけた料理を目にし、クラウディオが目を細める。

「素晴らしい。腕を上げたな」

「今の仕事がだめになったら、料理人になれそうですか？」

「では、庭師と二人で就職先を探そう」

丁寧に味を調えた料理は我ながらとても美味しく、道貴は二杯目も平らげた。クラウディオは三杯目も食べ、旺盛《おうせい》な食欲で道貴を驚かせたのだった。


それから一週間。

冬の寒さに頬を薔薇色に染め、クラウディオからの招待状を携えた子供たちは見るからにそわそわした様子で家を訪れた。

「本当に、王様に会えるの!?」

「そうだよ、本当は領主様だけどね」

子供たちは目を輝かせており、緊張と昂奮《こうふん》を露《あらわ》にしている。

居間にはふんだんに薔薇が飾られ、奥の椅子に悠然と腰を下ろしたクラウディオは笑みを浮かべ、子供たちに「ようこそ」と声をかけた。

「わあ……」

子供たちの視線が、クラウディオに釘付《くぎづ》けになる。

ここぞとばかりにクラウディオは豪奢《ごうしゃ》な衣裳《いしょう》を用意し、美しく飾り立てていたからだ。白い絹のローブには絢爛《けんらん》たる金色の刺繍《ししゅう》が施され、毛皮で縁取られた紅のマントも同様だった。

そのうえ彼の頭には美しい細工の王冠が載せられており、それが彼の金髪によく似合っていた。

ダヴィッドの絵である『ナポレオンの戴冠式』を模した衣裳は、この地の劇場でナポレオンの生涯を題材にした戯曲を上演したときに使ったそうで、クラウディオが新しい衣裳を寄付することを条件に、劇団に掛け合って手に入れたものだ。

急遽《きゅうきょ》修復された衣裳は見事に再生し、クラウディオの美貌に耐え得る豪華さを取り戻した。

道貫もいつもと変わらぬ背広では子供たちをがっかりさせてしまうだろうと、今日は華やいだ刺繍を施した上着を身につけている。

イタリアにちなんでメディチ家の当主に扮《ふん》することも考えたが、子供たちにとってわかりやすい格好がいいだろうとこの格好に決まった。

「今日はよく来てくれたな、小さな臣下たち」

「ははっ」

ぽーっとしてクラウディオに見とれていた四人は、それを機にしゃきっと背筋を伸ばした。

「それにしても、私がここにいるという秘密を知られてしまうとは思わなかったな。それは誰にも明かしてはならないことなのだ」

クラウディオの低い声を聞き、彼らははっとしたように躰《からだ》を固くする。

「す…すみません……」

年長らしい男の子が、漸う《ようよ》声を振り絞る。どんな罰でも受けるという悲愴《ひそう》な顔つきの子供たちを見やり、クラウディオは穏やかに唇を綻ばせる。

「素晴らしい観察眼を持っていると褒めたのだよ。好奇心は君たちの長所だ。この先もそれを保ち、素敵な大人になってほしい」

「ありがとうございますっ」

整列した子供たちはクラウディオに見惚れ、すっかり感激した面持ちだった。

クラウディオが子供に接するのを見るのは初めてで、その慣れた態度には感心してしまう。

「褒美にお茶とお菓子を用意した。好きなだけ食べていくといい」

「いいんですか!?」

「勿論。その代わり、私のことは誰にも黙っていてほしいんだ。スパイに見つかると困るからね」

悪戯っぽくクラウディオは片眼を瞑る。

それを機に、紅茶のワゴンを引いてきた道貴も口を開いた。

「さあ、どうぞ」

にこやかに笑った道貴が今朝焼いたばかりのクッキーを出すと、子供たちは歓声を上げた。

無論、子供たちの親にはきちんと事情を説明してあり、彼らの夢を大事にしようと今回の計画には賛成してくれていた。実際、クラウディオは王様ではないがかつては貴族として領地を所有する立場ではあったので、真っ赤な嘘《うそ》というわけでもない。

幼子たちはクラウディオに母国のことを質問攻めにし、無論、彼は一つ一つ丁寧に答えた。そしてまた子供たちの好奇心は写真立てに飾られていた上海や日本《にほん》の写真で更に掻《か》き立てられたらしく、まだ見ぬ国々のことを夢中で尋ねてきたのだった。

斯《か》くして、小さな諜報《ちょうほう》員たちは二時間ほどこの家に滞在してから帰宅していった。

「どうだった？」

見送りを終えて戻ってきた道貴に、クラウディオが改めて問いかける。

「喜んでましたよ。本物の王様を初めて見たって」

「髭《ひげ》でも生やすべきだったかな。このままでは少し貫禄《かんろく》に欠ける」

「ううん。今のほうがずっと素敵です。僕が見飽きるまで、髭はお預けにしてほしいです」

「そうか。ともあれ、そろそろこのマントともおさらばだな。王というのも体力がいる」

緋色《ひいろ》のマントは天鵞絨《ビロード》で、宝玉を模した硝子《ガラス》玉がいくつも縫い取られているので、ひどく重いそうだ。

クラウディオがマントを脱ごうとしたため、それを道貴は押し留《とど》めた。

「もう少しそのままでいてください」

「なぜ？」

「だって、あなたは僕だけの王様でしょう。もう少し、その格好でいるところを見ていたくて」

先ほどまでは子供たちがいたので、彼らをもてなすので道貴も精いっぱいだった。

「なるほど」

悪戯っぽい笑みを浮かべたクラウディオは、「では、おいで」と手を差し伸べた。

導かれるままに向かった寝室の光景は、いつもと一変していた。

「わ……」

道貴が子供たちを接客しているあいだを縫って、麗しい王様は褥《しとね》の準備をしていたらしい。

薔薇が敷き詰められた寝台に腰を下ろし、クラウディオは悠然と手を差し伸べた。

「こちらにどうぞ、我が愛しの姫君よ」

「はい」

頬を染めた道貴が彼を跨《また》ぐように膝を突くと、クラウディオが唇を重ねてくる。

キスが、いつもよりもずっと甘い気がする……。

この薔薇の匂いに酔わされていくようだ。

「最初から、このつもりでしたか……？」

「ん？」

「この格好で抱き合うつもりだったのかなって」

うっとりと瞬きをしながら道貴が尋ねると、クラウディオは何ごともないように頷いた。

「当然だ。君のその素晴らしい服を、私がこの手で脱がせてみたかったんだ」

悪びれずに述べる恋人に、道貴はつい吹き出しそうになった。

「だったら、僕も……」

「ん？」

「臣下はあの子たちだけじゃないんですよ。僕が有能なところを見てください」

笑みを浮かべたクラウディオは「いいだろう」と告げる。

寝台の前に跪《ひざまず》いた道貴はマントと衣裳の隙間からクラウディオのそれを取り出し、恭しく尖端《せんたん》にくちづけた。

「ご奉仕します、陛下」

仕事以外の時間ではあの子供たちを喜ばせる準備に勤《いそ》しんでいたので、彼と睦《むつ》み合うのは久しぶりだ。

行為を道貴自身の躰も歓迎しているのか、こうして唇を押しつけただけなのに最奥が疼《うず》き、呼吸が浅くなってくる。

「ン……ん……」

無理をしなくていいとクラウディオが言わないのは、道貴が既にこのやり方を気に入っていると知っているからだった。

だって、こんなに素敵なことはほかにない。

こうしていると、クラウディオのその秀麗な美貌に過《よぎ》る変化をつぶさに見ていられる。

彼の快感に自分も同調しているかのように、道貴の肉体も急速に熱を帯びていく。

「は…ふ……ね、きもちいい……？」

掠れた声で道貴が尋ねると、クラウディオは「勿論」と答えた。

「素晴らしい。私しか識《し》らないはずなのに、どうして君は、私を悦《よろこ》ばせるための多くの技法を知っているんだ？」

「好き、だからです……あなたが好き……だから、あなたが、んふ、一番よかったときの、こと……覚えて……」

尖端を咥《くわ》えながらしゃべっていた道貴が、今度は啜《すす》り上げるようにして孔《あな》に口をつけて先を促すと、さすがにクラウディオの躰に力が籠もる。

「美味しい、です……すごく……」

「このままでは君の口に出してしまいそうだ」

「……出して」

顔を離して甘い声色で訴えた道貴は、クラウディオを上目遣いに見上げた。

「あなたで、僕を……いっぱいにして?」

心からのおねだりをしてから、再びそれに吸いついて放出に備える。

「ああ」

微かに息を呑《の》んだクラウディオが、道貴の口腔《こうこう》に粘ついた体液を注ぎ込んできた。

すごい……。

夥《おびただ》しい量の精液を受け止め、道貴はうっとりとそれを飲み干す。

まさに天から与えられる慈雨のようだ。

射精を終えたそれを愛おしげにしゃぶり、幹に滴り落ちた精液の残滓《ざんし》をも丁寧に舐《な》め取る。

こうするのが、好き。クラウディオに奉仕し、彼を感じさせられるのが嬉しくてたまらない。

その証《あかし》に奉仕をしているあいだに道貴自身も昂《たかぶ》り、すぐにでもクラウディオと抱き合いたくて深部を疼かせている。

「濃くて、すごく美味しかった……」

「おいで、疲れただろう」

笑みを浮かべたクラウディオは自分のマントを脱ぐと、大きく広げてベッドに敷く。そして手を伸ばし、丁重な仕種《しぐさ》で道貴を薔薇の散る褥に横たえた。

「いい匂い」

「薔薇の香りが?」

「薔薇とあなたの香りが混じり合っているんです」

「それはいい」

クラウディオは薔薇の花片を一摑み取ると、かつてのように道貴に降りかけてくる。

「綺麗だ」

ありったけの薔薇を道貴に一頻《ひとしき》り降らせたあと、クラウディオはゆっくりと躰を倒してくちづけてくる。

噎《む》せ返るような、薔薇の匂い。恋人の甘いキス。

幸福で彩られた、美しい褥。

「どこを一番可愛がってほしい？」

「乳首……」

羞《は》じらいつつも道貴はそう要求する。小さな乳首は先ほどから凝《しこ》っていて、早く弄《いじ》ってほしくてたまらなかったからだ。

「ほかは？」

問いながらクラウディオは、手際よく道貴を全裸にしてしまう。

「久しぶりだから…すぐ入るか、ちょっと心配……」

「ああ、それはそうだな。では、どこもかしこもじっくり可愛がろう」

「あっ」

胸を責められるとばかり思っていたのに、クラウディオが真っ先に手を——実際には口だが——つけたのは、先ほどの道貴と同じように性器だった。

尖端にくちづけ、快楽を育てるように扱《しご》いてくれる。そうでなくとも奉仕で十分に昂《たかぶ》っていたため、道貴は自分でも驚くほどに呆気《あっけ》なく上り詰めた。

「あ、アッあ……あん、待って……」

裸体に触れるクラウディオの服の感触がくすぐったくて、何だかとても気持ちいい……。

「何を？」

「だめ、それ……だめ、いっちゃう…だめ……」

最初に胸を虐《いじ》めてほしかったのに、ずるい……。

「禁じるのは私ではなく、君の躰のほうだろう？」

「あ……ッ」

尾を引くような甘い声を上げて達した道貴を見下ろし、クラウディオが口許《くちもと》を拭《ぬぐ》う。それだけで彼が飲んでしまったのだとわかり、かっと躰が熱くなる。

「アッ…そこ、……いい…あ、あっ」

今度は指で丹念に解《ほぐ》される番だった。

「はあ、あっ……あん、あ、そン……」

首を左右に振るようにしながら、道貴は次第に上り詰めていく。

軽く達しかけたところで、漸《ようや》くクラウディオが指を抜く。法悦の境地を揺蕩《たゆた》い、陶酔しきったまま薄目を開けると、クラウディオが残りの衣裳を全部脱ぎ捨て、まさに道貴を味わうところだった。

存分に滾《たぎ》る隆起を押し当てられ、自《おの》ずと昂奮が込み上げてくる。

そのままクラウディオは、腰を沈めた。

「ん……ふ……ぅ…」

クラウディオが選んだ体位は道貴に横を向かせ、上になったほうの脚を持ち上げるものだった。

「つらいか？」

「ううん…入ってきて、すごく……いい……」

接合は浅かったが、クラウディオの激しい抽挿《ちゅうそう》を直《じか》に感じられる。

クラウディオは道貴が感じ始めていることを確かめてから、最初はゆったりと動きだす。

「ン、んん…クラウディオ……いいっ……あなたは……？」

「とてもいい」

気づけばじゅぷじゅぷと音がしそうなくらいに激しく抜き差しされ、あっという間に躰が蕩《と》けていく。

最近はしていなかったからなんていう言葉は、道貴の過敏な肉体の前には言い訳にすらなり得なかった。

「僕、も…いい……すき…いい……でちゃう……」

道貴が先に限界に達し、熱が弾《はじ》けた。細い下腹部にも、ベッドに散らされた花弁にも、体液が点々と飛び散る。

こんなに感じているのに、もっと、クラウディオのことが欲しくてたまらない……。

感じすぎる道貴を思いやるようにクラウディオは律動を弱める。

「平気、だから…もっと、つよく……」

「苦しいだろう？」

「でも、あなたを、中で……感じたい…」

道貴がそう訴えるのを聞き、クラウディオは箍《たが》が外れたように腰を打ちつけてきた。

「あんっ！　や、あ、ああん、あ……あふ……あ、あうっ」

「道貴……」

「出して…僕の、中……」

道貴の望みに応じるように、クラウディオが抽挿を力強く続け、熱いものが体内に広がる。

暫《しばら》く息を整えているとクラウディオが道貴の躰を膝に載せ、後ろから手を回してくる。

「あっ！　あ、あ……待って……」

「乳首を弄ってほしいと所望したのは君だ」

「だって……最初かと……」

「ドルチェの希望を聞いたんだ」

前菜のつもりだったのに、それがとっておきのドルチェだったなんて。

クラウディオの美しい指に揉《も》みしだかれ、存在感を増した乳嘴《にゅうし》が痛いくらいに張り詰めている。

「…だめ……ドルチェじゃ……」

「ん？」

「終わらせ、ないで…もっとして……」

もっともっとたくさん、お腹にクラウディオのものを注ぎ続けてほしい。

「では、そうしよう」

「ふ…ぅ…うれし……うん、ン…」

肩越しに唇を指先で撫でられ、甘い幸福で胸がいっぱいになっていった。

「ん、…きもちいい…すき……好きです……」

「私もだ。愛しているよ、道貴」

愛情を確かめ合う幸福を感じながら、二人は再び高め合っていった。


ベッドでゆっくりと睦み合い、それにも飽きて熱いシャワーを浴びた頃には、もう夜になっていた。

道貴が戻ってくると、クラウディオは郵便物を確認していたのか、手紙を読んでいるところだった。

「クラウディオ」

「出たのか。空腹なら、何か食べに行こうか？」

空腹だったが、生憎《あいにく》今日はメイドが来ない日だったし、かといって何の準備もない。

「ううん。確か林檎《りんご》があったから、それで……」

伸びをした道貴に紅茶の入ったカップを差し出し、クラウディオは不意に破顔する。

「どうしたの？」

「君となら、どこででも生きていけるだろうと思ったんだ」

「え？」

林檎からそこまで思い至るなんて、アダムとイヴでも連想したのだろうか？

「君は可愛らしいくせにとても逞しい。世界の終わりが来ても、きっと私を引っ張ってくれるだろう」

楽しげに言ったクラウディオがその場に腰を下ろし、汗で湿った道貴の髪を撫でる。

「僕を引っ張ってくれるのは、あなたでしょう」

「それは違う。君が私を陽《ひ》の当たるところへ連れ出してくれるんだ」

クラウディオはそう言うと、水を湛《たた》えた湖面の如きその魅惑的な双眸《そうぼう》で道貴を見据えた。

「たとえば、君はあの子たちに対し、正しい対応をした」

「正しい、対応……？」

すぐには理解できずに、つい繰り返してしまう。

「無論それは、私が感じる正しさであって万人にとってそうではないかもしれない。ともかく君は、あの子たちがどうしてこの家を覗いているのかを考えて、誤解を解こうとした。小さな不和の芽も、そのままにはしなかった」

そんなことを、クラウディオは考えていたのか。

道貴にしてみれば至極当然のことをしただけで、それにクラウディオが協力してくれたことを感謝していた。

「それは私にはできないことだ。私は彼らの視線の意味を考えない――いや、気にも留めないだろう。だから、私は君に敬意を表し、君の小さな友人たちには夢を贈った。この世界の謎《なぞ》を解き明かそうとすることには意味があるという夢だ」

胸がいっぱいになり、何も言えなかった。

彼はそこまで考えたうえで、あの子供たちを歓迎してくれたのだ。

「好奇心は、互いを理解し合おうとする原動力になり得る。それがこの世界を照らす光になり、私たちの未来を明るいものにしてくれるだろう」

「そうですね……すごく、嬉しいです」

クラウディオは、道貴の中にわずかに潜む躊躇《ためら》いに気づいていたのかもしれない。

東洋系であるがゆえに、自分がどんなまなざしで他人に見られるか。そしてそれは、彼が日本で『ガイジン』として見られてきたことの裏返しでもあるのだ。

けれども、互いに理解し合おうと願う心があれば、いつか、そんな視線はなくなるのかもしれない。

「彼らにも、早いけれどいいクリスマスプレゼントになっただろうね」

「ええ。とても素敵な贈りものだったと思います」

「私にとっても、素晴らしい贈りものだ。君はいつも、私の目を開き、新しい世界を見せてくれる」

クラウディオが顔を寄せ、愛しくてたまらないとでもいうかのように、道貴に何度も何度もくちづけてくる。

一頻《ひとしき》りキスを終えたあと、ふと、クラウディオが切り出した。

「そういえば、だいぶ前に君が話していたバイヨンヌ市立信用金庫の話を覚えているかい？」

「……ええ」

記憶を辿《たど》るのに時間は要したが、この土地に移ってきたばかりの頃に舞い込んだ案件だ。

「つい先日倒産したそうだが、フランス政界では一大スキャンダルになっているらしい」

「そうなんですか？」

「さっきラジオでニュースを報じていた。これからフランスは少し騒がしくなりそうだ」

そんなことがあったのか、と道貴は表情を曇らせる。

「あの信用金庫、投資しなくてよかったです」

「やはり君の勘は頼りになる」

褒めてもらえたことが嬉しくて、道貴は照れて頬を染める。

「それから」

不意に声を落とし、クラウディオは折り畳んだばかりの手紙を示した。

「こちらはニューヨークにいるベルナルドからの手紙だが……君の兄上はもうあの地にいないらしい」

「調べてくれていたんですか？」

「勝手なことをしてすまないが、念のためだ」

クラウディオは、道貴に内緒で兄の行方を捜してくれていたのだ。

道貴は俯《うつむ》いたものの、思ったよりも痛手は大きくはなかった。

「……大丈夫です」

「ん？」

「こんな言い方はどうかと思うけど…僕、兄さんが死んでしまった気はしないんです。きっと生きて、元気に暮らしていると思う。国貴兄さんは、僕なんかよりもずっと逞しくて、しっかりしていますから」

己に言い聞かせる道貴の躰を抱き寄せ、クラウディオは「ああ」と同意してくれる。

「アメリカでは日本人の立場は最近あまりよくないからね。もしかしたら、それを恐れて別の国に向かったのかもしれない」

「僕の勘、信じてくれるんですか？」

「ただの勘ではないだろう？　兄弟の絆《きずな》があるからな。妬《や》けるくらいだ」

「僕がこんなにあなたを愛しているのに？」

少し拗《す》ねた口ぶりになる道貴に向き直り、クラウディオが額にくちづける。

「確かに、この愛の絆は、未来永劫《えいごう》、私だけものだ。君の兄弟を妬かせてしまうかもしれないな」

この人がいてくれるから、自分は未来を信じられるのだ。

喩えようもなくクラウディオが愛おしくなり、道貴は彼にぎゅっとしがみついた。

あとがき

このたびは、清潤寺家《せいかんじ》シリーズの完結編にあたる、『暁天《そら》の彼方《かなた》に降《ふ》る光《ひかり》　上巻』をお手にとってくださって、ありがとうございます。この本は私にとって記念すべき百冊目の単行本にして、四年に一度の冬貴《ふゆき》の誕生日に発行という、まさにメモリアルな一冊になりました。

本作品を完結させるにあたり、どのような内容にするか悩み続け、本編は二年近くかけて断続的に書いていたにもかかわらず、結局最後までじたばたしてしまいました。収録の方法も、上下巻で国貴《くにたか》編、和貴《かずたか》編の両者が完全に続き物になっているという、初の試みです。とんでもないところで「続く」で驚かせてしまったかもしれませんが、下巻もお読みいただけますと幸いです。

国貴編は、さまざまな因縁が浮かび上がる話になればと思って書きました。遼一郎《りょういちろう》と国貴は強い絆があり、それゆえに受難……という気の毒なカップルです。この二人の行く末を、見届けていただけますように。

和貴編は、これまでかなり書いてきたカップルなので、どのラインに持っていくかはかなり悩みました。下巻では、今回は触れられなかった、家族への思いも明かされます。相変わらずな和貴ですが、彼らなりの結論を見守っていただけると嬉しいです。

冬貴編は、序章のつもりで配置しており、彼らのお話は下巻にも収録されます。発売時期に合わせてのエピソードになりました。

道貴《みちたか》編は、この作品で唯一ともいえる糖分です。安心安定の二人なので、一度やらせてみたかったコスプレに挑戦しました。どんな格好にさせるか、楽しみつつ書きました！

お気づきかもしれませんが、今作ではこれまでに本編で書ききれなかったエピソードをなるべく拾うことを試みています。懐かしいキャラクターやレギュラーの脇キャラクターを出せて、とても楽しかったです。

最後に、この本を発行するにあたってお世話になった皆様への謝辞を。

今作も艶やかな挿絵で作品を彩ってくださった、円陣闇丸《えんじんやみまる》様。表紙の国貴と和貴の表情と美しさにドキドキしました！　対する口絵のクラウディオと道貴の二人が醸し出す甘々な空気もときめきました。年齢を重ねた各カップルは勿論、新キャラの安藤《あんどう》と鴉川《あがわ》がとても好みのタイプで、すごく嬉しかったです。どうもありがとうございました！

原稿の遅さに大変ご迷惑をおかけしてしまった担当編集の落合《おちあい》様をはじめとした編集部、

関係者の皆様にも厚く御礼申し上げます。

そして、この本を待っていてくださった読者の皆様。以前からの方も、文庫から（第一部が順次、ルチル文庫Lより文庫化されています）の方も、いらっしゃると思います。本当に本当にありがとうございます！　少しでも楽しんでいただけますと幸いです。

シリーズ完結を記念し、下巻と同時に『絢爛《けんらん》～清澗寺家プレミアムブック～』も発行していただきます。こちらもよろしくお願いいたします。

いつもいつも、本を出していただくときは、これでよかったのだろうかと不安でいっぱいです。本作がほんのわずかであっても、読者の皆様にとって心に残るものになればと思っています。


それでは、また下巻にてお目にかかれますように。

和泉《いずみ》　桂《かつら》

この本を読んでの
ご意見・ご感想を
お寄せ下さい。

〒151-0051
東京都渋谷区千駄ヶ谷4-9-7
(株)幻冬舎コミックス　リンクス編集部
「和泉《いずみ》 桂《かつら》先生」係／「円《えん》陣《じん》闇《やみ》丸《まる》先生」係

リンクス ロマンス

暁天の彼方に降る光 上

2016年2月29日　第1刷発行

著者……………和泉《いずみ》 桂《かつら》
発行人…………石原正康
発行元…………株式会社　幻冬舎コミックス
〒151-0051　東京都渋谷区千駄ヶ谷4-9-7
TEL 03-5411-6431（編集）
発売元…………株式会社　幻冬舎
〒151-0051　東京都渋谷区千駄ヶ谷4-9-7
TEL 03-5411-6222（営業）
振替00120-8-767643
印刷・製本所…共同印刷株式会社
検印廃止

ISBN978-4-344-83619-8 C0293
Printed in Japan

幻冬舎コミックスホームページ　http://www.gentosha-comics.net